La rage refoulée et l'agressivité de l'arène me prirent aux couilles, stimulant nos mouvements. Savoir qu'elle devait regarder, écouter, observer le moindre de nos gestes ne faisait que nous pousser à continuer.

Car j'entendais son souffle, sentais sa chaleur croissante, et je savais que nous réveillions quelque chose en elle. Une envie qu'aucun de nous ne satisferait à moins qu'elle ne supplie vraiment.

Elle ne l'avait pas mérité.

Elle avait essayé de m'éliminer.

Ce fut sur cette note que je jouis dans mon pantalon, dans la poigne sûre et ferme de Zian qui n'avait même pas touché ma peau nue.

Je lui rendis la pareille, furieux qu'il m'ait souillé ainsi mais excité en même temps, mon plaisir frémissant le long de ma colonne vertébrale. Totalement frustré et pourtant bizarrement complet.

Mon regard revint sur notre petite voyeuse tandis que j'embrassais Zian pendant son propre orgasme, sa semence réchauffant mon torse. Je l'invitai des yeux à se joindre à nous, à lécher la substance poisseuse sur ma peau, mais elle resta dans son petit coin, ses iris noirs palpitant d'une innocence médusée. Il valait mieux pour elle, car elle était loin d'être prête à jouer.

Tout comme on ne le permettrait sûrement jamais.

L'intimité requiert de la confiance.

Et elle n'avait pas gagné la nôtre.

Elle avait plutôt acquis notre haine. Ce qui était vraiment dommage parce que, dans cet endroit, elle avait besoin d'un allié, et je n'étais guère enclin à l'aider après notre dernière expérience. Pourtant je savais que je le ferais, par pure obligation envers sa rare existence.

— J'espère que tu pourras voler mieux qu'hier, lui dis-je à mi-voix. Parce que tu vas avoir besoin de ces ailes, petite colombe.

Zian soupira de contentement, sa tête heurtant l'oreiller.

— Je lui donne une semaine maxi.

— Ah ouais ? (Je souris, amusé.) Moi pas plus d'une journée.

— Tu veux parier ?

— Tout à fait.

— Cool. Le gagnant se met à genoux, décida Zian.

Bien sûr que c'est ce qu'il aurait choisi. Je l'aurais fait aussi.

— Ça marche pour moi.

LES ANGES DÉCHUS

DÉCHUS

LE COMMENCEMENT

TRADUIT DE L'ANGLAIS PAR
JEAN-MARC LIGNY

AUTEURES À SUCCÈS D'USA Today
LEXI C. FOSS & J.R. THORN
ALIAS
JENNIFER THORN

Anglais : Noir Reformatory : The Beginning

Français : Les anges déchus : Le commencement

Traduit de l'anglais (US) par Jean-Marc Ligny

Révisé par Thomas Bauduret

Conception de la couverture : Christian Bentulan avec Covers by Christian

Photographie de couverture : CJC Photography

Modèle de couverture : Danny Cevette, Skyler Simpson, & Jered Youngblood

Publié par Ninja Newt Publishing, LLC

ISBN du livre électronique : 978-1-68530-130-9

ISBN du livre broché : 978-1-68530-131-6

À Bethany, pour nous avoir trouvé un créneau dans un délai aussi court et pour être une déesse de l'édition. Tu es incroyable et nous t'aimons ! <3

LES ANGES DÉCHUS

LE COMMENCEMENT

Joyeux anniversaire, Raven. Bienvenue au pénitencier Noir.

Pouir fêter son 18e anniversaire, on peut imaginer mieux, mais ça fait longtemps que j'ai accepté mon destin. Je suis née avec des ailes noires, ce qui m'a valu d'être condamnée à la prison à vie dès le premier jour.

Un ange Noir à vie.
C'est bien.
Je vais m'approprier cette prison comme je l'ai fait chez moi.
Même si elle est dirigée par deux rois sexy.

Contrairement à ma maison de correction, ce pénitencier n'est pas réservé aux filles, il est mixte. Ce qui veut dire que les mâles ont la supériorité numérique : dix contre un face à des brutes ayant plus de muscles que de cervelle. Ce n'est pas un problème. Je me nourris d'agressivité, et cet endroit en est truffé. Un cauchemar enveloppé dans une cape d'ébène.

Eh bien, allez-y, les gars.
Essayez seulement de me choper.

1

RAVEN

J'AI TOUJOURS FÊTÉ mon anniversaire de la même façon : pelotonnée dans une couverture râpée sous une lune argentée. Je me terrais dans mon coin, en sécurité, à rêver au jour où je serais enfin libre. Tel était le cadeau que je me faisais à moi-même, même si c'était plus facile à dire qu'à faire quand on grandit en maison de correction.

Mais aujourd'hui ? Aujourd'hui, j'avais 18 ans.

Et il était temps d'arrêter de rêver.

Un coup de pied brutal dans les côtes me cassa en deux avec un hoquet silencieux. Il valait mieux ne pas crier, je le savais. Mes ravisseurs profitaient à fond du transfert de ce soir.

— Treize détenus sur le vol d'aujourd'hui, déclara un homme.

Mon bandeau m'empêchait de le voir, mais je savais qu'il avait des yeux bleus d'une douceur écœurante qui voilait cette cruauté que les Nora appelaient justice.

Comme pour le démontrer, il s'agenouilla et baissa la voix en murmurant :

— Et on a aussi un corbeau. (Il glissa ses doigts dans mes

cheveux, les empoigna aux racines et me tira violemment la tête en arrière.) Voyons si on peut la faire croasser.

Non, ce connard ne connaissait pas mon vrai nom, il avait juste de la chance.

Raven. Corbeau.

Ce mot me décrivait bien. Avec mes cheveux d'un noir de jais et mes ailes bleu nuit qui contrastaient avec ma peau pâle, remarquable même chez un ange Noir, je ne passais pas inaperçue. Et si cet enfoiré se montrait imprudent, je lui arracherais un œil avec la dague que j'avais cachée dans mes plumes.

— On a ordre de ne pas abîmer la marchandise, avertit un autre de mes ravisseurs d'un ton las tandis que le froissement caractéristique des ailes se mêlait au ronronnement des moteurs du dirigeable.

Ça m'embêtait que les Nora se croient meilleurs que moi, alors qu'en réalité, ils avaient bien plus de raisons d'être enfermés. Quel était mon crime ? Être née avec des ailes noires au lieu de blanches ? Ouais, désolée. Pardon.

Mes ailes me démangeaient, tirant sur les sangles de cuir qui les comprimaient désagréablement dans mon dos, enfonçant la poignée de mon arme dans ma colonne vertébrale. Être balancée dans un engin qui volait dans les airs alors que j'étais parfaitement capable de le faire de mes propres moyens ? Quoi de plus insultant ?

— Tu sais où tu vas ? Au pénitencier Noir.

Il proféra ces mots comme une menace, mais je n'en avais jamais entendu parler.

— Je ne suis pas sûr qu'une gamine comme toi y survivra. (Il promena un doigt le long de ma gorge, vers mes seins.) Si tu es un bon corbeau apprivoisé, peut-être que j'en toucherai un mot au Directeur.

Ouais, j'avais déjà entendu ça quelque part.

— Va te faire foutre, crachai-je.

Ma punition ne tarda pas. Le garde me plaqua la figure contre un panneau du sol, faisant exploser la douleur dans mes yeux.

Il me releva en me tirant par le bras.

— Et moi qui essayais d'être sympa. Maintenant, j'vais devoir casser quelque chose.

Je léchai le sang de ma lèvre éclatée et lui souris.

Les Nora avaient horreur de mon sourire.

— Tu abîmes la marchandise, remarqua l'observateur d'un ton exaspéré à présent.

— Elle va mourir de toute façon, dit mon ravisseur en serrant mon bras assez fort pour y laisser un bleu. Je n'ai pas vu de femelle depuis des siècles, et encore moins senti une femelle sous moi. Pourquoi pas s'amuser un peu ? Je ne dirai rien si tu fermes ta gueule aussi.

Un silence indiqua que l'autre garde y réfléchissait.

Mais pourquoi n'avait-il pas vu de femme depuis des siècles ? Quel genre d'endroit était ce pénitencier Noir ?

Le Nora planta ses doigts dans ma hanche, me retourna face à lui et me plaqua contre la paroi. Quelque chose de rigide se pressa contre mon abdomen, et la nausée m'envahit.

Ayant grandi dans un centre de détention juvénile exclusivement féminin, certains détails de l'anatomie masculine m'échappaient quelque peu, mais j'avais eu mon lot de prises de bec avec des gardiens en mal de sexe pour savoir ce qui allait se passer. S'accoupler avec les prisonnières était strictement interdit, mais cela n'avait pas empêché les gardiens de satisfaire leurs besoins avec certaines éducatrices. Ils s'en étaient même pris à quelques-unes des filles les plus âgées. Et si ceux-là pensaient vraiment que j'allais mourir...

Il se pencha plus près et prit une longue inspiration, humant mon odeur tandis que ses doigts trouvaient le nœud de mon bandeau.

— Je veux voir ta peur, chuchota-t-il.

Putain, ce mec était malade.

Le tissu tomba et je me retrouvai face à un ange Nora. Ses ailes blanches s'étendaient derrière lui et ses cheveux dorés encadraient un visage d'une beauté indécente, mais ses yeux étaient vitreux et morts, comme ceux de tous les Nora que j'avais rencontrés.

Il glissa sa main autour de ma taille et je me cambrai, le laissant croire que j'avais décidé d'être docile. Il sourit.

— Eh bien, qui l'eût cru ! Le corbeau a appris à obéir.

Je me décalai légèrement pour donner à mes ailes un appui contre le mur derrière moi pendant que mes doigts se refermaient sur la poignée de ma dague. Le Nora avait été assez stupide pour me plaquer contre l'issue de secours.

J'y étais.

Presque.

Clic.

La porte derrière moi s'éjecta, faisant entrer une bourrasque d'air glacial dans l'habitacle. Je tenais ma dague assez fermement pour pouvoir couper l'une des lanières de cuir. Mon aile gauche se dégagea alors que je tombais comme une pierre dans le vide, mon ravisseur ayant été projeté loin de moi.

Le moment d'exaltation vira à la terreur pure lorsque l'aile déployée me fit tournoyer frénétiquement. Je la repliai sur mes épaules et tentai de libérer mon autre aile, mais l'air froid engourdissait mes doigts et je ne sentais plus ce que je faisais.

Des cris retentirent. Les Nora s'étaient déjà lancés à ma recherche. N'empêche : de toute ma vie, je n'avais jamais été si proche de la liberté. Putain, pas question de les laisser m'attraper.

Pleinement concentrée sur ma tâche tandis que je continuais de tomber en chute libre, j'insérai la dague sous l'autre sangle et la tranchai. Elle se déploya brutalement, m'arrachant ma lame, mais au moins j'avais réussi à me libérer.

Mes deux ailes dégagées, je résistai à l'envie de les déployer. J'avais appris qu'en cas de chute incontrôlée, paniquer ne ferait qu'empirer les choses. De plus, c'était un bon moyen de me briser les ailes.

Impossible de savoir combien de temps il me restait avant de m'écraser au sol, mais vu la température extérieure, certainement assez pour corriger mon vol.

Probablement.

Peut-être.

Je dus rassembler toute ma volonté pour me concentrer et laisser mon instinct me dire où se trouvaient le haut et le bas. J'agitai mes ailes en courtes volées, corrigeant ma chute pour m'empêcher de tourbillonner, jusqu'à étendre mes bras, ralentissant suffisamment ma descente afin de minimiser les dégâts que j'allais subir. Avec précaution, je déployai mes ailes et grognai lorsque mon corps se vit projeté vers le haut sous l'effet de la traction soudaine. Je chassai les larmes causées par le vent violent et la douleur vive qui m'élançait le dos, pris une grande inspiration et regardai autour de moi.

Rien.

Au-dessous de moi, c'était partout les ténèbres, à l'exception d'une lueur solitaire au loin. Les Nora auraient établi un pénitencier pour femmes dans un endroit comme ça ? C'était peu probable. Au moins, la maison de correction était entourée d'une forêt. Or ici, il n'y avait nulle part où se cacher.

Nulle part où atterrir.

Je réalisai que notre destination était sur une île. Captant un courant d'air chaud au-dessus des eaux houleuses, je jetai un coup d'œil par-dessus mon épaule, pour constater que l'obscurité s'étendait à perte de vue.

Quelle merde.

Pour une fois que j'avais une chance d'être libre, il fallait que ce soit au milieu de ce foutu néant.

J'étais trop occupée à appréhender ce qui m'entourait pour penser à surveiller mes ravisseurs. Un corps me frappa, des doigts s'enroulèrent autour de mon poignet.

— Continue, m'intima une voix grave. Tu vas avoir besoin de toutes tes forces. Ne gaspille pas ton énergie à faire du surplace.

Il sourit quand je lui rendis son regard d'ébène.

Mon souffle s'étrangla dans ma gorge en découvrant que c'était un Noir qui m'avait rattrapée, et non l'un des gardes.

Un Noir, pas une Noire.

Puis je sentis qu'il me touchait encore.

Je dégageai mon bras et lui montrai les dents en grognant.

— Tu t'es cogné la tête en tombant ? On est libres et tu veux aller *vers* la prison ?

Il plissa les yeux tandis que ses longs cheveux blancs désordonnés balayaient son visage, puis il ajusta son vol pour glisser sur mon contre-courant.

— Comme tu veux ! lança-t-il, sa voix presque inaudible dans la brise.

Je scrutai de nouveau les ténèbres derrière moi, à l'horizon. J'avais passé quelques heures dans le dirigeable, et bien que j'aie exercé mes ailes autant que possible dans le centre pour mineurs où j'étais clouée au sol, je ne pouvais pas tenir plus d'une heure de vol, surtout sans autre nourriture que le gros tas de courants d'air qu'ils m'avaient donné durant le transport. En dépit de la nausée, l'effort physique de ma fuite me donnait déjà faim, et mes ailes menaçaient de se briser suite à la secousse qu'elles avaient subie en amortissant ma chute.

Je me retournai vers la lueur au loin, dont les détenus Noir aux ailes sombres s'approchaient à contrecœur, suivis par un dirigeable qui nous surveillait.

— Merde, jurai-je, détestant devoir donner raison au Noir.

Joyeux anniversaire, Raven.

Bienvenue au pénitencier Noir.

2

RAVEN

— EH BIEN, un vrai camp de vacances, me murmurai-je à moi-même alors que le pénitencier Noir apparaissait dans toute sa gloire.

Sur les murs et les flèches de la prison, des pointes dentelées hérissaient le moindre point d'atterrissage possible. Des ombres voletantes attiraient mon regard et des créatures rôdaient le long de la côte, ne laissant qu'un seul endroit où se poser.

Ça m'avait tout l'air d'un piège.

J'attendis que les quatorze autres détenus atterrissent les premiers. Notre groupe ajoutait une petite touche d'ailes noires à la masse d'anges échoués dans le seul espace disponible. Un terrain poussiéreux faisait face à une estrade vide, et les anges traînaient les pieds en attendant que le Directeur vienne accueillir les nouveaux arrivants. Je levai les yeux, craignant que les Nora ne veuillent me chercher pour me faire payer cher mon insolence, mais seuls des êtres aux ailes noires tombaient du ciel.

Pas très encourageant.

J'atterris aussi loin que possible de l'estrade, ne

souhaitant pas attirer l'attention sur moi – bien qu'avec mon aile blessée, mon atterrissage ne fut pas très élégant.

Je trébuchai à l'impact, et fus à nouveau rattrapée par l'insupportable Noir que j'avais rencontré tout à l'heure.

— Je t'avais dit de ne pas gaspiller ton énergie à faire du surplace, me gronda-t-il, ce qui me fit grimacer.

— Et je t'ai dit de ne pas me toucher.

Il me lâcha et leva les mains en signe de reddition, m'offrant un aperçu des tatouages bleu marine qui s'enroulaient le long de ses bras en dessins complexes pour se terminer par une ligne pointillée sur les biceps comme s'ils étaient incomplets.

— À vrai dire, c'est la première fois que tu me dis ça.

Je le regardai de travers.

— Bon, alors je l'ai pensé.

Il sourit :

— Pour commencer, si je pouvais lire dans l'esprit des femmes, je ne serais pas là.

Tous les hommes étaient-ils aussi agaçants ?

Ignorant le Noir – malgré sa beauté farouche –, j'examinai les alentours. J'aurais tout le temps de m'extasier sur ce type sexy et agaçant plus tard.

À en juger par l'étalage de larges poitrines et d'ailes massives, bien plus grandes que les miennes, j'étais la seule femme.

Bizarre.

Peut-être que mon transfert était une erreur. Quand le Directeur s'en rendrait compte, on m'extrairait de là, non ?

Je me giflai mentalement. Depuis quand les Nora étaient-ils raisonnables ? Non, j'allais devoir me débrouiller toute seule.

Mes narines se dilatèrent pour inhaler la variété d'odeurs masculines qui m'entouraient.

Les Nora dégageaient un relent de brûlé, comme s'ils étaient restés trop longtemps au soleil. Ces Noir avaient une odeur différente. Leur parfum était plus trouble, mais pas forcément désagréable. Je fronçai les sourcils. Quelque chose dans leurs arômes me semblait... agréable. Trop. Comme une sorte d'illusion mentale.

Cours, me chuchota mon instinct. Mais il n'y avait nulle part où aller, nulle part où se cacher.

Les autres détenus étaient occupés à se mesurer les uns aux autres au lieu de se soucier de leur entourage ou de remarquer ma présence en tant que seule femme dans la cour. Ils ne me voyaient sans doute pas comme une menace.

Abrutis.

L'aube apportait juste assez de lumière pour voir que l'estrade au centre de tout ça était toujours vide. Les détenus s'agitaient de plus en plus, se tournaient autour, certains jetant des regards méfiants au dirigeable qui planait toujours au-dessus de nous. Des groupes s'agrégeaient, formant déjà des alliances qui les garderaient en vie lorsque des combats éclateraient inévitablement.

Il faudrait que je me fasse des alliés moi aussi. À la maison de correction, c'était comme ça que j'étais restée en vie.

— Il y a quelque chose qui cloche, murmurai-je, sans me rendre compte que je pensais tout haut.

— Mmmh, convint le mâle Noir.

Je le fixai, puis le flairai. Son odeur me fit plisser les yeux.

— Pourquoi tu sens différemment ?

Il n'avait pas ce relent de plume humide comme certains autres Noir. Il me rappelait plus l'océan, avec sa brise salée et son horizon sans fin qui se reflétait dans le bleu profond de ses yeux.

À couper le souffle.

Il sourit, remarquant sans nul doute note mon intérêt.

— C'est ta phrase d'accroche type ? Peut mieux faire.

Je détournai les yeux et me forçai à reculer. Je m'étais rapprochée de lui par inadvertance, comme un papillon de nuit attiré par une flamme.

Ça ne me plaisait pas.

— Dans tes rêves, raillai-je.

Un reflet lumineux attira mon regard. Je m'accroupis et me concentrai sur l'objet qui dépassait du sable, au loin. *Est-ce une épée ?*

L'effroi m'envahit quand je baissai les yeux sur mes pieds. Des petits cailloux étalés en vrac recouvraient une couche de crasse. Je m'agenouillai et ratissai le sable avec mes ongles pour confirmer mes soupçons.

Du sang séché.

Son relent métallique était faible, mais indéniable. Avec la pléthore de Noir mâles qui perturbaient mes sens, j'avais failli n'y voir que du feu.

Mon regard croisa celui du Noir tatoué, et un éclair de compréhension passa entre nous.

Ce n'était pas une aire d'accueil.

C'était une arène de combat.

Un premier hurlement déchira l'air, me donnant froid dans le dos. Au lieu de me tourner vers ce raffut, je scrutai à nouveau le sol. Cette fois je savais quoi chercher.

— Je te tiens, murmurai-je en plongeant vers la dague enterrée.

J'arrachai la lame du sable. En me redressant, je vis qu'un Nora était monté sur l'estrade. Imbu de lui-même, il déploya ses ailes blanches et les battit de sorte que chacune de ses splendides plumes reflète la lumière.

— Bienvenue au pénitencier Noir ! beugla-t-il en agitant

ses bras en guise de salut. (Il sourit avec une cruauté diabolique à l'un des Noir qui crachait du sang. Le détenu pressait sa main contre une blessure toute fraîche – un trou de la taille d'un poing dans la poitrine.) Votre orientation est simple, enchaîna le Nora tandis que sa victime s'effondrait à terre. Un tiers d'entre vous doit mourir.

Il tapota la mitrailleuse montée sur un bras mécanique qui venait de surgir du plancher de l'estrade. Je n'avais vu de telles armes que dans ma maison de correction. Elles abattaient tout ce qui s'approchait d'un peu trop près, incitant les détenus à réfléchir à deux fois avant d'envisager une évasion, aérienne ou autre.

Le Nora ferma un œil en pointant son doigt vers la foule. L'arme suivit ses mouvements.

— Soit je désigne des volontaires, soit vous choisissez entre vous. (Il sourit, arrondissant ses yeux noirs qui brillaient d'une joie malsaine.) Qu'est-ce que vous préférez ?

Les anges échangèrent des regards. S'ils étaient comme moi, ils avaient été enfermés toute leur vie avec des créatures égoïstes et sans cœur, et la décision serait simple à prendre.

La survie du plus fort.

Ne faire confiance à personne.

Un des Noir découvrit une masse cloutée enterrée dans le sable, l'arracha et la balança sur son voisin le plus proche, le frappant à la tête. Le sang gicla sur le sol et le silence tomba parmi les détenus.

Le Nora rejeta sa tête en arrière et rugit de rire.

— Que les jeux commencent !

Le chaos explosa.

Je m'accroupis et serrai mes ailes dans mon dos tandis qu'une poignée de Noir s'élançait dans les airs. Il valait mieux que j'évite de tester ma force contre ce groupe de détenus dans le ciel. Mon avantage serait au sol, où mes petites ailes seraient moins encombrantes que celles des mâles.

Le Noir tatoué se rapprocha de moi et je me raidis, préparant ma lame à tailler un sillon dans sa belle gorge.

— Colle-toi à moi, marmonna-t-il dans sa barbe.

Ce mec était-il sérieux ?

— Écarte-toi de mon chemin, merde, aboyai-je.

Je fis un pas de côté pour le dépasser, mais il balança son bras et m'envoya bouler brutalement à terre. La douleur ricocha le long de mon dos. Je me mordis la lèvre. Je ne voulais pas donner à ce connard la satisfaction de m'entendre crier.

Un javelot fendit l'air à l'endroit précis où je m'étais tenue, et je clignai lentement des yeux.

— T'es con ou quoi ? lançai-je, frissonnant jusqu'au bout des ailes, secouée d'avoir frôlé la mort. Occupe-toi de ton cul.

Ignorant mes protestations, le Noir ramassa le javelot, visa un groupe qui se dirigeait vers nous, et élimina l'un des anges d'un lancer parfaitement ciblé.

Merde.

Bon, il fallait croire que j'avais un allié, que je le veuille ou non.

Il déterra une pique du sable et la brandit, maintenant le groupe à distance, envoyant dans les airs deux d'entre eux qui tentaient de s'approcher de nous.

Pendant que mon Noir piquait en hauteur, je pointai ma dague vers deux autres qui s'approchaient à terre.

Ils me sourirent.

— Oh, regarde, la gamine a un jouet.

Son copain au sourire parfait me fit un clin d'œil.

— Tu pourrais crever un œil avec ce truc. (Il porta la

main à son bas-ventre.) Bien que ça m'excite de te voir manier une lame. Peut-être qu'on t'épargnera et qu'on te laissera jouer avec une vraie arme après que le Directeur ait pris son pied. (Il jeta un œil à son groupe et souleva son épée.) Un tiers d'entre nous seulement doit mourir.

La rage crépita en moi comme l'étincelle d'un feu de forêt. J'aurais dû le laisser tuer un de ses potes à ma place, mais ma dague s'envola de ma main, mes réflexes reprenant le dessus.

Personne ne me manque de respect. Point barre.

Mon arme fila dans les airs pour transpercer sa cible, qui rugit de douleur en plaquant sa main sur son visage.

— Oh, regarde-moi ça. T'avais raison, dis-je avec un sourire en coin, répondant à sa raillerie.

En effet, je lui avais effectivement crevé un œil.

Avec un grognement, le Noir tatoué enfonça brusquement sa pique dans l'un des anges qui volaient au-dessus de nos têtes. Le corps s'écrasa près de nous avec un bruit sourd. Il m'adressa un sourire de démon qui me coupa le souffle.

Avant que mon allié ne change d'avis et cesse de me protéger – non pas que j'aie besoin de protection –, je courus vers le petit plaisantin qui se tordait par terre. J'arrachai la dague de son œil et taillai une ligne nette à travers sa gorge.

Tuer me venait naturellement, mais ça me prenait toujours un petit bout de mon âme. Un pincement profond et glacé irradia ma poitrine tandis que je regardais la lumière s'éteindre dans les yeux du Noir. Ses copains ricanaient, mais leurs narines dilatées indiquaient qu'ils préféraient me baiser que me tuer. L'un d'eux envoya son poing dans la figure d'un autre, déclenchant une bagarre qui me fit reculer.

Autant laisser ces crétins s'entretuer.

Je sentis que l'ange tatoué m'observait, et mes ailes se contractèrent tandis que j'envisageai de lui rentrer dedans. Il m'avait sauvé la vie, mais je serais idiote de m'attendre à ce qu'il soit différent des autres détenus.

À première vue, j'étais la seule femme ici, ce qui faisait de moi un trophée pour lequel se battre. S'il croyait pouvoir me charmer pour me rendre docile, il se faisait des illusions.

Avant que je puisse décider de la façon de traiter mon allié, un hurlement coupé net attira mon attention. Je me retournai juste à temps pour voir une tête se détacher du corps d'un Noir avec un *pop* écœurant, laissant un moignon d'os blanc brillant, faisant gicler une quantité insensée de sang sur le sable. Cette vision étira la sensation profonde et froide qui s'était emparée de moi jusqu'au bout de mes doigts.

Une ombre s'envola de la mêlée pour filer avec une précision mortelle vers le groupe de détenus le plus proche. Certains tentèrent de s'élancer dans les airs, mais ils étaient trop lents.

Ils n'avaient pas la moindre chance.

L'ombre tira sur leurs chevilles et les fit s'écraser à terre.

Quand des têtes volèrent, les Noir réalisèrent que quelque chose de terriblement puissant était en train de nous éliminer. Ils se regroupèrent et brandirent les armes récupérées dans le sable ensanglanté pour repousser le nouvel ennemi.

L'ombre fondit sur le groupe le plus important, esquivant les coups avec facilité, tandis que ses larges ailes noires battaient, me permettant de l'entrevoir.

À ma grande surprise, l'attaquant était un Noir. Des cheveux d'ébène encadraient des yeux bleu pâle qui calculaient son prochain mouvement avec une rapidité mortelle alors qu'il tranchait la tête d'un autre pauvre ange.

Une boule se coinça dans ma gorge quand je découvris qu'il n'avait pas de lame. Ni d'autre arme. Il décapitait ses victimes à mains nues.

— Putain, cracha mon compagnon tatoué en se redressant, focalisé sur le spectacle. (Il jeta un coup d'œil vers la scène, où le Nora criait frénétiquement dans un appareil quelconque. Mon allié passa la main sur son visage.) Novak va tous nous faire tuer.

Il connaissait ce psychopathe ?

Serrant fermement ma dague sanguinolente, je fixai sa nuque pendant qu'il était distrait par le déchaînement de Novak. Je n'aurais sans doute pas dû agir sur une impulsion, mais l'occasion était trop belle pour l'ignorer, alors j'intervins.

La survie du plus fort.

Ne faire confiance à personne.

Je fus rapide, mais pas assez. Le Noir tatoué se retourna juste à temps pour que ma dague rate sa cible. Ses yeux étincelèrent de surprise. S'il était resté immobile un instant de plus, ma lame se serait faufilée entre ses belles plumes et aurait transpercé son cœur, mais elle se planta dans sa cage thoracique. Il émit un grognement et déploya ses ailes pour s'éloigner de moi.

Crachant du sang, il saisit la poignée de la dague enfoncée dans sa poitrine. Il ne m'insulta pas, ne prit même pas l'air furieux. Au contraire, la douleur se mêlait à l'admiration dans son regard, ce qui me poussa à me demander combien de temps il avait été emprisonné. Parce que ce regard était trop doux pour notre monde, trop humain.

Lorsque le tourbillon sanglant cessa, l'ombre noire rugit

avec une rage nouvelle et darda sur moi son regard mortel.

Je me mordis la lèvre, réalisant que j'avais terriblement mal calculé la situation. Ils n'étaient pas ennemis.

Tout le contraire, même.

— Merde, marmonnai-je quand l'ombre noire nommée Novak se précipita vers moi pour venger son copain.

Le Nora sur l'estrade brailla un ordre et disparut derrière une porte. Aussitôt après, le sol trembla et un gaz vert jaillit du sable.

Morte. J'étais vraiment morte.

Et je le méritais sans doute, pour avoir trahi mon seul allié présumé. Ce n'était pas ma meilleure idée, mais c'était nécessaire. J'avais fait ce qu'il fallait pour survivre. Comme toujours.

Laissant mon instinct prendre le dessus, je m'élançai dans le ciel, poursuivie par le grognement du psychopathe nommé Novak. Il sauta, mais j'aperçus l'éclat des chaînes qui entravaient ses ailes. Il était cloué au sol.

Il heurta le sable avec force et cracha quand le gaz le submergea, l'abattant pour de bon alors que ses yeux se révulsaient.

Je battis des ailes par poussées frénétiques pour m'éloigner du maniaque qui avait décapité la majorité des détenus survivants dans l'arène. J'ignorais si le gaz l'avait tué ou temporairement rendu inconscient, mais je n'allais pas rester là pour le découvrir. En prenant de l'altitude, mon cœur s'allégea de soulagement, mais il se glaça quand je vis la mer de sang et les yeux ternes et morts qui me fixaient.

Puis je remarquai l'arme sur l'estrade.

Elle était pointée droit sur moi.

Je rabattis mes ailes dans mon dos et plongeai – je m'inquièterais d'échapper à Novak et au gaz nocif plus tard.

Car je ne survivrais certainement pas à une rafale en pleine poitrine.

J'atterris sans douceur et me froissai en boule, brisant quelques plumes primaires, la douleur fulgurant dans mes jambes pour jaillir dans mon dos.

Le brouillard bleu-vert roula sur moi comme une créature avide dévorant sa proie.

Je pris une grande inspiration et mes yeux s'emplirent de larmes.

Puis les ténèbres m'engloutirent.

3

SORIN

AGRUMES. Mon nez se fronça. *Pourquoi ça sent l'orange ?*

Non. Meilleure question. Pourquoi l'odeur d'orange faisait-elle réagir ma queue ?

Je gémis, me tournai sur le côté et cherchai à me soulager de la main droite. En ce moment, qu'est-ce que je ne donnerais pas pour avoir une bouche chaude dans laquelle m'enfoncer jusqu'aux couilles...

— Zian, marmonnai-je, le cherchant à tâtons sans ouvrir les yeux. Où t'es, bordel ?

— En bas, répondit-il, l'air bien plus éveillé que moi.

— En bas où ?

— Sous toi.

Je fronçai les sourcils.

— Tu n'es certainement pas sous moi, putain. (Sinon je serais déjà en train de jouer avec lui.) Viens dans le lit.

— Je ne peux pas.

— Pourquoi ?

— On a de la compagnie.

— Novak n'en a rien à foutre.

Il savait que Zian et moi aimions baiser ici ou là. Et

même parfois, il matait. Cet enfoiré était un voyeur dans l'âme. Heureusement, j'appréciais l'exhibitionnisme, et Zian aussi. Sauf en ce moment, apparemment, où ma queue palpitait dans ma paume. Je l'astiquai un bon coup, me perdant dans l'arôme sucré qui assaillait mes sens.

Jusqu'à ce que la raison prime sur mon besoin.

Pourquoi je perds la tête pour des agrumes sucrés, et d'où ça vient ?

— C'est pas Novak, dit Zian à mi-voix, d'un ton quelque peu étonné. C'est clairement pas lui.

— Quoi ?

Ce qu'il disait n'avait aucun sens. Que s'était-il donc passé la nuit dernière ? Roulant sur le dos, la bite toujours en main, j'entrouvris un œil, m'attendant à voir un soleil brûlant se jeter sur moi.

À la place, je vis un plafond solide.

— Qu'est-ce que… ?

Je commençai à me redresser, mais la raison me fit m'arrêter à mi-chemin. Comme la dalle de béton était à soixante centimètres au-dessus de moi, je ne réussirais qu'à me cogner le crâne.

En me rallongeant, je regardai à droite. Un autre mur blanc. À ma gauche, il y avait deux lits superposés – je devais être sur celui du haut de mon côté de la pièce – et une porte de cellule de prison standard à leur pied.

Hum. Pas les quartiers dans lesquels je me réveillais depuis une centaine d'années.

Une fenêtre donnant sur la mer décorait le dernier mur, créant une ambiance poliment trompeuse à cette pièce autrement morne.

— Putain, on est où ?

— Bonne question, répondit Zian. Mais encore mieux, c'est : qui elle est ?

— Qui est qui ? demandai-je, roulant de la couchette supérieure pour atterrir adroitement sur mes pieds près de lui.

Il désigna du menton la couchette d'en face tandis que j'ajustai mon pantalon.

Une chevelure aile de corbeau me figea, mon rêve devenant soudain une réalité dans mon esprit. Je tâtai mes côtes et sentis la plaie en voie de guérison, là où cette petite salope rusée m'avait lancé une dague.

La vue d'une femelle m'avait émerveillé au point que j'avais bêtement voulu la protéger comme un bijou précieux.

— Elle a essayé de me tuer, lançai-je.

Je me dirigeai vers elle tandis que Zian sautait du lit inférieur.

Il y avait trois bons mètres entre les couchettes, ce qui lui donna le temps d'interposer entre nous sa carrure mince, musclée et incroyablement souple. Il me retint en posant ses mains sur mes épaules.

— On a besoin d'elle vivante.

— Alors je la tuerai pas, répliquai-je. Je vais juste lui rendre la politesse.

Je tentai de le contourner, mais il bougea avec moi en une danse intemporelle que nos corps avaient formée au cours des décennies passées ensemble. Cela faisait de lui un excellent amant et sparring-partner. Mais pour l'instant, je n'avais besoin ni de l'un ni de l'autre.

— Écarte-toi, Z.

— Novak est parti, trancha-t-il. On doit découvrir ce qu'elle sait avant que tu vires en Noir mâle cinglé avec elle.

— En Noir mâle cinglé ? répétai-je en grognant. Je ne vais pas la violer, Z. Je vais juste lui donner une leçon qu'elle n'oubliera pas de sitôt.

Une leçon qui impliquait de faire sortir des excuses de ces lèvres pulpeuses.

Ses grands yeux noirs m'allèrent droit au cœur, suivis de son magnifique visage et de son menton d'elfe. Elle m'évoquait une petite fée, sa silhouette menue semblait naine par rapport à ma taille. Elle avait porté son coup en traître avec une habileté plutôt admirable pour son âge. Elle n'était pas entraînée, était loin d'avoir un statut de guerrier comme Zian et moi, mais elle était apte à survivre.

— Elle m'a lancé une dague, dis-je, irrité et excité de nouveau.

— Je sais.

Zian bougea encore, stoppant ma progression, et me repoussa de sa paume contre ma poitrine nue. Mes ailes heurtèrent le montant métallique reliant les couchettes, et je le fixai, les yeux plissés.

— Arrête de faire le con et laisse-moi la réveiller.

— Tu peux pas la tuer.

Le mot *encore* plana entre nous.

Car nous savions tous deux que Zian ne craignait pas une petite mort.

— J'ai dit que j'allais pas le faire, Z, lançai-je, agacé qu'il ne me croie pas. Je me contrôle mieux que ça.

— Je sais. Je suis juste... (Il s'interrompit et soupira en secouant la tête.) Je peux sentir Novak. Il ne souffre pas, mais il n'est pas *là* non plus.

Je fronçai les sourcils.

— Qu'est-ce que tu veux dire ?

— Il s'est isolé d'une manière ou d'une autre. Ou quelque chose l'a isolé.

Zian se passa la main sur le visage. Son lien familial avec Novak lui permettait de mieux comprendre la situation que moi. Ils étaient cousins, se connaissaient depuis la naissance. J'étais l'ami qu'ils s'étaient fait plus tard, pendant notre adolescence, quand nous nous entraînions pour devenir des Anges guerriers Nora.

On s'était tout de suite entendus, Zian et moi. Avec Novak, ce fut plus difficile, vu son fameux stoïcisme. Il ne parlait que lorsqu'il avait quelque chose d'important à dire, ce qui, au mieux, était rare. Il préférait analyser et observer les situations avant d'agir.

Ce qui me faisait croire qu'il avait pourfendu tous ces Noir hier pour une bonne raison. J'ignorais laquelle, vu qu'il n'avait fourni aucune explication.

Et maintenant, apparemment, il avait disparu.

Génial.

— Si tu ne me fais pas confiance pour la réveiller, alors fais-le toi. Une fois qu'elle aura prouvé qu'elle ne sait rien, ce sera à mon tour.

Je croisai les bras, montrant ainsi que je comptais rester ainsi jusqu'à ce que Zian me donne la permission de m'amuser.

Il passa ses doigts dans ses cheveux bleu nuit qui retombaient devant ses yeux dès qu'il s'arrêtait. Ses mèches sombres coopéraient rarement, préférant un look ébouriffé à tout semblant d'élégance. Cela correspondait tout à fait à sa personnalité, son état d'esprit n'acceptant guère de s'intégrer à une situation donnée.

Il était Zian, irrémédiablement, ne se prenait jamais pour quelqu'un d'autre.

Et il n'était certainement pas un type bien.

Si j'avais voulu tuer la belle brune, il n'aurait pas sourcillé. Il voulait juste s'assurer qu'elle vive assez longtemps pour lui soutirer des informations sur Novak. Une fois qu'elle aurait révélé qu'elle ne savait rien – ce qui, j'en étais certain, viendrait assez vite –, il me la livrerait avec un désinvolte « Fais-toi plaisir ».

Avec un hochement de tête crispé, il se tourna vers la créature exquise sur l'autre lit. Ses ailes noires étaient enroulées autour d'elle comme une couverture, plusieurs plumes pliées selon des angles abrupts m'indiquant qu'elle s'était blessée dans l'arène.

Mon premier réflexe fut d'examiner les blessures afin de les soigner.

Puis je me rappelai la dague qu'elle m'avait lancée et calai plutôt mes mains sur mes hanches. La colère couva de nouveau en moi, ainsi qu'une pointe de respect. Elle ne m'avait pas fait confiance dès le début, ce qui était un signe de son intelligence. Parce que je me retournerais contre elle sans hésiter si nécessaire.

Ma vie passerait toujours en premier. Ainsi que celle de Novak et de Zian.

Nous étions frères de métier, une triade incassable dans notre ancienne prison, et nous allions diriger celle-ci aussi. Peu importe le foutu lieu.

— Comment ce Nora appelait ce trou à rats ? Le pénitencier Noir ?

Zian ricana, ses yeux sombres se promenant sur la forme svelte de la femelle.

— Ouais. Dans le vol qui nous a amenés ici, un garde a dit que c'était un cran au-dessus de nos derniers logements. Je pense qu'il a menti.

— Je le pense aussi, opinai-je en examinant notre cellule une fois de plus. Mais au moins on a une vue sur la mer.

— En supposant qu'elle soit réelle.

— Vrai.

Les Nora adoraient nous embrouiller l'esprit.

Enfin, pas tous les Nora.

Juste les gardes responsables de ce système carcéral.

Parce qu'on était tous les trois des Nora avant que nos ailes ne deviennent noires. Et dans nos rôles de jadis, on n'était pas des enculés de manipulateurs. On était pour la paix. Jusqu'à ce qu'une certaine situation nous oblige à choisir la loyauté les uns envers les autres plutôt qu'envers les Nora.

Ce qui avait mené à notre emprisonnement, cent ans plus tôt. Ils avaient prétendu que tout ce qu'on devait faire était de nous repentir, ce qu'on avait fait, en vain. Maintenant on avait choisi de survivre.

— Pourquoi elle n'est pas réveillée ? s'étonna Zian, qui balança des coups de pied dans son lit.

— Elle est jeune et fragile, supposai-je en détaillant de nouveau sa taille menue. Je dirais dix-huit, peut-être dix-neuf ans. (Les anges cessaient de vieillir en apparence vers leur vingt-cinquième année, mais nos auras nous trahissaient.) Elle n'a pas d'expérience.

— Aucune, convint Zian, qui s'accroupit près de son lit. Mais elle t'a bel et bien planté cette lame.

— Coup de bol, je dirais. Toutefois, elle a crevé l'œil de Reese avant de lui trancher la gorge.

— Qui l'a entraînée ?

— Aucune idée, mais elle doit s'améliorer.

Son jet m'avait impressionné. Son vol, beaucoup moins.

Zian leva un sourcil brun.

— Argh, t'es volontaire pour l'aider à nouveau ? Parce que ça n'a pas très bien marché pour toi la première fois.

— Si elle veut un entraînement, elle devra le mériter, marmonnai-je.

Je songeais à toutes les façons dont j'aimerais la faire payer pour s'être retournée contre moi. Elle aurait dû simplement accepter ma générosité. Je n'aurais rien exigé en échange. Mais maintenant ? Maintenant, elle devrait me supplier pour lui donner ne serait-ce qu'un indice sur la façon de survivre dans ce nouveau cauchemar.

En fait, je pourrais faire de sa vie un enfer juste pour le plaisir.

Elle le méritait, et même pire, pour avoir tenté de me tuer.

Zian promena son doigt le long de sa colonne vertébrale qui saillait entre ses ailes, un contact intime typiquement réservé aux partenaires. Ce n'était pas pour ça qu'il le faisait. Il voulait voir si elle dormait vraiment, captant tout comme moi le rythme de sa respiration.

Elle vola en tous sens – littéralement – et s'empêtra dans ses ailes brisées, me rappelant un jeunot essayant de voler pour la première fois.

— Plus si habile maintenant, hein ? grognai-je.

— Naan, acquiesça Zian.

Il fit un pas en arrière pour se tenir à côté de moi par solidarité, et croisa les bras sur sa poitrine pour imiter ma position.

— Comment tu t'appelles ?

— Va te faire foutre, rétorqua-t-elle.

Elle émergea enfin de son cocon de plumes ébouriffées, les cheveux en bataille. Elle crachota, soufflant les mèches de sa figure, puis alla se tapir sur sa petite couchette.

J'arquai un sourcil.

— Ce n'est pas une défense très maligne, chérie. Tu ne peux qu'avancer, donc je pourrais te clouer sur ce matelas en deux secondes. Et m'enfoncer dans ta douce chatte moins de cinq secondes après.

Elle grogna, le son le plus adorable que j'aie jamais entendu. Même Zian semblait l'apprécier. Ou bien c'était ma menace. Il savait que je ne la mettrais jamais à exécution. J'étais tout ce qu'on veut, mais j'avais le consentement en haute estime. Tout comme lui. Ça rendait la victoire tellement plus torride.

— Touche-moi et je te mords, menaça-t-elle.

— Ça ce sont des préliminaires, bébé, répliqua Zian. Continue.

Cette fois, elle feula comme un chat sauvage en cage qui attend d'être libéré. Je souris et secouai mes cheveux, remarquant le sang séché qui effilochait les mèches blanches. Dans un coin de la pièce, il y avait une douche qui réglerait le problème. J'en profiterais quand on aurait fini.

— Qu'est-ce qui est arrivé à Novak ? questionnai-je, reprenant la ligne de pensée de Zian pour en finir avec cet interrogatoire.

— Novak ? répéta-t-elle en fronçant les sourcils. Comment diable je saurais ce qui est arrivé à votre ami psychotique ?

— Parce que je t'ai vue décoller dans un froissement d'ailes quand le gaz a jailli. Tu étais la dernière debout, accusa Zian.

Je l'ignorais, ayant été rapidement mis à terre à cause de cette fichue blessure dans ma cage thoracique. À présent je comprenais pourquoi il tenait absolument à l'interroger.

— Qu'est-ce que tu as vu ?

Au lieu de répondre, elle parcourut la cellule du regard, ses yeux noirs notant chaque détail en quelques secondes.

Ouaip. Intelligente.

Mais aussi très jeune.

— Qu'est-ce que tu as fait pour mériter tes ailes noires ? me demandai-je à voix haute, curieux de savoir quel péché elle avait pu commettre à un si jeune âge.

Zian, Novak et moi avions tous plus de soixante ans

avant notre Chute. Cette fille ne devait pas en avoir plus de vingt.

— C'est pas tes oignons, trancha-t-elle, croisant enfin mon regard. Même si tu m'as aidée dans l'arène, c'est pas pour ça que je te dois quoi que ce soit. Alors range ta queue. Ça n'arrivera pas.

Je haussai les sourcils tandis que je croisais le regard tout aussi effaré de Zian.

— Est-ce qu'on parle la même langue, Z ? Parce que je te jure que je ne lui ai pas fait de proposition.

— Tu as parlé de sa chatte. Peut-être qu'elle a pris ça comme une proposition au lieu d'une menace ? dit-il d'un ton désinvolte.

— Faut croire. Mais c'était subjectif, pour souligner sa position d'infériorité.

— Je sais. Elle n'a pas dû comprendre. Peut-être qu'on devrait s'exprimer plus clairement ?

— Ou alors vous, les deux abrutis, vous pourriez arrêter de faire comme si j'étais invisible, suggéra-t-elle d'un ton amer. Je suis là, merde.

— Oh, vraiment ? (Je me penchai pour la scruter dans les yeux.) Désolé, je ne te voyais pas dans ta grotte de fortune. Tu te sens en sécurité là-dedans, chérie ? C'est pour ça que tu te caches ?

Avec sa vitesse fulgurante habituelle, Zian lui saisit la cheville et la tira brusquement à terre. Elle cria et recula sur ses mains pour s'arc-bouter contre la porte.

— Toujours coincée, bébé, gloussai-je en secouant la tête.

— Cesse de déconner et dis-nous ce que tu as vu. Où est Novak ? questionna Zian.

Elle frissonna visiblement, et sa première onde de peur se répandit dans l'air alors qu'elle réalisait la gravité de sa situation – bloquée dans une pièce avec deux mâles virils. Nous pouvions la maîtriser en moins d'une seconde et la prendre à plusieurs reprises, et mon petit doigt me disait que personne ne surgirait pour nous arrêter. Parce que c'était le genre de prison dans laquelle nous avions atterri, où les détenus se battaient pour survivre.

Et on l'avait fourrée dans une cellule avec deux Noir des plus coriaces.

Ce n'était pas une exagération mais un fait. Un fait qu'elle allait apprendre bien vite si elle ne répondait pas aux questions de Zian.

— Je ne vais pas te le redemander, s'emporta-t-il en s'avançant vers elle.

Et dire qu'il s'inquiétait de ma réaction excessive. Typique.

Quand il fit un pas de plus, je l'attrapai par le cou et le tirai en arrière.

— Laisse-lui une minute pour réfléchir.

— Il n'y a pas à réfléchir, putain. Elle était consciente quand le gaz a commencé. Qu'est-ce qui s'est passé après ça ?

— Un connard de Nora armé d'un flingue a essayé de m'abattre avec des balles de feu, cracha-t-elle, les yeux brillants de fureur. Alors je me suis vautrée au sol et j'ai suffoqué dans le gaz avec vous autres. Fin de l'histoire. Content ?

Zian la dévisagea pendant une longue minute, puis se tourna vers moi.

— Tu la crois ?

— Elle a essayé de me tuer, lui rappelai-je. Je n'ai aucune confiance en elle.

Il haussa une épaule.

— C'est juste. Vas-y, donne-lui une leçon. Ça me fera une distraction.

Je faillis sourire, conscient de sa tactique : la peur lui ferait cracher tout détail qui pourrait nous être utile.

— Volontiers.

Je fis jouer les muscles de mon cou et m'avançai, menaçant.

Elle sauta sur ses pieds en un mouvement souple et leva les mains pour se défendre.

— Je suis désolée pour la dague, OK ? J'essayais juste de survivre au combat.

— Ce dont j'avais tenté de m'assurer, remarquai-je en avançant sur elle.

Son poing vola vers ma mâchoire. Je le saisis sans mal, puis attrapai son autre main avant qu'elle ne puisse s'en servir. Je bloquai ses deux poignets au-dessus de sa tête, et lui serrai la gorge de l'autre main.

— Pas malin, fillette, chuchotai-je. (Je pénétrai dans son espace vital pour glisser une cuisse entre ses jambes.) Dis-moi ton nom.

— Pourquoi ?

La force rayonnait dans son ton, même si la terreur dilatait ses pupilles. Une combinaison enivrante et intrigante qui fit de nouveau durcir ma bite.

Ou bien était-ce parce que je n'avais pas touché une femme depuis plus de cent ans ?

Je ne voulais pas le faire comme ça.

Mais je fantasmerais là-dessus plus tard, peut-être avec Zian. Nous avions l'habitude de partager des femmes tout le temps, un souvenir lointain que j'avais hâte de retrouver.

— Peut-être que je veux savoir quel nom employer quand je te donnerai des ordres au lit plus tard, lui chuchotai-je à l'oreille

Je souris en voyant la chair de poule hérisser ses bras.

Elle portait un de ces dos nus sans manches qui se nouaient sur la nuque et se drapaient devant, laissant ses ailes libres tout en couvrant toutes les parties sexy. Pas de soutien-gorge, juste un fin tissu cachant des tétons qui durcissaient. Je n'aurais su dire si c'était par peur ou excitation, ou peut-être un mélange des deux.

Je croisai son regard sombre et remarquai la nuance de défaite tapie dans ses noires profondeurs.

— Mmmh, oui, tu apprends, la félicitai-je. (Je la relâchai et reculai d'un pas.) Et moi qui n'avais pas l'intention de t'enseigner quoi que ce soit...

Je retournai m'asseoir sur le lit de Zian, ignorant la colombe brisée contre de la porte. De toute évidence, elle ne savait rien.

— J'aimerais que tu ajoutes sept nouvelles marques, dis-je à Zian, faisant référence à mes tatouages.

— Avec quoi ? (Il jeta un coup d'œil autour de lui.) Je n'ai pas mes outils ici.

— Je suppose qu'on va devoir les troquer.

Il haussa une épaule.

— Ou j'en fabriquerai, mais il faudra du temps pour rassembler les fournitures.

— J'attendrai, alors. Je pourrais en avoir d'autres à ajouter d'ici là.

Il jeta un coup d'œil à la fille et me gratifia d'un « Sans doute ». Pas parce que je la tuerais elle, mais parce que je finirais sûrement par tuer à cause d'elle.

Je n'avais pas besoin de l'aimer pour éprouver le besoin de la protéger.

C'était instillé dans mon sang de guerrier.

Les femmes étaient rares, les anges mâles étant dix fois

plus nombreux dans la plupart des cas. C'est pourquoi je n'avais pas vu de femme depuis presque un siècle.

Les femelles Noir étaient d'autant plus exceptionnelles qu'il fallait avoir commis des péchés importants pour acquérir des ailes noires. Je me demandai ce qu'elle avait bien pu faire pour mériter les siennes. Vu la facilité avec laquelle elle s'était retournée contre moi avec cette lame, je supposai qu'il n'était pas invraisemblable qu'elle ait agi de même avec un autre. Peut-être même l'avait-elle tué.

Zian croisa mon regard et inclina légèrement la tête, essayant de me dire un truc.

Je m'étirai, faisant semblant de flemmarder, suivis la direction de son geste et repérai la caméra pivotante au plafond, près de la fenêtre. Ne voulant pas montrer que j'avais trouvé le petit appareil d'espionnage du pénitencier, j'allai m'appuyer contre le mur juste à côté de la fenêtre, les mains dans les poches de mon jean. Je fis lentement rouler mes épaules et mon cou, examinant l'appareil sous tous les angles et étudiant sa technologie.

— Pas de son, déclarai-je après avoir inspecté l'endroit et le reste de la pièce.

— T'en es sûr ?

Je hochai la tête, mon expertise technique me faisant rarement défaut.

— Ouais, c'est une surveillance visuelle uniquement. Ils veulent sans doute voir combien de temps on va mettre à la détruire.

Sinon, pourquoi fourrer une jeune femelle dans une cellule avec deux anciens mâles guerriers qui n'avaient pas touché une femme depuis une éternité ?

Zian secoua la tête.

— Sales pervers.

J'acquiesçai sèchement, pensant aux gardes Nora que j'en étais venu à détester.

— Soit on leur offre un spectacle, soit on voit combien de temps il leur faut pour lâcher l'affaire et emmener l'appât ailleurs.

Zian regarda ledit appât frémir contre le mur, la lèvre retroussée de dégoût.

— Je vote pour la dernière solution.

— Ça me va.

Je m'affalai sur son nouveau lit, les mains derrière la tête.

— J'ai toujours envie d'une pipe, Z. Peut-être que notre invitée sans nom en tirera une leçon.

— J'en doute. (Il me rejoignit sur le matelas, l'air sombre.) Elle ne pourra jamais nous prendre en elle, même avec de l'entraînement.

Bien vrai, pensai-je, lui jetant un coup d'œil pendant que Zian me prenait à la gorge.

— Regarde ailleurs, petite colombe, lui conseillai-je. Les hommes vont s'amuser, et on ne voudrait pas blesser ton innocente sensibilité.

L'aura de la fille sentait la vierge, son apparence dure protégeant un intérieur manifestement doux. Je le discernais dans ses yeux tandis que je fourrais mes doigts dans les cheveux épais de Zian et attirais sa bouche vers la mienne.

Il mordit ma lèvre inférieure en réprimande, détestant que j'essaie de le contrôler. Mmmh, j'adorais cette lutte constante entre nous.

Je poussais, il repoussait.

J'exigeais, il répliquait avec ses propres ordres.

C'est pourquoi Novak aimait nous regarder : il ne savait jamais qui allait gagner nos petites batailles sensuelles.

— Où penses-tu qu'il soit ? demandai-je.

Je resserrai ma poigne dans ses cheveux pour l'attirer d'une façon qu'il aimait et détestait à la fois.

Zian lâcha ma gorge et empoigna ma queue, qu'il serra brutalement pour me punir en retour.

— Il est en vie et c'est ce qui compte, répondit-il, sachant que je parlais de Novak – de qui d'autre ?

Je grognai lorsque Zian me balança un rude coup dans le pantalon.

— Ce n'est pas ce que je veux.

— Je sais. (Il tira fort sur ma bite, m'arrachant un sifflement de douleur.) Tu prendras ce que je te donne.

— Bâtard.

— Enfoiré, répliqua-t-il.

Un petit hoquet me fit détourner le regard pour le reporter de nouveau sur la femelle dans le coin, dont les joues étaient cramoisies.

— Je t'avais dit de regarder ailleurs, petite colombe.

Zian me donna un autre coup, encore plus fort que le précédent.

— Concentre-toi.

— Oh, je suis concentré, putain.

À la fois sur lui et sur la belle créature qui nous regardait jouer. C'était comme si elle ne pouvait pas détourner le regard, ses lèvres ouvertes sur un léger halètement de surprise. Sa senteur d'agrumes s'intensifiait, ce qui me fit gémir.

— Encore.

Je le disais pour Zian et pour elle, car j'aimais son odeur.

Sa bouche retrouva la mienne en un baiser punitif et avide. Je compris tout de suite ce dont il avait besoin et pourquoi. Son cousin avait disparu, et il avait faim d'une distraction qui l'aiderait à se recentrer, tous ses sens en éveil.

Je la lui fournis donc avec mes lèvres, ma langue et mes

mains, explorant son corps de la façon qu'il préférait, prenant habilement sa tige dans ma paume. Je pensai à la petite chérie pendant qu'on s'amusait, songeant à ce que ce serait de la forcer à nous lécher après avoir fini, et mon orgasme monta de seconde en seconde.

La rage refoulée et l'agressivité de l'arène me prirent aux couilles, stimulant nos mouvements. Savoir qu'elle devait regarder, écouter, observer le moindre de nos gestes ne faisait que nous pousser à continuer.

Car j'entendais son souffle, sentais sa chaleur croissante, et je savais que nous réveillions quelque chose en elle. Une envie qu'aucun de nous ne satisferait à moins qu'elle ne supplie vraiment.

Elle ne l'avait pas mérité.

Elle avait essayé de m'éliminer.

Ce fut sur cette note que je jouis dans mon pantalon, dans la poigne sûre et ferme de Zian qui n'avait même pas touché ma peau nue.

Je lui rendis la pareille, furieux qu'il m'ait souillé ainsi mais excité en même temps, mon plaisir frémissant le long de ma colonne vertébrale. Totalement frustré et pourtant bizarrement complet.

Mon regard revint sur notre petite voyeuse tandis que j'embrassais Zian pendant son propre orgasme, sa semence réchauffant mon torse. Je l'invitai des yeux à se joindre à nous, à lécher la substance poisseuse sur ma peau, mais elle resta dans son petit coin, ses iris noirs palpitant d'une innocence médusée. Il valait mieux pour elle, car elle était loin d'être prête à jouer.

Tout comme on ne le permettrait sûrement jamais.

L'intimité requiert de la confiance.

Et elle n'avait pas gagné la nôtre.

Elle avait plutôt acquis notre haine. Ce qui était

vraiment dommage parce que, dans cet endroit, elle avait besoin d'un allié, et je n'étais guère enclin à l'aider après notre dernière expérience. Pourtant je savais que je le ferais, par pure obligation envers sa rare existence.

— J'espère que tu pourras voler mieux qu'hier, lui dis-je à mi-voix. Parce que tu vas avoir besoin de ces ailes, petite colombe.

Zian soupira de contentement, sa tête heurtant l'oreiller.

— Je lui donne une semaine maxi.

— Ah ouais ? (Je souris, amusé.) Moi pas plus d'une journée.

— Tu veux parier ?

— Tout à fait.

— Cool. Le gagnant se met à genoux, décida Zian.

Bien sûr que c'est ce qu'il aurait choisi. Je l'aurais fait aussi.

— Ça marche pour moi.

4

RAVEN

C'EST QUOI CE BORDEL ?

Les deux superbes anges s'étaient endormis, chacun sur sa couchette, après avoir terminé ce qu'ils appelaient « amusement ».

Assise dans un coin, mes ailes repliées autour de moi tel un cocon protecteur, j'observais mes nouveaux compagnons de cellule à travers les plumes. Je détestais que le Noir tatoué ait immédiatement saisi l'habitude puérile à laquelle je revenais lorsque je me sentais vraiment en cage. Ça ne m'était pas arrivé depuis longtemps, mais j'étais piégée dans une pièce close avec deux psychopathes qui sentaient...

Un délice.

Je fermai les yeux et expirai fortement par le nez, essayant de me débarrasser de leur parfum enivrant. La brise salée que m'évoquait le Noir tatoué s'était transformée en quelque chose de nouveau lorsque lui et celui qu'il appelait « Z » s'étaient fait plaisir.

Comme du sel et du caramel fondu.

Ensemble, ils constituaient une magie hypnotique impossible à ignorer. Leur bataille de concessions s'était perfectionnée en une forme d'art qu'il était difficile de ne pas envier. Je n'avais jamais eu d'allié comme ça, et encore moins un amant à moi.

Je n'en avais jamais eu besoin, mais d'un autre côté, je n'étais jamais allée au pénitencier Noir.

Les regarder m'avait fait quelque chose que je ne pouvais pas expliquer. Encore maintenant, ma peau me picotait et ma langue pointait entre mes lèvres, presque capable de goûter le soupçon de douceur qui provoquait des sensations de chaud et froid dans ma matrice.

Mon cerveau tenta de passer outre les vagues de désir qui déferlaient dans mon corps pour me rappeler que ce n'était qu'une réaction biologique à des partenaires compatibles. L'odeur était d'autant plus forte que je ne l'avais jamais connue jusqu'ici et que deux mâles compatibles venaient de se faire plaisir à quelques pas de moi, laissant leur excitation planer dans l'air.

C'était clair que j'avais été placée dans cette cellule de manière délibérée. La réaction d'une femelle à un compagnon compatible peut la rendre folle si elle n'est pas traitée convenablement.

Étant donné ma situation, j'étais bonne pour l'asile d'aliénés.

Lorsque je rouvris les yeux, les anges étaient toujours là à me tourmenter avec leur plaisir rassasié. Leur odeur imprégnait la pièce, m'affaiblissant à chaque inspiration forcée.

Comme je n'osais pas bouger ou me déployer de mon cocon protecteur, je continuai d'observer.

Le tatoué dormait sur la couchette inférieure, ses longs cheveux blond platine encore humides après sa douche recouvrant son corps nu comme des plis de soie. Sa poitrine se soulevait et s'abaissait en un mouvement rythmique qui m'hypnotisait. Le regarder dormir était presque aussi fascinant que de le voir avec Z. Ça ne l'avait pas gêné que je le mate lorsqu'il avait souillé son pantalon ou quand l'autre avait explosé sur sa poitrine – et tous deux avaient été terriblement sexy, bien que si on me posait la question, j'emporterais cette vision dans ma tombe.

De même, il m'avait fait face pendant sa douche, amusé que je regarde les gouttes tracer des lignes sur des muscles parfaitement dessinés. Z avait été tout aussi amusé par ma fascination, m'étudiant tranquillement tandis qu'il se prélassait sur la couchette supérieure sans un mot.

Ils m'horrifiaient et me captivaient, et le savaient tous les deux.

Pour leur défense, le tatoué m'avait averti de regarder ailleurs, mais ses yeux m'avaient appelée quand Z l'avait touché.

Peut-être voulait-il que je me joigne à eux, mais je préférais encore devenir folle plutôt que de donner ma virginité à ces deux psychopathes. En fait, je ne comprenais toujours pas pourquoi ils ne m'avaient pas simplement maîtrisée. Ils m'avaient clairement fait comprendre à quel point j'avais peu de contrôle dans cette situation. Si je leur faisais ne serait-ce qu'une fraction de l'effet qu'eux me faisaient, j'étais déconcertée de les voir capables de résister ainsi à la tentation.

Vu que nous étions des compagnons compatibles, j'avais le sentiment que j'aurais apprécié, que je le veuille ou non.

Peut-être était-ce pourquoi ils ne l'avaient pas fait. Pour me punir de ma trahison.

Si c'était le cas, ça marchait. Le désir persistant entre mes jambes ne faisait qu'empirer à chaque inspiration de la brume de caramel salé planant dans l'air, une odeur à laquelle je ne pouvais échapper.

Un petit son fusa de ma gorge. Je plaquai une main sur ma bouche, réalisant que je venais de gémir.

Encore une fois, *c'est quoi ce bordel ?*

Je fusillai le Noir tatoué du regard, mais il dormait toujours, même si j'aurais pu imaginer une ombre de sourire au coin de ses lèvres.

Une diversion bénie provint du couinement d'un petit animal qui se faufila dans une crevasse du mur.

Une souris.

Elle flaira l'air, ses minuscules moustaches vibrant tandis qu'elle tressautait de gauche à droite, puis elle me repéra. Elle se figea et ses yeux en boutons de bottine me scrutèrent.

J'aimais les animaux de toutes sortes, et j'abaissai aussitôt mes ailes en un mouvement lent et délicat pour ne pas l'effrayer.

— Bonjour, chuchotai-je d'une voix douce à laquelle les animaux semblaient répondre favorablement. Comment tu t'appelles, ma petite ?

La souris remua ses moustaches encore un peu, puis décida que je n'étais pas une menace. Elle trottina jusqu'à mes genoux et renifla mes doigts. Son esprit effleura le mien, et je souris. Tous les animaux ne pouvaient pas communiquer avec moi, mais ceux qui possédaient une touche de magie en étaient capables. La magie était comme de la poussière éparse – parfois elle se collait à ce qu'il ne fallait pas.

Elle me demanda de lui dire mon nom la première.

— Eh bien, je m'appelle Raven, si tu veux savoir.

Elle couina en me disant que c'était un nom amusant parce que je ressemblais à un corbeau avec toutes mes plumes soyeuses.

Je les ébouriffai avec fierté. Pour ce que j'en savais, j'étais née avec mes plumes noires et n'avais rien fait pour mériter mon emprisonnement, mais personne ne le croirait jamais. Les animaux, par contre, ne jugeaient pas. C'était ce que j'aimais chez eux.

— Alors, tu vas me dire ton nom maintenant que tu connais le mien ?

La souris avoua qu'elle n'avait pas de nom, mais m'invita à lui en donner un.

— Ah, tu es si gentille, murmurai-je en caressant sa petite tête avec mon auriculaire. (Elle se pencha à ce doux attouchement.) Je vais t'appeler Souricette. Ça te plaît ?

Elle poussa un couinement d'approbation, puis se figea. Son petit cœur tambourina contre notre fragile connexion alors que ses réflexes prenaient le dessus.

Je compris pourquoi un instant plus tard, lorsque l'ange tatoué changea de position et que je le surpris en train de me fixer. Quand son regard s'abaissa sur le petit animal par terre, Souricette poussa un cri strident et s'enfuit par la fissure du mur, emportant avec elle mon moment de paix.

— Souricette ? releva le Noir. Quel manque d'originalité.

Mes propres instincts se manifestèrent, et par réflexe j'enveloppai mes ailes autour de moi, reformant mon cocon de protection.

— Tu as une meilleure idée ?

Il fronça les sourcils.

— Je ne donne pas de nom à mes casse-croûte.

— Casse-croûte ! glapis-je. Tu ne mangeras pas Souricette !

Il gloussa et se redressa, fléchissant ses ailes avant de les caler dans son dos.

— Sinon quoi, *Raven* ?

Je lui dardai un regard empreint d'une haine brute. Peu m'importait qu'il connaisse mon nom, mais je n'aimais pas la façon dont il sonnait sur sa langue, si sensuelle et... séductrice.

L'odeur de brise marine monta d'un cran. Je me pinçai le nez, en vain. C'était comme si son parfum m'enveloppait et s'infiltrait dans mes pores jusqu'à me rendre folle.

Le Noir gloussa de nouveau, visiblement amusé par ma réaction.

— Vous allez la fermer ? grommela une voix endormie au-dessus. Un endroit comme celui-ci ne nous offrira guère de repos. On aura besoin du peu qu'on nous laissera.

Le Noir tatoué donna un léger coup de poing à la couchette supérieure, ce qui poussa Z à le taper d'en haut.

— Détendez-vous, sergent instructeur.

Il s'étendit sur le dos, déployant ses ailes pour ne pas les écraser sous son lourd corps de mâle. Il croisa les mains derrière sa tête et ferma les yeux tandis que je surveillais chacun de ses mouvements.

— Dors un peu, Raven, conseilla-t-il, vu que je ne bougeais pas.

— Je ne suis pas fatiguée, mentis-je.

Mes paupières étaient lourdes comme des pierres.

— C'est dans ton intérêt, insista-t-il, tandis que sa main glissait vers le bas, vers son renflement croissant.

Encore ? me demandai-je, déconcertée. *Je ne peux plus supporter ça...*

— Tu répands ton odeur dans la pièce, et ça me donne envie d'un second round, répliqua-t-il comme s'il entendait mes pensées, ce que je savais impossible. Mais Z a raison. On ne sait pas ce qui nous attend demain et on doit être prêts physiquement. (Il s'étira et se rajusta sans vergogne.) Si tu ne peux pas contrôler tes glandes, le sommeil pourrait les calmer avant que tu me rendes trop nerveux.

La chaleur embrasa mon cou, et je fus bien contente qu'il ait les yeux clos.

— Oh, murmurai-je, fort gênée qu'il puisse me sentir.

Je me réfugiai sur mon propre matelas, où je fis un nid avec mes ailes avant de poser ma tête sur mes primaires. En tant que femelle, je ne pesais pas lourd, ce qui était pratique quand je me battais avec rapidité – ou quand j'essayais de dormir sans toucher les draps crasseux de la prison.

Je remuai de façon à former à travers mon cocon un judas assez large pour scruter mon compagnon de cellule. Je devais m'assurer qu'il s'était endormi avant d'oser fermer les yeux, mais je ne savais pas trop s'il fallait se fier au léger soulèvement de sa poitrine.

J'essayai quand même.

Le sommeil ne venait pas. Je contemplai le Noir tatoué pendant un long moment, espérant me détendre assez pour m'endormir, mais je ne pouvais que le fixer avec mon cœur qui s'emballait comme si j'étais une souris qu'il allait manger.

— T'es encore éveillée, remarqua-t-il, me faisant sursauter et confirmant qu'il n'avait pas dormi du tout. Je m'appelle Sorin, petite colombe.

Il entrouvrit un œil et me sourit.

— Pourquoi tu m'as dit ton nom ? demandai-je, sans ouvrir mon cocon protecteur.

Son sourire s'élargit.

— Au cas où tu voudrais le crier quand je te prendrais. Parce que si tu ne fermes pas les yeux et que tu ne t'endors pas, c'est ce qui va se passer.

— Va te faire foutre, lançai-je, ce qui me valut un nouveau gloussement.

Je fermai les yeux. Et d'une manière ou d'une autre, je

finis par m'assoupir au son de l'amusement sensuel de Sorin.

~

DE NOUVEAUX LOTS de détenus avaient afflué ces derniers jours, meurtris et ensanglantés par l'arène, et les cellules se remplissaient lentement à bloc.

Un sombre pressentiment me soufflait que ce n'était que le début.

Z affronta quelques prisonniers affaiblis pour obtenir des informations. Sorin me rappela que tout le monde ici avait survécu à l'arène, donc je ferais mieux de surveiller mes arrières si je tentais quoi que ce soit de bizarre.

Surtout que j'étais toujours la seule femme.

Les recherches de Z sur son ami Novak ne donnaient rien, mais la rumeur disait que le pénitencier Noir était une nouvelle prison destinée à accueillir la lie de la lie, donc j'ignorais toujours ce que je faisais ici. Erreur ou pas, je devais trouver un moyen de m'échapper, et rapidement.

En attendant, il fallait survivre, ce qui signifiait jouer mon rôle de femelle revendiquée.

Z, dont j'avais fini par apprendre que c'était l'initiale de Zian, faisait le guet pendant que Sorin me traînait dans la file d'attente du petit-déjeuner puis jusqu'à nos places selon un angle où nous pouvions être dos au mur. Le duo avait pris l'initiative de me garder en otage comme un petit trophée jusqu'à ce qu'ils aient décidé de quoi faire de moi ou déterminé si je pouvais être utile pour recueillir des renseignements sur leur ami Novak. Zian semblait me croire quand je disais que je n'avais rien vu, mais il devenait plus tendu de jour en jour. Si l'un d'eux décidait que je n'étais plus utile, ou au moins légèrement divertissante, je pourrais dire adieu à mon dernier souffle.

Je pensai plus d'une fois à m'enfuir, mais à voir les regards affamés des autres détenus, je m'estimais chanceuse de ne pas être maltraitée chaque nuit. Non pas que Sorin et Z m'aient rendu la vie facile.

Oh, la routine en elle-même n'était pas mauvaise.

Petit-déjeuner.

Un temps dans la cour – pas de vol autorisé, bien sûr.

Dîner.

Retour dans nos cellules.

Malheureusement, c'était à ce moment-là que j'avais envie de me tuer, ce qui était probablement le but recherché.

Le mélange de caramel salé répandit sa douce saveur sur ma langue dès l'instant où Zian et Sorin se remirent à se disputer. C'était souvent ainsi qu'ils commençaient leur rituel nocturne de libération de testostérone, qui se terminait généralement par une démonstration sensuelle qui me faisait haleter de désir.

Cette nuit ne fut pas différente.

Les deux anges se bagarrèrent aussi admirablement qu'ils baisèrent. Même dans l'espace restreint de la cellule, ils se confondaient, leurs ailes bleu nuit peignant une tache d'huile sur une toile de murs blanchis à la chaux. Sorin bougeait comme une violente tempête, ses cheveux brillants flottant en arc de cercle autour de lui quand il virevoltait.

Le style de combat de Zian était simple mais efficace. Il absorbait chaque coup comme s'il était immunisé contre la douleur. Il en rendait une partie avec une précision calculée et une vitesse bien supérieure à ce que j'aurais estimé chez lui, ce qui lui valut un grognement lorsqu'il flanqua son poing dans le ligament inférieur attachant l'aile de Sorin à son corps – un endroit sensible chez un Noir.

Sorin trébucha et me tomba dessus, m'arrachant un glapissement lorsque je ne pus l'esquiver à temps.

— Fais gaffe ! m'écriai-je, essayant de le repousser, en vain.

L'ange grogna, les narines dilatées, et me balança au milieu de la cellule.

— Écarte-toi de mon chemin, me prévint-il. Sauf si tu veux cesser de te planquer et apprendre à te battre.

Un sourire diabolique étirant ses traits, il fit un pas vers moi, me faisant reculer jusqu'à Zian qui me coinçait de l'autre côté.

— Qu'en dis-tu, Z ? Doit-on apprendre à la petite colombe à prendre soin d'elle ? J'en ai marre de jouer les protecteurs en attendant de décider ce qu'on va en faire.

J'avais l'impression que les deux Noir devenaient aussi cinglés que moi, pris au piège de leurs senteurs respectives qui nous rendaient tous fous. Ils se faisaient plaisir l'un l'autre nuit après nuit après une bagarre intense, mais ils n'en devenaient que plus frénétiques, chaque séance plus longue et plus violente que la précédente.

— Je ne sais pas, réfléchit Zian. (Il tira mes bras dans mon dos et serra mes poignets l'un contre l'autre.) Peut-être qu'on devrait plutôt lui apprendre à encaisser un coup de poing.

Sorin grogna en me surplombant, me bloquant entre Zian et lui. Je retins mon souffle devant la violence brute que dégageaient ses yeux.

— Peut-être qu'elle devrait apprendre à encaisser un truc un peu plus dur qu'un coup de poing.

Je détournai mon regard, le musc capiteux de

l'excitation qu'ils dégageaient tous les deux me donnant le vertige, mais je n'allais pas m'écraser et faire la morte.

Il attrapa mon menton et leva mon visage pour que je le regarde. Quand le doigt de Sorin s'approcha trop près de ma bouche, je le mordis – fort.

Il jura et le tira en arrière, mais je tins bon. Ma mâchoire me fit mal quand il m'arracha à Zian et me plaqua contre les barreaux jusqu'à ce que je lâche prise.

— Salope, jura-t-il, tenant sa main en sang.

Je crachai par terre et j'allais faire quelque chose de stupide – genre tenter d'attaquer Sorin, un guerrier expérimenté – quand la porte de la cellule s'ouvrit.

Je fixai bêtement l'espace libre jusqu'à ce qu'une voix résonne dans un interphone crépitant de parasites : « Tous les détenus dans la cour pour l'entraînement de vol obligatoire. Le non-respect de cette consigne entraînera un gazage fatal dans toutes les cellules. »

Entraînement de vol ?

— Ils vont nous faire voler ? s'étonna Zian. Ça n'annonce rien de bon, putain.

Sorin grogna son accord puis me poussa en avant, me faisant trébucher.

— Viens, petite colombe. Reste près de nous.

— Et si c'était un autre tour dans l'arène ? m'inquiétai-je, incapable de cacher le tremblement dans ma voix.

Il me lança un regard par-dessus son épaule, où couvait un désir évident.

— Si quelqu'un doit te tuer aujourd'hui, ce sera moi.

On ne fait pas plus rassurant.

La cour était généralement couverte d'un vaste grillage qui nous maintenait au sol, mais aujourd'hui, il était enroulé pour exposer le ciel fumeux qui ne nous laissait jamais profiter du soleil. J'avais envie de m'y élancer et de m'élever au-dessus des nuages. Peu importait le temps pourri, le soleil attendait toujours juste derrière l'horizon.

Je déployai mes ailes et poussai un soupir de soulagement après les avoir gardées chiffonnées pendant si longtemps. Ce serait formidable de pouvoir voler, même si c'était un autre test.

Je repérai des gardes Nora aux postes de guet. Chacun avait un fusil en main.

— Vas-y ! cria l'un d'eux, pointant son arme sur le premier Noir de la file.

Comme il ne réagissait pas, le garde tira à ses pieds. L'ange bondit dans le ciel, mais retomba en hurlant, ses ailes déchirées par un fil invisible qui traversa ses plumes, faisant gicler du sang sur le sol. Les gardes l'abattirent rapidement, tirant assez de balles pour envoyer des brassées de plumes en l'air.

Un de moins.

L'interphone résonna de nouveau : « Il n'y a qu'un seul chemin. Soyez prudents. »

Je déglutis en réalisant que c'était un entraînement de type la réussite ou la mort. Comme dans l'arène, le Directeur avait décidé de décimer le troupeau.

Sorin serra mon poignet assez fort pour que le bout de mes doigts s'engourdisse.

— Tu restes dans le sens du vent, grinça-t-il.

— Je ne ferai rien de tel, rétorquai-je.

Je m'élançai dans les airs avant qu'il ne puisse m'arrêter. Mes ailes me démangeaient de l'envie de voler depuis que j'étais arrivée ici, et je n'allais pas rater cette occasion, quoi qu'il arrive.

Les gardes Nora aboyèrent aux détenus de suivre mon exemple et de décoller avant qu'ils n'arrosent la foule de balles.

— Femelle stupide ! cria Zian.

Puis j'entendis deux lourdes paires d'ailes propulser des corps masculins dans l'air.

Sorin et Zian volaient dans mon sillage – je sentais leurs yeux sur moi –, tout comme les autres détenus qui avaient bien capté que les gardes risquaient de tirer dans le tas.

Je me concentrai, repérant le fil translucide une fraction de seconde avant de l'esquiver. En tant que femme, ma vue était meilleure que celle des autres – bien meilleure. J'avais beau être petite, j'avais quelques avantages sur le sexe brutal qu'ils ne devaient pas connaître.

Malgré ma vue perçante, je manquai une barbelure qui accrocha le bout de mon aile gauche. La douleur explosa dans mon dos alors que mes plumes sensibles étaient coupées, mais je corrigeai ma trajectoire et continuai à avancer.

Le premier Noir avait visé directement les hauteurs, espérant sans doute s'échapper s'il parvenait à prendre assez d'altitude. Moi je n'allais pas m'imaginer que ce serait aussi facile.

Une plateforme s'érigeait à l'autre bout de la cour, nettement plus petite que celle de départ. Le Directeur s'attendait sûrement à un faible taux de réussite.

Gardant ma cible en tête, je planai à basse altitude, profitant de l'éclat du soleil couchant pour repérer les pièges barbelés juste avant qu'elles m'entaillent.

Mes pieds touchèrent la plateforme, m'arrachant un soupir. En sécurité de l'autre côté, je vis mes compagnons atterrir : un Sorin irrité, et un Zian plutôt impressionné. Ils n'auraient peut-être pas survécu par eux-mêmes, mon chemin était le bon. Ce que les détenus derrière eux avaient également compris en nous suivant jusqu'à la plateforme.

Puis je vis les barbelures bouger, et une vague de prisonniers tomba dans la cour.

Une pluie de balles les accueillit.

En observant les autres chercher leur chemin vers la sécurité, je me dis que ce n'était que le début des défis que nous allions devoir relever au pénitencier Noir.

Cet endroit n'avait rien à voir avec la pénitence.

Il s'agissait de survie, et quoi qu'il arrive, je ferais en sorte d'être la dernière debout.

5

SORIN

J'AVAIS CESSÉ de compter les jours au bout d'une dizaine d'années d'emprisonnement. Ça ne servait à rien.

Pourtant, je traçai une septième marque sur le mur ce matin-là, rayant la semaine que Zian et moi avions passée en captivité avec Raven.

Pourquoi ?

Parce que son odeur me rendait fou et que j'avais besoin du réconfort du temps pour me rappeler pourquoi je ne l'avais pas encore touchée. Je n'étais pas faible. Zian non plus. Mais son arôme d'agrumes s'intensifiait chaque minute, son appel féminin était une présence enivrante qui attirait tous les mâles de ce putain de pénitencier.

Y compris les gardiens Nora.

Zian et moi la protégions de notre mieux, ce qui faisait de nous des cibles. Heureusement pour elle, on savait gérer ça. Mais je me doutais que les gardiens allaient bientôt la changer de cellule rien que pour la tourmenter.

Et ce serait un très mauvais jour pour la petite colombe, car elle n'avait aucune chance contre les monstres de cette prison.

Je fis jouer les muscles de ma nuque quand les portes s'ouvrirent, notre après-midi dans la cour étant l'activité suivante au programme. Zian ouvrait la marche, Raven derrière lui, moi sur ses talons.

Ces magnifiques plumes noires effleuraient ma poitrine, et je me demandai pour la millième fois comment une créature aussi délicate avait pu atterrir ici. Je savais qu'il valait mieux ne pas poser de questions. Raven n'était pas du genre bavarde, préférant montrer les dents plutôt que donner de la voix, comme si elle avait grandi dans cet environnement ou un autre similaire.

Elle avait l'air dure, mais ses véritables émotions se lisaient dans ses grands yeux noirs. Des yeux qui étaient en train de scruter la cour et de remarquer les changements subtils, tout comme moi.

— Il va se passer quelque chose, chuchota-t-elle.

— Sans déconner, acquiesçai-je, repérant les lignes tracées par terre, à peine visibles.

De plus en plus de Noir arrivaient chaque jour, frais émoulus de l'arène, remplissant à nouveau les cellules à pleine capacité après l'abattage de la leçon de vol de l'autre jour.

Ce qui indiquait qu'on était bons pour une nouvelle fête mortelle.

— Qu'est-ce que tu en penses ? demanda Zian en me donnant un coup d'épaule, tandis que nous examinions les alentours.

— Manifestement pas un autre test de vol, marmonnai-je, lorgnant les barbelés au-dessus de nos têtes.

— Des duels.

La voix douce de Raven capta mon attention, et je suivis son regard vers le sol.

— Quoi ?

— C'est installé comme pour un duel, expliqua-t-elle en pointant du doigt quelque chose que mes yeux masculins n'arrivaient pas à interpréter.

Une vue améliorée était l'un des points forts des anges femelles, tandis que la musculature et la puissance brute revenaient aux mâles.

Ce qui rendait un duel incroyablement injuste pour quelqu'un comme elle.

Elle savait se battre, ses pieds étaient agiles, son corps petit, mais elle n'avait aucune chance contre les mâles de cet endroit.

— Je ne les vois pas, grommela Zian. Où sont les lignes ?

— Ce sont plutôt ces fils presque invisibles, comme dans le ciel, expliqua-t-elle juste au moment où l'un des détenus marchait sur l'un d'eux.

L'électricité grésilla dans l'air, envoyant le Noir à genoux avec un glapissement de douleur.

Un autre s'avança du côté opposé, répétant l'expérience de son rival.

Je sifflai quand la secousse d'énergie tourbillonna, révélant l'arène cylindrique que le regard de Raven avait captée avant les nôtres. Elle formait une minuscule cage pour deux personnes tout au plus, révélant sans l'ombre d'un doute la tâche cruelle du jour.

Un garde Nora la confirma, qui monta sur l'estrade et nous intima de nous trouver un partenaire pour l'entraînement d'aujourd'hui.

— Prends Raven, proposa Zian. Je vais aller jouer avec notre pote Mandrin.

Je grognai. *Mandrin* n'était pas du tout notre pote, cet abruti Noir était l'un des taulards posant le plus gros problème à Raven. Elle n'en savait rien, n'étant pas au courant de ses remarques obscènes l'autre après-midi dans la cour. On faisait de notre mieux pour la protéger, surtout par principe. Or Mandrin n'avait ni manières ni principes, et il la violerait à répétition s'il en avait l'occasion.

— Botte-lui le cul, Z.

— Oh, c'est bien mon intention. (Zian fit craquer son cou et adressa un sourire en coin au grand crétin qui attendait notre duel. Nous ne cachions pas notre répugnance, et lui non plus.) C'est l'occasion de prouver ta valeur, mon grand, railla Zian. Si tu as le courage de me défier.

Cet enfoiré afficha un sourire d'ogre en retour.

— Amène ton cul, espèce de lutin.

Je réfrénai un rire, sachant que l'insulte ne ferait qu'agacer Zian davantage. Il était peut-être un peu maigre, mais c'était ce qui rendait ses pieds si lestes. Il avait aussi des muscles fermes, sans une once de graisse, ce qui le rendait fort.

Raven commença à s'éloigner, dans l'intention manifeste de trouver un autre sparring-partner. J'empoignai sa nuque et l'attirai vers moi, nos poitrines se frôlant sous la rudesse de mon geste.

— Reste ici.

— Va te faire foutre.

— Plus tard, suggérai-je, la retenant avec aisance tandis qu'elle se tortillait pour se dégager de mon emprise. À moins que tu veuilles t'entraîner nue sur le ring, ce que j'accepterai volontiers.

— Je ne veux pas être ta partenaire.

— Tu es absolument ma partenaire, corrigeai-je, enroulant mon autre bras autour de sa taille. Je suis le seul ici, à part Z, qui n'essaiera pas de te sauter après, lui susurrai-je à l'oreille. (Puis je la fis tourner dans mes bras pour lui montrer la cour et tous ces regards avides rampant sur elle.) Chacun de ces gars veut te croquer, petite colombe. Te battre ne fera qu'exacerber les choses. Alors accepte mon offre – c'est ta seule option intelligente.

Elle se hérissa à ces mots, puis frissonna quand un mâle se pourlécha les lèvres en reluquant sa chemise élimée. Je savais par expérience que cette harde miteuse était pratiquement transparente, et que ses petits boutons roses offraient un aperçu tentant dont je rêvais chaque nuit.

— Qu'est-ce que t'en dis ? lui demandai-je.

J'avais conscience que son corps se lovait contre le mien au lieu de s'en éloigner. Mon odeur semblait causer presque autant de ravages en elle que la sienne en moi, nos corps étant plus que compatibles pour l'accouplement. Peu importait qu'elle soit jeune. La plupart des femelles Nora s'accouplaient vers l'âge de dix-neuf ou vingt ans, généralement avec un groupe de mâles Nora bien plus âgés. Certaines choisissaient deux compagnons, d'autres plus. Cela dépendait du cycle d'unions.

En tant que jeune femme entourée de deux anciens guerriers, il n'était pas surprenant que nos âmes soient intriguées l'une par l'autre.

Mais cela ne voulait pas dire que nous devions agir en conséquence.

— Bien, marmonna-t-elle. Je vais m'amuser à te pousser dans cette clôture.

Je penchai ma tête vers son cou pour mordiller son pouls qui battait la chamade.

— C'est pour ça que ton cœur s'emballe ? chuchotai-je. Tu as peur que je le fasse ?

— Il s'emballe par anticipation, pas par peur.

— Bien sûr, rétorquai-je. Si cette pensée te fait te sentir mieux, vas-y.

Elle tenta de nouveau de s'arracher à moi, mais j'avais

toujours un bras autour de sa taille et une main sur sa gorge. Ça me permettait de la retenir sans peine, la forçant à regarder Zian et Mandrin pénétrer dans le ring par une porte improvisée que le Nora avait ouverte pour eux. Dès qu'ils furent entrés, ils la claquèrent et l'électricité parcourut les fils, les enfermant dans le cercle.

— Les règles sont simples : celui qui survit a gagné, annonça le Nora.

D'autres structures semblables surgirent du sol, encerclant chaque paire dans la cour. Nous y compris.

Je tins fermement Raven. Les fils bourdonnèrent contre mon avant-bras et faillirent me brûler la peau. Un pas de plus et ma petite colombe aurait été grillée vive.

— Merde, souffla-t-elle, son cœur galopant vraiment de terreur à présent.

En attendant, la règle tournait en boucle dans ma tête : *Celui qui survit a gagné.*

— C'est un combat à mort, exhalai-je.

Des bruits de violence et de mâles grognements résonnèrent dans l'air, des éclairs d'énergie menaçants sifflèrent à mes oreilles, et Raven se mit à trembler contre moi.

Elle n'avait aucune chance, et on le savait tous les deux.

Mais elle ne se laisserait pas pour autant abattre sans lutter, ce qu'elle me prouva en m'écrasant le pied sans ménagement.

Je jurai mais ne la lâchai pas, resserrant ma prise sur sa gorge.

— Arrête. On doit y réfléchir.

— Réfléchir à quoi ? demanda-t-elle, essayant encore d'échapper à mon emprise. Tout ce que tu as à faire, c'est me pousser en avant et me griller la cervelle !

Au contraire, je nous fis reculer d'un pas. La clôture

derrière moi nous laissait une marge de manœuvre d'un peu plus d'un mètre, et pareil de chaque côté.

Ce n'était pas une cage idéale pour un combat, les deux lutteurs pouvant mourir facilement contre les fils électriques. Il suffirait d'un coup de pied pour nous envoyer vers l'extérieur et que nos ailes touchent les fils vibrants, et alors, tout partirait en vrille.

Je ramenai mes plumes le plus près possible de mon corps, conscient que ma grande taille me rendait plus susceptible de toucher la clôture en premier.

Raven continuait à tenter de se libérer, ce qui m'obligea à resserrer ma prise.

— Arrête, répétai-je en grondant.

— Va te faire foutre ! cria-t-elle.

Ses problèmes de confiance éclataient au grand jour. Oui, nous nous connaissions à peine, je pouvais le comprendre, mais une semaine passée à la protéger aurait dû lui procurer un semblant de confiance.

Quand son talon frappa mon tibia, cette fois, je la mordis au cou.

Elle hurla et se mit à se débattre pour de bon, ne me laissant qu'un seul choix.

Si elle ne voulait pas m'aider à résoudre ce problème, alors je le ferais tout seul.

Resserrant ma prise autour de son abdomen, j'appuyai plus fort sur sa gorge, bloquant sa respiration. Elle toussota et planta ses ongles dans mes poignets pour m'empêcher de l'étrangler.

— J'ai essayé de t'aider, chuchotai-je à son oreille. Tu n'as pas voulu m'écouter. Alors je vais plutôt t'assommer. *Le temps que je trouve un moyen de nous sortir de ce pétrin,* ajoutai-je en moi-même.

Sa terreur imprégnait l'air, me provoquant un petit

pincement au cœur. Je n'aimais pas la blesser, pas comme ça, mais elle refusait de se calmer. Et après notre expérience dans l'arène, je ne pouvais guère compter sur elle pour ne pas me poignarder dans le dos, au sens propre.

Elle se débattit.

Une larme coula sur sa joue.

Elle poussa un gémissement muet.

Pendant ce temps, je comptais, mes lèvres dans ses cheveux, me remémorant mon expérience en matière d'étranglement. Elle serait furieuse à son réveil et aurait sans doute mal à la gorge pour un temps, mais elle finirait par comprendre que c'était la meilleure chose à faire.

Son corps s'amollit finalement, mais j'attendis dix secondes de plus, au cas où elle ferait semblant. Puis je la déposai doucement sur le sol graveleux. Quand je me relevai, je tombai sur un ange Nora furieux de l'autre côté de notre enclos.

— C'est un combat à mort ! gronda-t-il.

Je lui jetai un regard blasé.

— Alors donne-moi un adversaire à la hauteur.

— Tue-la.

— Je ne suis pas d'humeur, dégainai-je en croisant les bras. Sinon, que dirais-tu de me rejoindre ici pour s'amuser un brin ?

Il grogna, faisant accourir deux autres gardes Nora, dont les ailes blanches me rappelaient un passé dont je ne rêvais plus. Mes envies de rejoindre ce monde s'étaient éteintes des dizaines d'années plus tôt, inspirant une vengeance intérieure qui désirait un châtiment final. Si ces trois-là m'avaient rejoint maintenant, je les aurais abattus avec grand plaisir.

Mais à la place, ils firent rétrécir notre enceinte. Ne me demandez pas comment.

— Choisis, intima l'un des Nora. Soit tu l'achèves, soit vous mourrez tous les deux.

La mâchoire contractée, j'envisageai mes options, conscient qu'il allait très certainement mettre sa menace à exécution. Mourir aux dépens d'une femelle ne me disait rien. Mais ma sensibilité de guerrier me refusait d'être celui qui lui arracherait la vie.

À la place, j'adoptai une position protectrice au-dessus elle, enjambant sa taille fine, croisai les bras et fusillai les gardes du regard.

— Faites de votre pire.

Ils échangèrent un regard sinistre tandis que la cage se resserrait autour de moi.

Je feignis le désintérêt, cherchant à les mettre au pied du mur, quand je sentis Raven remuer entre mes jambes. Elle lâcha un soupir rauque et porta la main à sa gorge meurtrie.

Ça n'a pas traîné, reconnus-je, surpris qu'elle se remette si vite. Cela suggérait qu'elle pouvait avoir une sorte de don de guérison, ce qui était inhabituel chez les femelles mais pas inédit.

Les fils bourdonnaient, me rappelant leur proximité. Nous ne pourrions pas nous battre maintenant, même si nous le voulions, dans cet espace exigu.

Raven glapit quand l'un d'eux toucha son pied, releva vivement les genoux et faillit me déséquilibrer.

Mais je restai debout, me préparant à l'impact.

— Il n'y a pas d'honneur dans la mort, déclara l'un des Nora. Achève-la et nous t'épargnerons.

— Non.

Non seulement je refusais de tuer quelqu'un qui était bien moins fort que moi, mais je n'avais aucune confiance en leur promesse. Ils me laisseraient sûrement griller rien que pour s'amuser.

— Qu'est-ce qui se passe ici, bordel ? gronda une voix grave.

Un mâle sans ailes s'approcha, une cigarette aux lèvres. Il la cracha par terre et l'écrasa sous une botte géante. Une chemise élégante avec cravate habillait ses larges épaules et sa taille effilée, elle-même couverte d'un long manteau de cuir qui lui descendait aux genoux.

Manifestement pas un Nora.

Un humain, peut-être ?

La clôture stoppa à quelques centimètres de mes ailes, m'immobilisant complètement. Il suffisait d'une seule poussée de Raven pour que je finisse empêtré et grillé vif. Mais elle ne bougea pas, réalisant peut-être que l'électricité circulerait entre nous deux au moindre contact.

Ou peut-être avait-elle enfin appris à réfléchir avant d'agir.

J'en doute, me dis-je. J'observai le nouveau venu, mémorisai ses traits anguleux. Ses cheveux bruns étaient coupés en brosse, ce qui lui donnait un air nerveux qui allait bien avec ses traits durs. Et ses yeux étaient des puits insondables de cruauté.

— Il refuse de tuer la femelle, expliqua un garde. On l'a prévenu que c'était sa vie à elle ou à tous les deux. Il a choisi les deux.

Le mâle sans ailes remarqua ma posture, puis observa Raven entre mes jambes avec intérêt.

— C'est sa compagne ?

— Non, répondirent en même temps les trois gardes. Juste le seul joli petit cul dans ce secteur de la prison.

Secteur ? relevai-je, curieux. Cela impliquait qu'il y en avait d'autres. Je m'en doutais déjà, vu la disparition de Novak, mais l'arrivée de cet homme – qui avait l'air d'être aux commandes – laissait entendre qu'il y avait peut-être plus que quelques zones réservées aux Noir.

Son regard froid croisa le mien, me glaçant littéralement le sang.

Pas humain, décidai-je aussitôt. *Mais pas Noir ou Nora non plus.*

Alors qu'était-il ? Quoi qu'il soit, il semblait dépourvu d'âme, car je ne distinguais que la mort dans ses yeux.

— Ouvrez la cage, ordonna-t-il, confirmant mes soupçons sur sa position supérieure.

Le Nora obéit sur-le-champ, et le bourdonnement électrique disparut dans la terre.

Je ne bougeai pas. Raven non plus. Le poing d'acier du nouveau venu percuta ma mâchoire, envoyant un autre de ces pics de glace le long de ma colonne vertébrale. Quoi qu'il soit, il exsudait le danger et m'avait choisi comme cible.

Son autre poing s'enfonça dans mon estomac, me faisant tressaillir.

Mais je ne relâchai pas ma posture.

Je pouvais encaisser quelques coups, grâce à l'entraînement quotidien avec Zian et Novak. J'étais aussi assez futé pour ne pas riposter dans cette situation.

Un soupçon d'admiration se mêlait à l'agacement dans l'expression du mâle sans ailes. Il inclina la tête sur le côté et fit signe à un Nora qui passait par là.

— Amène-le à Brina. Elle aimera s'amuser avec celui-ci.

Elle ?

Un des Nora saisit mon bras et m'écarta brusquement de Raven.

— Et la fille ? demanda un autre.

— Remettez-la dans sa cellule.

Je fus brièvement soulagé de savoir qu'elle serait en sécurité, jusqu'à ce qu'en partant, je capte l'expression livide de Zian. Je tentai de lui communiquer que c'était mon choix, que tout irait bien, mais ses pupilles irradiaient une envie de meurtre.

Le Noir mort à ses pieds semblait présager le destin de Raven.

— Ne fais pas ça, lui soufflai-je en passant.

Un direct sur mon flanc coupa tout ce que j'aurais pu dire d'autre, le garde ayant dû croire que je le défiais. Plutôt que de le corriger, je le suivis en silence. On a traversé un tunnel et franchi une sorte de portail qui donnait dans un autre secteur de la prison, puis passé de multiples portes avant de descendre vers un autre portail. Le décor changeait en chemin, la structure du pénitencier semblant s'adapter à différents climats.

Enfin on a atteint une sombre tanière éclairée à la bougie.

Apparut une femme aux cheveux rouge vif, une cicatrice barrant son œil vert gauche. Malgré sa taille modeste, elle irradiait le danger de mort. *Une autre créature sans ailes,* constatai-je. *Fascinant.*

Mais le scalpel dans sa main était beaucoup moins intrigant.

— Le Directeur m'a demandé de vous remettre un cadeau, annonça le Nora.

Il me poussa en avant. Son aversion pour cette femme était palpable.

Elle retroussa les coins des lèvres.

— Ah, un Noir. Je n'ai pas encore eu le plaisir d'en rencontrer un. (Elle repoussa sa masse de cheveux roux derrière ses oreilles pointues, son visage de lutin rayonnant d'excitation.) Il paraît que tu supportes bien la douleur. (Elle inclina la tête.) Dites au Directeur que je le remercierai plus tard pour ce beau cadeau.

— Avec plaisir, répondit le Nora en nous quittant.

— Maintenant, maintenant, maintenant, par où commencer ? fredonna-t-elle en dansant autour de moi avec sa lame. Je sais !

Elle trancha le côté de mon aile, arrachant les tendons de l'épaule, m'envoyant à genoux avec un gémissement émanant de mon âme même.

Le rire qu'elle émit en réponse me glaça jusqu'aux os.

Cette femme est folle.

Et ils m'ont laissé entre ses mains.

Putain.

6

RAVEN

Juste au moment où je croyais avoir compris Sorin, voilà qu'il faisait une connerie, genre jouer au héros sacrifié.

Pourquoi avait-il fait ça ?

Ce devait être un instinct de protection qui lui venait du fait d'être un compagnon compatible, non ?

Et qui diable était ce type en manteau de cuir ? Où étaient ses ailes ? Un des gardes Nora l'avait appelé *Directeur*, suggérant qu'il gérait ce lieu. L'envie d'exiger de savoir pourquoi on m'avait envoyée ici me titillait la langue, mais ma gorge ne s'était pas encore remise du mauvais traitement de Sorin.

L'irritation me picotait la peau. Bien sûr, j'étais reconnaissante d'être en vie, mais je n'aimais pas l'idée que Sorin m'ait sauvée – encore une fois. Et je n'appréciais pas non plus la manière dont il l'avait fait.

La confusion m'embrouillait l'esprit tandis qu'un garde Nora me meurtrissait le bras en me traînant jusqu'à ma cellule. Il avait l'air aussi fâché contre moi que je l'étais contre mon sauveur tatoué. Ce n'était pas ma faute si Sorin était assez stupide pour défier les règles, mais avoir survécu ne m'accordait pas les faveurs des abrutis locaux aux ailes blanches. Le simple fait que je respire encore semblait les agacer au plus haut point.

Être une Noir me désignait comme sinistre et mauvaise.

Et que je sois une *femme* Noir ne faisait qu'empirer les choses, comme si j'avais commis le péché ultime rien qu'en existant.

— Retourne dans ta cellule, aboya le garde grimaçant, me poussant contre les barreaux qui s'ouvraient en grinçant.

Je faillis obéir mais découvris Zian qui m'attendait à l'intérieur. Dieu sait comment, il avait réussi à arriver avant nous, et il semblait prêt à me massacrer.

— Vous ne pouvez pas me laisser avec lui. Vous êtes cinglé ? criai-je.

Je battis des ailes pour m'éloigner de ce Zian enragé. Ses cheveux bruns étaient toujours en bataille autour de sa figure, mais il était particulièrement échevelé aujourd'hui, comme s'il se les était tirés à pleines poignées. Ses yeux sombres luisaient de folie et un sourire cruel révélait des fossettes faussement douces.

Le garde me poussa de nouveau, m'envoyant bouler dans la cellule. Il claqua les barreaux avant que je ne puisse m'échapper.

— Tu as survécu à une lutte à mort, dit-il en souriant à mon cinglé de compagnon de cellule. Voyons si tu peux recommencer.

Il s'éloigna et je pivotai, m'aplatis contre les barreaux froids en me protégeant avec mes ailes.

— Hé... Zian...

Il écarta brutalement mes ailes, et je criai quand il brisa des plumes sensibles. Sa poigne de fer se plaqua directement sur ma gorge déjà douloureuse, me faisant décoller du sol.

Je grimaçai, la souffrance de l'attaque précédente de Sorin encore vive sur ma peau.

— Sorin aurait dû te tuer, déclara-t-il d'une voix rauque de rage. D'abord Novak, maintenant Sorin. Tu sais ce que je pense ? Je pense que tu aimes te jouer de nous pendant que tu fais l'innocente petite colombe. (Il grogna en se penchant vers moi, son haleine chaude sur mon visage.) Tu sais que les corbeaux sont des oiseaux de mauvais augure ? (Il comprima ma gorge, obscurcissant la périphérie de ma vision, comme tout à l'heure.) Il n'y a qu'une seule façon de traiter les présages : les éliminer avant qu'ils apportent plus de malheurs.

Je griffai ses poignets, tentant désespérément de me libérer, mais d'après les séances de lutte que j'avais vues entre Z et Sorin, j'avais appris que ce mâle était presque insensible à la douleur. Il ignorait manifestement les griffures sanglantes laissées par mes ongles le long de ses bras, alors j'employai la seule tactique de mon arsenal qui semblait l'affecter. Je n'avais pas eu le temps de l'essayer sur Sorin, pas en public, mais ici, dans cette cellule imprégnée en permanence d'une odeur agréable, je pouvais peut-être y arriver.

Je fermai les yeux et me concentrai. Je pensai à la façon dont Sorin et lui se battaient, comment ils baisaient, et que je refoulais l'envie que j'avais d'eux en un mélange de désir et de haine.

Ça marcha.

Les narines de Zian se dilatèrent et il me lâcha, alla s'affaler en toussant contre les lits superposés.

— Arrête ça, exigea-t-il en s'essuyant le nez. Je ne veux pas te sentir, petite salope.

Je souris, car une bouffée de caramel salé embauma l'air en réponse.

— Tu croyais me donner une leçon à chaque fois que tu te tapais Sorin devant moi ? lançai-je. (L'audace me gagnait tandis que je me redressai.) La seule leçon que j'ai apprise, c'est comment contrôler mes instincts de partenaire.

Je restais frustrée alors qu'il avait toujours Sorin pour le satisfaire. Sans le guerrier tatoué pour veiller à ses besoins, Zian serait à ma merci.

Ses yeux sombres brillèrent d'une lueur dangereuse.

— Tu joues avec le feu, Raven. Cette prison entière veut déjà te baiser. *Arrête.*

— Dans tes rêves.

Il s'élança, m'agrippa la gorge encore une fois et pressa ses lèvres trop près des miennes.

— Peut-être bien que je vais t'y *forcer*, petit oiseau. Prendre ton odeur pour une invitation.

Je déglutis. Sa chaleur s'infiltrait sous ma peau et me faisait douter de mon action défensive.

— Tu ne le feras pas, murmurai-je, plus pour me rassurer que pour lui.

— Qu'est-ce qui te fait croire ça ? demanda-t-il, son regard de braise brûlante rivé au mien.

— Tu as déjà eu une centaine d'occasions et tu ne l'as pas fait.

Je m'étouffais presque, sa poigne presque aussi douloureuse que celle de Sorin. Mais cette affirmation était vraie jusqu'au plus profond de mon âme.

Zian et Sorin semblaient obéir à un code tacite. Ils étaient honnêtes l'un envers l'autre – du moins aussi honnêtes que pouvaient l'être deux criminels endurcis. Mais si j'avais appris quelque chose de ma captivité, c'était que même la pire des lies respectait un code d'honneur et de loyauté qui n'était jamais brisé. Supposer que Zian et

Sorin s'y tenaient également était risqué, mais c'était ma seule carte à jouer et il était temps de l'abattre.

Il me montra les dents et me relâcha aussi soudainement qu'il m'avait attrapée. Son côté viscéral et primaire me hérissait les plumes. Je flirtais avec une destinée brutale, mais comme il tournait autour de moi comme un lion en cage, je savais que j'avais deviné juste.

— Il y a d'autres moyens de se soulager, dit-il. (Il prit une position de combat, déployant ses ailes pour s'équilibrer.) J'ai envie de te rentrer dans le lard depuis que je t'ai vue combattre dans l'arène. Voyons ce que tu as dans le ventre.

Zian plongea sur moi, ce qui n'était pas un mouvement typique de sa part. Il faisait preuve de patience et de précision au combat, mais là, il se jetait sur moi à l'aveuglette.

Grave erreur.

Je battis des ailes pour me propulser hors du chemin, ma petite taille me permettant de troquer la force brute contre la vitesse. Zian n'avait sans doute jamais combattu une femme, et même s'il avait des dizaines d'années d'entraînement de plus que moi, il n'avait pas les idées claires.

Une légère poussée suffit pour le projeter droit vers les barreaux. Son élan l'envoya cogner durement le métal, provoquant un *ping* qui résonna dans toute la cellule. Il grogna, sonné, avant de se retourner et de s'élancer de nouveau sur moi.

Il n'apprendrait donc jamais ?

Utilisant la même tactique, je l'envoyai percuter les lits superposés, enfonçant l'un des montants qui céda sous son poids. Sauf que cette fois, il s'y attendait, et je criai quand il me tira à terre par la cheville.

— N'emploie jamais la même stratégie deux fois de

suite, m'avertit-il, grimpant sur moi en un instant, me plaquant au sol.

Il pressa ses cuisses entre les miennes, me faisant haleter d'une douleur intime quand ses hanches se plantèrent dans les miennes. Je demeurai immobile lorsqu'il se pencha avec un grognement.

C'était une réaction stupide, mais j'étais enfermée dans un brouillard de désir avec deux anges incroyablement sexy depuis mon arrivée ici.

Je ronronnai.

Ses pupilles se dilatèrent quand le ronflement traversa sa poitrine.

— A-Arrête ça, bégaya-t-il.

En me tortillant sous lui, j'intensifiai ce son intime. J'avais déjà entendu des femmes le faire, mais je n'avais jamais essayé moi-même. En principe, c'était réservé aux compagnons, mais je n'avais aucune idée de ce que cela pourrait provoquer à un mâle compatible.

Tout son corps trembla et sa mâchoire se contracta – il se retenait visiblement. De me baiser ou de me tuer, je ne savais pas trop.

Un pépiement sortit de la fissure dans le mur, et je réalisai que Souricette regardait le spectacle. Son esprit effleura le mien, horrifié que je sois sur le point de mourir juste au moment où elle venait m'annoncer que mon tourmenteur tatoué avait été emmené dans un méchant lieu souterrain pour être torturé par une doctoresse folle.

— Quoi ? lui demandai-je, embrouillée par cette description. Quelle doctoresse ?

— À qui tu parles ? voulut savoir Zian.

— Chut, chuchotai-je, concentrée sur Souricette. (Elle me donna un nom qui m'était inconnu.) Brina ?

Zian arqua un sourcil et je croisai son regard. Mon ronronnement s'était éteint.

— Souricette dit que Sorin a été emmené dans un cachot pour être torturé par une doctoresse folle nommée Brina.

Il fronça les sourcils.

— Tu peux communiquer avec cette bestiole ?

— Oui.

— Et tu me dis ça seulement maintenant ?

— Tu n'as pas été très bavard non plus, remarquai-je.

Je me tortillai pour me dégager de sous lui, mais il refusa de m'octroyer le moindre espace.

— Demande-lui où est Novak.

— Lâche-moi et je vais y réfléchir.

— Fais-le et je te libère.

Serrant les dents, je considérai mes options, puis soupirai en constatant que je n'en avais pas une seule. Donc je me tournai vers Souricette et lui demandai pour Novak. Elle me répondit qu'elle ne savait pas, alors je dis à Zian de le décrire.

— Cheveux bruns, yeux bleus glacés, carrure similaire à la mienne, ailes noires. Il ne parlera pas. Il pourrait aussi essayer de manger ta nouvelle copine.

Je ne transmis pas cette dernière phrase à Souricette, mais lui suggérai de rester à bonne distance de Novak et de ne pas chercher à l'aborder. Avec un petit couinement, elle disparut dans le mur, et je levai les yeux sur le mâle au-dessus de moi.

— Satisfait ?

— À peine, grommela-t-il.

Mais il s'écarta de moi.

Et m'ignora le restant de la nuit.

7

ZIAN

Neuf nuits sans Novak.

Deux sans Sorin.

Coincé dans une cellule avec une petite créature ressemblant à un oiseau, aux grands yeux de biche, aux lèvres faites pour le péché.

Je fixai le plafond, essayant de ne pas penser à ces satanées lèvres enroulées autour de ma queue dressée. Essayant et *échouant*. C'était ce foutu ronronnement de l'autre nuit, ce son excitant que je n'arrivais pas à oublier. Ce bruit hypnotique qui hantait mes putains de rêves, me faisant la détester encore plus.

Ce qui ne faisait qu'accroître de minute en minute mon désir de la baiser.

Je me pinçai l'arête du nez, et mon autre main descendit vers ma bite pour la branler fermement. Car ouais, j'étais nu. Et je me fichais qu'elle me voie. Ça lui apprendrait, pour me mettre dans un tel état.

Elle aussi le savait.

Je pouvais *flairer* son intérêt parce qu'elle était aussi

éveillée que moi, sa chatte imprégnant notre cellule d'un doux parfum de rut.

La nuit dernière, j'avais exigé qu'elle arrête, ce qui n'avait fait qu'empirer les choses.

Il semblait que le doux oiseau aimait être mené à la baguette. Ou peut-être qu'elle préférait l'art de la rébellion. Je ne saurais dire, mais si elle n'arrêtait pas cette merde rapidement, elle subirait ma colère sous la forme d'une baise sévère contre les barreaux de la cellule.

Malheureusement, ma revendication ne ferait qu'attiser l'intérêt des mâles dans le pénitencier. Chacun voudrait faire des avances à l'odorante femelle Noir.

Je n'avais donc aucune raison de la baiser, à part assouvir mes propres besoins.

Et c'était inacceptable.

Pourtant ça m'envahissait l'esprit de sacrés fantasmes.

Je ravalai un gémissement en imaginant ses jambes autour de ma taille, sa chatte humide me prenant de plus en plus profond à chaque poussée. Elle gémirait à la fois de plaisir et de douleur, tandis que je la plaquerais contre les barreaux avec mes hanches.

De plus en plus fort.

Faisant couler le sang parce que je le pourrais.

Mmmh, l'image était parfaite. Son halètement dans mon oreille, mêlé à un cri lorsque je lui mordais le cou, me fit sourire. Ce n'était pas réel, mais ça *paraissait* réel. Le désir de la prendre à fond, à la fois dans son esprit et dans son corps, fit monter et descendre ma main le long de ma hampe, encore et encore, pompant mon plaisir vers de nouveaux sommets.

Je la voulais sous moi. Par terre. La marteler sur le sol en ciment, la punir pour avoir laissé embarquer Sorin. Pour avoir mis Novak en colère. Pour être la cause de leur absence.

Ce n'était ni vrai ni rationnel, mais je m'en foutais. J'étais le maître de mes fantasmes, et dans celui-ci, elle était responsable de tout ce qui allait de travers. Je la prenais avec ardeur, sans m'arrêter quand elle me suppliait de ralentir, je la poussais plutôt davantage et j'aimais la façon dont elle criait dans un violent plaisir.

Parce que c'était comme ça qu'on allait baiser.

Ce serait un mélange sauvage d'extase et de souffrance.

Elle le supporterait parce que je le lui ferais supporter.

Et puis elle me remercierait après, affalée repue sur le sol, nos fluides mêlés couvrant les lèvres de sa chatte et ses cuisses.

J'ai bien failli jouir rien qu'à cette vision. Mon souffle s'accéléra et mon cœur martela mes côtes.

— Zian, l'entendis-je chuchoter en dessous, son petit corps si proche, haletant de désir. Qu'est-ce que tu fais ?

— Va te faire foutre, marmonnai-je, ne voulant pas gâcher ce moment avec ses questions innocentes.

Les gardes nous avaient délibérément mis ensemble dans cette cage, sachant que nous serions compatibles. Ce n'était qu'une question de temps avant que l'un de nous ne craque. Je les soupçonnais de vouloir qu'on s'accouple, ne serait-ce que pour nous arracher l'un de l'autre et infliger au couple des tourments indicibles.

Je ne voulais pas succomber à ça.

Je refusais de me lier à ce point à quiconque.

Novak et Sorin étaient ma seule famille. Je ne désirais ni n'avais besoin de personne d'autre, aussi séduisante que puisse être un bon coup pour mon corps privé de sexe.

Oh, Sorin me satisfaisait pleinement.

Mais une femelle douce et docile avait quelque chose dont j'avais envie et qui me manquait. En avoir une si proche, qui semblait se languir de moi presque autant que je me languissais d'elle, rendait encore plus difficile de garder mes distances.

La détester m'aidait un peu.

Sauf qu'au fond de moi, je savais que ce n'était en rien sa faute si Sorin avait choisi de la protéger plutôt que lui-même. Parce que j'aurais fait la même chose à sa place.

D'où mon dégoût irrationnel pour la femelle. Elle créait une faiblesse qu'aucun de nous ne pouvait se permettre. Elle devait partir. Or je n'avais nulle part où l'envoyer parce que je ne supportais pas l'idée qu'un Noir mette la main sur elle.

Elle ne tiendrait pas un seul jour dans une autre cellule.

Les monstres ici n'avaient ni morale ni code du guerrier.

C'étaient de vraies terreurs, issues des pires prisons Noir du système. Triées sur le volet par *le Ténébreux* lui-même, si l'on en croyait les rumeurs.

Je frissonnai, et ma paume ralentit contre ma bite.

Ce n'est pas bien.

Je ne peux pas faire ça.

Je devrais...

Raven gémit, notre cellule irradiant la luxure d'une manière dangereuse. Putain, ça devait rendre les autres détenus cinglés. Demain, ils auraient encore plus envie d'elle, donc j'aurais une forte protection à assurer.

Encore.

Je faillis grogner, ma frustration face à cette situation augmentant d'autant plus mon excitation. Parce que, putain, comment j'étais devenu son gardien ? Et pourquoi ?

Parce que personne d'autre ne le ferait.

Parce qu'elle va souffrir sans toi.

Parce que sinon, ses jours sont comptés.

Peut-être que ce serait mieux pour elle. Ce lieu n'était pas fait pour les gentils petits oiseaux comme Raven. Cette fois je grognai, l'idée de sa vie effacée me mettant hors de moi.

Les femelles étaient rares.

Elles devraient être adorées.

— Tu ne devrais pas être dans ce putain de trou à rats, lançai-je à voix haute. Pourquoi t'es là ?

Je roulai hors de ma couchette, me fichant complètement de n'avoir pas d'autre vêtement que mes plumes.

Raven se précipita dans son petit nid, ses ailes volant autour d'elle de cette manière protectrice qu'elle affectionnait.

— Zian, souffla-t-elle, ses yeux sombres s'imprégnant de mon corps nu.

J'ignorai sa réaction virginale et m'accroupis devant elle.

— Dis-moi comment tu as eu ces ailes ?

Je ne voulais pas deviner. Je ne voulais pas tourner autour du pot. Je voulais savoir. J'avais le droit de *savoir*, en tant que protecteur.

— Qu'est-ce que t'as fait pour être envoyée ici ?

— Je suis née, chuchota-t-elle.

J'attendis d'en savoir plus, mais elle n'ajouta rien d'autre.

— Et alors ? insistai-je, sans vraiment désirer l'histoire de sa vie, mais voulant un peu plus que sa maudite naissance.

— C'est tout. (Elle frissonna visiblement.) Je suis née avec des ailes noires.

J'arquai les sourcils.

— C'est impossible.

Tous les anges naissaient avec des ailes blanches. Les

Nora ne deviennent Noir que lors de leur Chute, qui leur donne ces plumes noires. À moins que l'ancien petit conte de Novak soit vrai. Mais je doutais fortement que des Noir rebelles aient réellement existé.

De plus, Raven devait déjà savoir comment les Noir étaient faits, ce qui impliquait qu'elle se foutait de moi. Je m'approchai d'elle dans son faux refuge, j'attrapai une poignée de ses plumes et la sortis sans ménagement de son petit trou.

Elle glapit en atterrissant sur le cul à côté de moi. Je me levai, la surplombai.

— Essayons encore une fois, petit oiseau. Dis-moi comment tu as obtenu tes ailes.

— Je suis née avec ! insista-t-elle d'un ton plus agressif.

Ce qui ne fit que me rendre plus dur.

L'idée de la baiser pour la soumettre m'excitait beaucoup trop.

J'aurais vraiment dû finir de me branler *avant* de la toucher.

— C'est...

— Impossible, termina-t-elle à ma place, en se mettant en position de combat. Ouais, je sais. Mais ça n'en est pas moins vrai.

Elle leva les mains en l'air comme pour se préparer à m'affronter.

J'étudiai sa posture, notai la faiblesse de son attitude. Elle était en conflit, comme si une partie d'elle voulait se battre contre moi alors que l'autre avait déjà cédé.

Que ferait-elle si je la plaquais contre le mur, que j'enroulais ma main autour de sa gorge et que je l'embrassais ? Est-ce qu'elle me mordrait ? Est-ce que je la mordrais en retour ? *Oh oui, sans aucun doute.* Je pouvais déjà goûter son sang sur ma langue, sa saveur addictive, odorante et tellement féminine.

— Tu me fais peur, chuchota-t-elle.

— Bien.

Il fallait qu'elle soit effrayée. Parce que j'étais le seul à me tenir entre elle et une douzaine de détenus qui voulaient la dévorer toute crue.

— Va te coucher, Raven.

— J'essayais de dormir. Tu m'as arrachée de mon lit.

— Et je t'offre l'occasion de retourner dans ton faux refuge. Je te suggère de la saisir. Tout de suite.

Elle déglutit, ses bras se mirent à trembler tandis qu'elle me contournait, ses grands yeux noirs circonspects et vigilants. Comme je ne faisais pas mine de l'attraper, elle se rapprocha de son lit et allait s'y glisser quand une puanteur étrangère tourbillonna autour de nous.

Je jetai un coup d'œil dans sa direction au moment où une douleur aiguë me frappait le flanc, transperçant ma peau. Des cris et hurlements retentirent dans tout le pénitencier, mes propres lèvres lâchant un hoquet à la sensation atroce qui me déchirait le torse.

Mes genoux cédèrent sous moi, le choc d'être *poignardé* m'ayant abasourdi quelques instants.

— C'est quoi ce bordel ? cria Raven, ses ailes battant autour de nous en un tourbillon de plumes noires.

Elle se déplaçait avec une vitesse que j'aurais admirée si mon esprit avait fonctionné correctement.

Un chevalier sombre et angélique à ma rescousse.

Sauf que ce n'était pas ça du tout.

Elle arracha l'objet de mon flanc, me laissant à terre tandis qu'elle se préparait à combattre la chimère dans notre cellule. Je m'effondrai sur le dos, ma respiration pénible, ma vision trouble.

Jusqu'à ce qu'une *chose* géante à quatre yeux rampe dans mon champ de vision. *C'est quoi ça ?* pensai-je, ne sachant trop si je rêvais ou non. Je me sentais certainement assez délirant pour que ce soit un cauchemar tordu.

Pourtant, je n'aurais jamais imaginé que Raven affronte une telle chose toute seule.

Elle se déplaçait avec une grâce féline, ses pieds bougeaient vite sur le sol tandis qu'elle tailladait ce monstre massif et baveux.

— N'essaie même pas, lui disait-elle.

La créature grogna en réponse.

— Eh bien, je m'en fous si tu veux le manger. J'ai dit non.

Mes yeux s'écarquillèrent. *Ouais, ça doit être un rêve.* Parce que jamais quelqu'un de sain d'esprit n'essaierait de tenir une conversation avec un être aussi horrible.

— Ne m'oblige pas à faire ça, reprit-elle, l'air navré. Disparais. Retourne d'où tu viens.

Je clignai des yeux sur elle comme si c'était elle le monstre, et non pas la saloperie effrayante de deux mètres de haut devant elle.

Pourquoi je suis encore à terre ? Je me palpai le flanc. *Oh, d'accord. Donc c'est toujours la réalité.*

Raven émit un cri qui me fendit le cœur, à la fois triste et furieux.

— Non !

Non quoi ? me demandai-je, comprimant la profonde blessure sur mon flanc. Elle n'était pas mortelle et ne m'abattrait pas trop longtemps, mais avait failli me perforer les poumons, ce qui expliquait ma vision défaillante et mon souffle râpeux.

Heureusement, je guérissais rapidement.

Un hurlement précéda le mouvement de la créature,

suivi d'un cri de Raven qui se rua en avant et plongea l'espèce de lame dans la poitrine de la bête à quatre yeux. Mon cœur battait la chamade à la voir se battre avec une chimère gluante largement plus grande qu'elle.

Mais cette dague semblait avoir porté une blessure mortelle : le cauchemar se mit à se tordre et à rapetisser devant nous jusqu'à ce qu'il n'en reste plus qu'une flaque de sanie noire.

J'en restai bouche bée. Raven tomba à genoux près de moi et palpa mon torse – elle se tracassait pour ma blessure.

Il me fallut un moment pour réaliser qu'elle me parlait d'un ton plein d'inquiétude. *D'inquiétude pour moi.*

— Je vais bien, parvins-je à articuler d'une voix bien plus rauque qu'elle aurait dû.

Elle secoua la tête, écarta mes mains de ses doigts agiles. Je tentai de masquer la blessure, mais elle siffla et me repoussa sur le dos. Si ç'avait été un rêve, je l'aurais attrapée et roulée sous moi.

Sauf qu'elle restait aux commandes, sa paume couvrant ma blessure et brûlant ma peau. *Littéralement.*

— Qu'est-ce que tu... ?

Je m'interrompis. Son énergie migrant sur mon flanc me donnait chaud et m'apaisait bizarrement. *Elle me guérit,* réalisai-je, hébété. *Elle me guérit.*

Un don Nora rare.

Un don que seules les femmes possédaient, surtout en raison de leur besoin de se soigner. Elles étaient si uniques et peu nombreuses qu'il était logique de naître avec une défense naturelle. Mais s'en servir sur quelqu'un d'autre était encore plus inhabituel. Surtout d'offrir une telle sensation à un non-partenaire.

Je tentai à nouveau de la repousser, n'appréciant pas l'intimité de son contact. Ou peut-être l'appréciais-je trop.

Elle me maîtrisa facilement, ce qui suggérait que j'étais dans un état bien pire que je ne le croyais. *C'est peut-être encore un rêve,* songeai-je, clignant des yeux alors que des points noirs dansaient autour de ma tête. Ils finirent par se dissiper pour dévoiler le plafond. Puis le haut d'un lit. Je fronçai les sourcils sans pouvoir définir le moment où tout avait changé.

Quelque chose de doux était blotti contre mon flanc, une aile noire sur ma poitrine.

Mais qu'est-ce qui se passe ?

Je baissai les yeux et vis Raven la tête sur mon épaule, sa paume pressant toujours ma blessure.

Elle s'était évanouie pendant son transfert d'énergie, sa peau moite suggérant qu'elle s'était surmenée au cours du processus. Elle gisait maintenant, vulnérable contre mon corps toujours nu, ses ailes délicates étalées en vrac sur mon torse.

Je passai mes doigts dans les plumes douces, réfléchissant à ce qu'elle m'avait dit, qu'elle était née comme ça. La plupart des Noir se vantaient de leur passé sans se repentir de leur Chute. Pas Raven. Elle semblait presque ennuyée par la question, comme si on la lui posait souvent et qu'elle recevait toujours la même réponse que la mienne.

Était-il possible qu'elle dise la vérité ? Je suivis le bord de son aile jusqu'à son épaule, puis le long de son bras jusqu'à la main posée sur ma blessure cicatrisée. La peau était plus douce que la soie sous son contact, et mes organes fonctionnaient normalement.

La dague qu'elle avait prise à cette chose devait avoir des pouvoirs magiques pour causer autant de dégâts en une seule perforation. D'une certaine manière, elle avait dû le savoir. Avais-je été plus mal que je ne le croyais ? Étant donné le temps que j'avais mis à comprendre, c'était possible.

Ce qui signifiait qu'elle avait pu me sauver la vie au détriment de sa propre sécurité. Parce que maintenant qu'elle reposait contre moi, je pouvais lui faire tout ce que je voulais. Pour une raison quelconque, cela me donna encore plus envie de la protéger.

Je serrai mes bras autour d'elle, la tenant sur ce que je découvrais être son lit.

Après tout ce que je lui avais dit et fait, elle avait choisi de m'aider. De me sauver. De me guérir. Le moins que je puisse faire était de la protéger en retour.

On n'avait pas besoin de s'aimer pour œuvrer ensemble à survivre. Ce soir le prouvait.

J'embrassai le sommet de sa tête en un geste naturel. Un remerciement, en quelque sorte. Et la promesse d'une nouvelle alliance. Ce serait provisoire, mais toujours mieux que rien.

— Je te protégerai, doux oiseau, chuchotai-je, conscient qu'elle ne pouvait pas m'entendre. Considère que c'est mon cadeau pour te montrer ma gratitude.

Un nouveau lien s'était forgé entre nous.

On verrait combien de temps il faudrait avant de le réduire en cendres.

8

RAVEN

Zian grava une autre marque sur le mur dans un bruit grinçant qui traversa mes dents jusqu'aux os. Il avait pris cette fâcheuse habitude après le transfert de Sorin, mais je ne comprenais pas pourquoi il comptait les jours que nous passions dans cet enfer. J'avais envie de lui dire d'arrêter, qu'il importait peu que nous soyons ici depuis des jours ou des années, parce que c'était la même chose, mais cette brute adorait quand j'essayais de le mener à la baguette.

On savait tous deux qu'il pouvait me plaquer sur le dos en un instant, de la manière qu'il voulait.

Qu'il ne l'ait pas fait était à la fois réconfortant et angoissant.

Près de trois semaines coincés ensemble dans cette cellule, avec cette tension sexuelle qui nous mettait à vif, commençaient à me faire mal partout. Je ne pouvais pas imaginer ce que ça faisait à Z. Vu la quantité de branlettes qu'il se tapait – que je mate ou pas –, c'était clair qu'il avait du mal à garder son sang-froid.

Oh, et je matais *toujours*.

Lui résister aurait été plus facile s'il avait été le connard habituel, mais après lui avoir sauvé la vie contre le monstre suintant – que j'appelais maintenant Gros Dégueu – et l'avoir soigné de sa blessure mortelle, quelque chose avait changé entre nous. J'avais l'habitude de me débrouiller seule, de bâtir des alliances que je pouvais contrôler et de ne jamais faire confiance à quelqu'un plus longtemps que nécessaire. Mais ce n'était pas comme ça avec Zian.

Bien sûr, il m'en voulait pour Novak et me détestait pour Sorin.

Cependant, malgré tout cela, une sorte de camaraderie se développait entre nous, que je ressentais dans ses yeux posés sur moi, toujours attentifs, toujours protecteurs, tandis que je m'agrippais aux barreaux de notre porte de cellule.

Feignant de ne pas le remarquer, je jetai un œil dans le couloir aux pierres grises et vis arriver de nouveaux détenus, sonnés et ensanglantés par l'arène. Nous étions tombés dans un cycle sans fin d'abattage et de remplissage hebdomadaires des cellules avec de la chair fraîche.

— Rappelle-moi le programme d'aujourd'hui, Rave, dit Zian en sautant de sa couchette d'un mouvement léger et silencieux.

Ce nouveau surnom me fit retrousser le coin les lèvres. Je continuai à observer le couloir pour qu'il ne puisse pas voir à quel point ça me plaisait.

— C'est entraînement aujourd'hui.

Nos journées avaient évolué pour nous donner une illusion de choix. Désormais, après le petit-déjeuner, les détenus pouvaient passer du temps dans la cour ou aller dans ce piètre ersatz de salle de sport. C'était plutôt une extension intérieure de la cour avec d'énormes pierres qu'on avait le droit de soulever.

J'aimais secrètement nos journées d'entraînement, Zian

estimant que j'avais besoin de m'améliorer. C'était pourquoi j'avais survécu aux deux derniers duels, employant ses tactiques pour envoyer mes adversaires dans les grillages électrifiés avant qu'ils ne me frappent.

Je frissonnai à l'idée de m'entraîner de nouveau avec lui. J'avais vu comment ses séances se terminaient toujours avec Sorin, et je ressentais la même chaleur croissante chaque fois que nous nous battions. Je m'améliorais, et son approbation était ma drogue secrète, une chose dont je me nourrissais dans cet enfer cauchemardesque. Non parce que j'en avais besoin, mais parce que je savais qu'il était l'un des guerriers les plus doués que j'aie jamais vus en action. La survie était tout ce qui comptait dans le pénitencier Noir, et si je pouvais apprendre à me battre, peut-être, qui sait, pourrais-je vivre assez longtemps pour trouver comment m'évader.

Il ronronna en guise de réponse, et la faible vibration me donna envie de faire de même, mais je résistai. Zian s'était déjà branlé aujourd'hui, et le petit-déjeuner était dans quelques minutes. Avec les changements d'horaire – sans compter les attaques nocturnes de monstres suintants –, le petit-déjeuner ne générait plus de queue, car la moitié seulement des détenus allaient manger – ce que les nouveaux arrivants devaient apprendre rapidement.

Je tressaillis lorsque l'aile de Zian effleura la mienne. Mes plumes étaient incroyablement sensibles, et je le soupçonnais de le savoir. Il m'adressa un sourire quand je coulai un regard timide vers lui.

— Tu ne rates jamais rien, n'est-ce pas, petit oiseau ?

J'ignorais s'il faisait référence à l'attention que je portais à notre emploi du temps ou au fait que j'avais senti ses avances, aussi subtiles soient-elles. Optant pour l'ignorance, je haussai les épaules.

— Si tu le dis.

Il croisa les bras et s'appuya contre les barreaux.

— J'ai été impressionné par ta victoire sur le monstre, la nuit dernière, dit-il. Tu l'as tué avant même que je me bouge le cul.

Mes plumes se gonflèrent d'elles-mêmes sans que je puisse les retenir. C'était stupide, mais j'aimais bien que Zian me complimente.

— C'était mon tour de garde, lui rappelai-je. En plus, cette fois, Souricette m'a avertie.

Ses lèvres se retroussèrent.

— C'est vrai ? Eh bien, je peux être content que Novak ne l'ait pas mangée.

— C'est juste parce que ces démons tarés avec lesquels il est piégé l'ont distrait.

La pauvre Souricette avait été bien gentille d'espionner l'*Unité Pereo* – un terme fantaisiste pour désigner le mitard – où Novak était gardé. La souris nous avait fait son rapport tous les deux jours au cours des trois dernières semaines, nous assurant que les deux amis de Zian étaient toujours en vie.

À l'heure actuelle, Novak semblait s'en sortir mieux que Sorin, seul un sort pouvant menacer son existence. Enfin, ça et les quatre démons psychotiques collés au mitard avec lui. Heureusement, ils étaient plus concentrés à arracher la peau de femelles quelconque, ne s'immisçant dans l'espace de Novak que lorsqu'ils avaient besoin de sa cellule pour réfléchir.

Souricette dit quelque chose sur les sorts de protection qui étaient moins puissants dans le secteur de Novak. Je ne suivis pas vraiment, m'inquiétant davantage de Sorin après avoir appris qu'il avait été envoyé chez une doctoresse démente.

Les tortures qu'elle lui fait subir... Un frisson me parcourut l'échine ; rien que cette pensée suffisait à me nouer les tripes.

Je n'avais pas répété tout ce que Souricette avait raconté sur les malheurs de Sorin, surtout parce que je ne pouvais pas le supporter. Je ne voulais pas non plus énerver Zian, car ça allait bien entre nous et une partie égoïste de moi ne voulait pas perturber l'équilibre.

Son aile effleura la mienne et il sourit, la culpabilité me serrant aussitôt le cœur de culpabilité. J'avais envie de me tourner vers lui, de tout lui révéler et de lui offrir mon corps en guise de punition.

Parce que, oh, je savais qu'il me punirait d'une manière brutale et magnifique.

Les portes des cellules s'ouvrirent et je me propulsai dehors, reconnaissante d'avoir un prétexte pour m'éloigner de Zian avant de me livrer à mes pulsions. C'était le seul moment où il me permettait un soupçon de liberté. Nous devions garder nos forces, donc manger tous les jours, peu importe à quel point ils nous rendaient ça difficile.

Je n'avais peut-être pas la force brute, mais j'avais la vitesse. Mes cheveux bleu nuit flottant derrière moi, je me ruai dans le couloir et dépassai des détenus qui se hâtaient vers le même objectif. Les nouvelles recrues nous regardaient avec perplexité, encore exténuées d'avoir survécu à leur orientation. Les plus intelligentes devraient suivre le troupeau.

Des mains masculines m'agrippèrent, mais je modifiai ma trajectoire comme Zian me l'avait enseigné, bougeant trop vite pour me faire jeter à terre. Quoique, si l'un d'entre eux y parvenait, Zian dévorerait son cœur au petit-déjeuner au lieu des restes dégoûtants qu'ils nous servaient aujourd'hui.

Les portes se soulevèrent dans le mur du fond, révélant une table garnie de sacs en plastique qui devaient contenir une portion chacun. Je volai jusqu'aux plus proches et en pris deux, puis je fis volte-face pour retourner à notre cellule. Il y avait des tables autour de la petite cour, mais personne n'y mangeait, au risque de se faire agresser.

Dans ma hâte, je n'avais pas remarqué qu'un groupe m'avait suivie, et je fonçai droit dans une poitrine ferme. Je m'affalai dans un tourbillon de plumes noires et me tordis la cheville. Je sifflai de douleur. J'avais envie d'utiliser mon don de guérison mais je ne pouvais pas exhiber cette aptitude particulière dans la cour.

— Comme c'est gentil à toi de m'apporter un sac, dit un Noir au nez tordu qui, pour avoir une force pareille, devait avoir été cassé trop de fois.

Il s'agenouilla et m'arracha l'un de mes sacs, puis regarda mes seins comme s'il trouvait soudain que la bouffe n'était plus si importante.

Un cri le fit changer d'avis, et il battit des ailes pour s'éloigner de moi, emportant le repas.

— Le mangeur de cœurs arrive ! lança quelqu'un.

Ouais, Zian adorait ce surnom, et me le rappelait constamment.

Il grogna et montra les dents en me rejoignant. Son regard passa des Noir qui battaient en retraite à moi, l'air de se demander s'il devait poursuivre mon agresseur. Devant le risque d'être abandonnée et de perdre un autre repas ou pire, je fus contente qu'il choisisse de rester. Il me tendit la main que je pris, et une décharge électrique picota mon bras à ce contact.

À la façon dont il contracta sa mâchoire, je devinai qu'il la sentait aussi.

— Je n'ai pas vu ce connard à temps, dis-je. (Je lui lançai le sac et baissai la tête.) Tiens, prends-le.

Il était ma seule protection. Non seulement il avait besoin de toutes ses forces, mais je devais trouver un moyen de rester précieuse à ses yeux si je voulais survivre. Je n'allais pas faire semblant de croire que cette nouvelle amitié entre nous allait durer éternellement.

Il repoussa le repas contre ma poitrine.

— Cramponne-toi à ça, rétorqua-t-il d'un ton catégorique.

Il me ramena à notre cellule, et je le suivis en boitant. Il fusillait du regard tous ceux qui étaient trop près, montrant les dents quand ils ne reculaient pas assez vite.

Parce qu'ils avaient tous vu Zian lors des deux derniers duels. Il en avait fait un spectacle, mettant ses adversaires en pièces et dévorant leurs cœurs juste pour mettre les points sur les i.

D'où *mangeur de cœurs*.

De retour à la cellule, Zian me força à consommer le contenu du sac, et je fis ce qu'il m'ordonnait sans piper mot. Quand j'eus fini, je soignai ma cheville. C'était beaucoup plus facile l'estomac plein, mais sa générosité ne faisait que renforcer ma culpabilité.

Lorsqu'il découvrirait à quel point Sorin avait souffert parce qu'il m'avait épargnée, j'avais le pressentiment que notre amitié cesserait aussitôt.

Il dégagea d'un coup de pied mon récipient vide et indiqua la porte du menton.

— C'est l'heure de notre entraînement.

Je haussai un sourcil.

— Tu es sûr que tu ne veux pas plutôt collecter des infos dans la cour ?

Jusqu'à présent, nous avions découvert qu'un nouveau

groupe allait arriver, ce qui allait bouleverser la hiérarchie actuelle et risquer d'éjecter Zian de la première place. Nous devions découvrir qui venait et reprendre l'avantage.

Il secoua la tête.

— Non. Aujourd'hui, tu m'as montré que tu avais encore beaucoup de chemin à faire. Te faire piquer ton petit-déjeuner comme un bleu ? C'est la honte, Raven.

Je serrai les poings et réfrénai l'envie soudaine de lui cogner la figure – même si je n'aurais pas l'ombre d'une chance.

— Bien. Allons-y.

Nous marchâmes en silence jusqu'au semblant de gymnase, où nous nous sommes arrêtés tous deux. Quelque chose clochait.

Je n'eus pas le temps de mettre le doigt dessus car un Noir fut emmené à l'intérieur par deux gardes Nora.

— Sorin, marmonna Zian dans sa barbe, telle une prière.

Sorin était de retour.

Et il avait l'air de sortir de l'enfer.

Ce fut alors que les alarmes beuglèrent, et un garde Nora nous ordonna de nous rendre tous dans la cour.

On a échangé un regard, Zian et moi, conscients que cet ordre ne correspondait pas au programme prédéfini pour aujourd'hui.

Il se passe quelque chose, me disaient ses yeux.

Je sais, acquiesçai-je.

Sorin prenait déjà cette direction, sans nous regarder, peut-être parce qu'il ne nous avait pas vus. Ou peut-être était-il impatient d'obtempérer car il ne voulait pas prendre une autre raclée. Ses ailes ne pourraient certainement pas le supporter, réduites à des fragments de plumes et d'os pointant à des angles bizarres. Il semblait également perdu dans ses pensées, ce que Zian dut remarquer, car il me jeta un regard méfiant.

Se doutait-il que je lui avais caché tout ça ? Que je connaissais l'état de Sorin ? M'en tiendrait-il rigueur ?

Une seconde alarme ulula dans le pénitencier, signalant un événement.

Ça ne peut pas être bon.

Et pire, je venais peut-être de perdre mon seul et unique allié dans la place.

9

SORIN

Je ne peux pas faire une foutue pause. Cette salope de Brina m'avait bousillé mes ailes, me brisant comme je ne l'avais pas été depuis des lustres.

Tout ça au nom de la « science ».

Quelle connerie.

C'était une sadique avec un scalpel et un sourire d'une douceur trompeuse. Je voulais la tuer plus que je n'avais jamais désiré tuer quelqu'un.

Et Raven était la seconde sur ma liste.

Si je l'avais simplement étranglée lors de ce fichu duel, je n'aurais jamais rencontré l'ignoble doctoresse fae ayant un penchant pour la mise en pièces de ses cobayes.

« Vous, les Noir, êtes nouveaux sur mon terrain de jeu, avait-elle constaté. Voyons jusqu'où tu peux supporter la douleur. Oh ! Et à quelle vitesse tu peux guérir, aussi ! Ça va être très amusant, mon cher. Tu vas voir. »

Je frissonnai, mes plumes souffrant le martyre, tandis que nous sortions dans la cour. Le grillage avait disparu, remplacé par des plateformes surélevées assez larges pour un ou deux Noir au maximum.

Super.

Mes ailes n'étaient pas en état de voler, encore moins de jouer à un autre jeu d'élimination.

Ce serait un vrai combat à mort – *ma* mort.

— Quelque chose ne tourne pas rond, me souffla Zian en heurtant légèrement mon épaule avec la sienne, une salutation entre nous bien inutile après un siècle d'amitié.

Je n'étais pas d'humeur très bavarde en ce moment, plutôt dans un état d'esprit du genre « fous-moi la paix pendant ma sieste ».

Raven s'approcha de l'autre côté, son aile effleurant celle de Zian en une étrange démonstration de solidarité qui me fit plisser les yeux. *Que s'est-il passé pendant mon absence ?* me demandai-je, arquant un sourcil quand Zian lui retourna distraitement son geste.

— Ce n'est pas le bon jour pour une nouvelle élimination, enchaîna-t-il en observant la foule. Mais ce n'est pas non plus le jour du vol.

Je fronçai les sourcils.

— Il y a un programme quotidien ?

— Tu n'as pas idée, marmonna-t-il en passant ses doigts dans ses cheveux. Ça fait plus d'une semaine...

Un pic jaillit du sol à quelques centimètres de mon visage, nous faisant tous les trois bondir en l'air par réflexe. Je grimaçai lorsque mes omoplates crièrent de douleur, mes os cassés n'étant pas encore guéris de la dernière séance de torture de Brina.

Était-ce ce matin ?

Pas moyen de m'en souvenir.

Je n'eus pas non plus le temps d'y réfléchir car d'autres pointes surgirent du sol, certaines transperçant les Noir qui n'avaient pas décollé assez vite.

Il y avait assez d'espace entre elles pour atterrir, mais je devais trouver un...

Je lorgnai les éclats métalliques qui jonchaient le sol et serrai les lèvres. *Merde.* Ils se mirent à tourner comme des toupies, créant un broyeur de fortune pour quiconque tombait du ciel.

Génial. Atterris et tu seras déchiqueté, réalisai-je. *Enculés.*

— Oh, merde, souffla Raven.

— Qu'est-ce que tu vois, Rave ? demanda Zian, très concentré.

Rave ? relevai-je. *Vraiment ?*

— Encore ces fils invisibles de l'autre semaine, répondit-elle.

Ce qui me donna une idée de la durée de mon absence. Si elle parlait du jour où nous l'avons suivie dans le ciel, alors je n'avais pas croupi dans les griffes de Brina aussi longtemps que je l'aurais cru.

— Il faut qu'on soit prudents en montant vers la plate...

Un Noir hurla au-dessus de nous, coupant son commentaire, et son corps chuta du ciel droit sur moi. Je plongeai sur la gauche, mais mes ailes protestèrent aussitôt et m'envoyèrent dans un saut périlleux arrière au lieu d'un plongeon. Battant l'air, je réussis à les déployer pour me stabiliser à un mètre cinquante au-dessus de ma mort.

Un liquide chaud aspergea mon visage quand le Noir qui avait failli me percuter s'empala sur les pointes, son destin scellé en un seul coup.

— Merde, marmonnai-je en déglutissant.

Tout mon dos était secoué de spasmes tandis que je tentais de me redresser pour voler vers le haut.

— T'as une sale gueule, remarqua Zian qui m'avait rejoint.

Il me saisit le coude pour me tirer vers le haut.

— Merci. J'en ai l'impression moi aussi.

Au point que je me demandais combien de temps je pourrais rester en l'air.

Raven saisit mon autre coude, envoyant dans mon bras une décharge électrique indésirable. Je la repoussai par réflexe, l'envoyant valdinguer. Elle perdit l'équilibre, tournoya un peu et faillit tomber dans le broyeur de fortune.

Je grimaçai, une excuse sur le bout de la langue, quand un coup de feu siffla dans l'air, frôlant mon aile. J'émis un juron à la place, mes plumes se replièrent aussitôt contre mon corps et je descendis de plusieurs dizaines de centimètres.

Je serrai les paupières, ma mort était imminente, mais je parvins à rester en l'air.

Parce que Zian me tient le bras.

— Me lâche pas maintenant, enfoiré, me cracha-t-il à l'oreille en me tirant brusquement vers le haut. Je me suis trop investi dans cette relation pour te perdre dans une foutue machine à broyer.

— Tête de nœud, grommelai-je, déployant de nouveau mes ailes et tentant futilement de voler. Si tu te tues en essayant de me sauver, je te hanterai dans l'au-delà.

— Vous allez arrêter de vous chamailler et vous concentrer ? intervint Raven. (Elle reprit mon autre bras en le tenant plus serré.) Ne t'avise pas de me repousser encore, ajouta-t-elle, son regard noir capturant le mien. Tu m'as sauvé la vie. À mon tour maintenant. Que tu le veuilles ou non.

N'importe quel autre jour, j'aurais pu en rire.

Mais une autre boule de feu nous frôla, me dégrisant instantanément.

— Vers où ? demanda Zian, portant son attention sur Raven.

— Par là, indiqua-t-elle en désignant une plateforme du menton. (Deux Noir l'occupaient déjà, l'air féroce.) C'est la plus proche et la moins barbelée.

— Ce qui en fait une place de choix, et elle est déjà prise, remarqua Zian tandis que nous commencions notre ascension.

— Ouais, alors j'espère que t'es d'humeur à te battre, parce que c'est notre seule option avec Sorin en remorque. (Elle resserra sa prise sur moi, ses petites ailes battant deux fois plus fort pour me tirer dans les airs.) C'est la seule plateforme assez large pour qu'on puisse s'y poser. Tous les trois.

Ce qui signifiait que nous serions éliminés si nous tentions de nous approcher des autres, et que son petit corps ne pourrait probablement pas encaisser le coup si elle me traînait comme un poids mort.

— Je suis d'humeur à me battre, affirmai-je sincèrement.

Ce n'était pas parce que je ne pouvais pas trop voler que je ne pouvais pas donner un coup de poing.

Zian grogna mais ne dit rien, et de ses ailes bien plus puissantes, il nous aida à nous élever.

Je voulus participer, mais mes plumes abîmées souffraient le martyre à chaque battement, irradiant des ondes de choc le long de ma colonne vertébrale. Brina m'avait vraiment esquinté, et cette boule de feu n'avait rien arrangé.

Si nous ne prenions pas cette plateforme, j'étais un Noir mort.

L'adrénaline fusa dans mes veines, les derniers vestiges de ma raison me poussant vers le haut, me préparant mentalement à ce que nous devions faire.

Tuer.

Raven atteignit la plateforme la première, et son parfum d'agrumes se répandit dans un courant d'air qui me coupa le souffle et la capacité de penser. *Qu'est-ce que...*

Son poing frappa l'aine du premier Noir quand ses pieds touchèrent le sol. Le mâle l'insulta méchamment tandis que son copain s'approchait d'un pas léger.

Elle l'évita et se mit hors de sa portée, tandis que Zian me tirait vers le haut.

— Tiens bon et ne lâche pas.

Je me cramponnai au rebord, mon corps pendant en vrac dans le vide tandis que Zian se hissait pour rejoindre Raven, affichant une expression à la fois fière et agacée.

Mes ailes battaient dans mon dos, faisant le strict minimum pour m'aider à me hisser tandis que les deux autres, leurs plumes en bien meilleur état que les miennes, se battaient depuis les airs pour mettre le pied sur la plateforme.

L'un des Noir se dirigea vers moi, voulut m'écraser les doigts sous ses bottes, mais Raven le bloqua et nous inonda de son parfum addictif.

Il chancela quelque peu, se mit à rugir et se jeta sur elle.

— Viens ici !

Mais elle lui balança son genou dans le sternum en tendant ses ailes, une manœuvre habile que je reconnus de mes premiers jours d'entraînement.

Elle s'est entraînée avec Zian.

Bien qu'impressionnant, ce n'était pas suffisant pour quelqu'un de la taille du Noir. Une seconde plus tard, il la plaquait contre le mât, son agressivité générant une onde intense dans l'air.

Et Zian était trop occupé avec l'autre type pour l'aider.

Restait moi.

Je pris une grande inspiration et m'exhortai à bouger. *Une simple traction, mais avec un gros poids mort sur le dos. Facile.*

Mais ce n'était pas facile du tout.

Ça faisait super mal, et je faillis tout lâcher à mi-chemin. Mes jambes se balançaient sous moi dans le vide, mes épaules me hissaient péniblement. J'aurais dû le faire les doigts dans le nez, mais toutes ces drogues dont Brina m'avait gavé continuaient de faire rage dans mes veines. Sans parler des autres merdes innommables qu'elle avait faites à mes...

Au-dessus de nous, Raven cria. Le Noir avait empoigné ses seins et les pressait sans douceur.

— Tu m'as arrosé de ton parfum, salope. C'est une putain d'invitation.

Elle grogna une réponse, que je ne pus entendre à cause du vent qui rugissait à mes oreilles tandis que je me hissais sur la plateforme. Seuls mes orteils tenaient sur le bord, mais ce fut suffisant pour que je bascule en avant, chope le Noir par la nuque et l'arrache à Raven.

En même temps, elle se propulsa en avant, faisant levier de ses ailes contre le mât, bondit en l'air et balança son pied dans la tête du type, le frappant si violemment à la mâchoire qu'elle l'assomma sur le coup.

Il s'abattit sur moi de tout son poids, me fit perdre l'équilibre et m'envoya hors de la plateforme pour tomber en vrille.

Une seconde plus tard, des doigts se refermaient sur la taille de mon pantalon.

Raven émit un petit grognement en me tirant vers le haut, ses ailes battant furieusement.

— Allez, Sorin. Utilise ce qu'il reste de tes plumes. Et maintenant.

N'ayant pas le choix, je déployai mes ailes dont les éclats brisés fonctionnaient à peine, mais ce fut suffisant pour nous élever de quelques mètres et revenir sur la plateforme.

Je m'effondrai en haletant, le dos arqué par l'effort, mon corps passant de chaud à froid suite à l'exercice. Raven me laissa pour aider Zian à achever l'autre gars, leurs mouvements se brouillant devant mes yeux.

Un poids mort, songeai-je sombrement. Je n'avais jamais laissé Zian se battre à ma place, et je n'appréciais pas ça du tout.

La faiblesse n'était pas quelque chose que je connaissais.

Mais cette putain de sadique m'avait démoli.

Elle avait essayé de scier mes ailes près de la base, juste pour voir si elles repousseraient. Heureusement, à ce moment-là, le Directeur était venu lui dire que l'expérience avait enfreint certaines normes.

J'avais failli éclater de rire.

Ce pénitencier avait des *normes*.

Ouais.

D'accord.

Je toussai, la poitrine palpitante. Mes paupières étaient lourdes, tous mes membres gourds. *J'ai juste besoin d'une foutue sieste.*

— Tu peux le guérir ? demanda Zian, posant soudain sa main sur mon bras.

Je clignai des yeux vers lui, me demandant quand et comment il avait atterri près de moi.

Puis je réalisai que mon environnement avait subtilement changé.

Nous étions de retour dans la cellule.

— Comment... ?

Ce mot ne quitta pas ma bouche. J'avais du mal à me concentrer et à assimiler la réalité.

— Ouais, fit Raven, les mains sur ma poitrine nue. Mais ça va demander beaucoup plus d'énergie que l'incident avec Gros Dégueu.

Gros Dégueu ? Je rêve ou quoi ?

— Je te soutiens, petit oiseau, dit doucement Zian, son aile effleurant la sienne. Dis-moi simplement ce dont tu as besoin. Et n'en fais pas trop.

Oui, je suis en train de rêver. Parce que Z n'était pas du genre à dorloter. Jamais.

Raven hocha la tête, puis ferma les yeux alors qu'une sensation de chaleur me picotait la peau. Je me rétractai, mais Zian me saisit les épaules et me dit :

— Reste tranquille. Elle t'aide.

Un grondement trop bas s'échappa de ma poitrine, un son faible et désorienté.

Zian grogna en réponse.

— Serre les dents, Sorin. On sait tous les deux que tu es doué pour ça.

Je serrai les dents. Si j'avais pu parler, je lui aurais dit ce que j'aurais aimé supporter à cet instant précis. Mais à mesure que le contact étranger de Raven se propageait dans mon système, je me trouvais de moins en moins tendu et sacrément plus chaleureux.

— Elle est douée, hein ? murmura Zian, ses mains massant mes épaules à présent.

Je grognai, ne voulant ni confirmer ni infirmer son affirmation. Cependant, je fermai les yeux et m'autorisai à *ressentir*.

C'était probablement un rêve, et je me réveillerais demain sur la table de laboratoire de Brina.

Je profitai donc des tendres sensations du contact de

Raven et des mains expertes de Zian autant que je le pouvais.

C'était peut-être mon dernier rendez-vous avec le bonheur avant longtemps.

10

RAVEN

J'aurais dû avoir froid. Chaque fois que je me réveillais dans cet horrible endroit, mon nez me piquait. Je n'avais que mes plumes pour retenir le peu de chaleur généré par ma petite carrure, ce qui n'était pas grand-chose.

Je me blottis sur le flanc, espérant combattre ce froid persistant. À la place, je me mis à ronronner quand mes doigts palpèrent quelque chose de dur, chaud et réconfortant.

En continuant mon exploration, je touchai des plumes douces. J'y plongeai mes doigts, savourant les bords plus rugueux des ailes mâles qui conservaient la chaleur tellement mieux que mes plumes soyeuses.

Mais pourquoi y a-t-il des plumes mâles ici ?

— Bienvenue, petit oiseau, prononça une voix masculine.

Je me figeai aussitôt, tandis que des bras s'enroulaient autour de ma taille et me hissaient plus près d'un torse nu et ferme.

J'ouvris les yeux pour voir le dos musclé de Sorin devant moi, mes doigts emmêlés dans ses ailes.

Oh, c'est vrai. Je l'avais soigné.

Pourtant, nous étions sur mon matelas et Zian était dans mon dos – j'étais coincée entre les deux corps masculins qui m'avaient fait fantasmer pendant des semaines.

— Euh, il est guéri maintenant, dis-je en essayant vainement de m'extirper de ma situation difficile.

Mes ailes étaient pressées contre mon dos, impossible de les déployer avec Zian si près de moi. Je m'écartai de Sorin pour me retrouver en boule contre Zian sur le matelas trop étroit.

Il frotta son nez contre ma nuque sans prendre la peine d'écarter mes cheveux et inspira.

— Ton odeur est différente quand tu guéris, murmura-t-il, articulant mal comme s'il était drogué. C'est plus fort. Non. C'est pur. (Quand ses dents titillèrent mon cou, je me figeai de nouveau et il gloussa.) N'aie pas peur, petit oiseau. Je veux juste te remercier.

Me remercier ?

— Tu as une façon bien à toi de le faire, dis-je d'une voix rauque, éperdue de désir.

Je n'osais espérer que Zian ait l'intention d'apaiser la tension sexuelle entre nous. Il m'avait clairement fait comprendre que toute forme d'avances physiques ne ferait que compliquer les choses.

Nous étions compatibles, donc nous pouvions nous accoupler définitivement si notre relation physique progressait. Si cela arrivait, il y avait une multitude de tortures que les gardes pourraient nous faire subir. Même une chose aussi simple qu'une séparation détruirait un couple nouvellement formé.

Mais si nous continuions comme ça plus longtemps, je serais détruite malgré tout.

Ses doigts dérivèrent sur ma clavicule, et quand il

s'aventura sous ma chemise, son léger attouchement envoya une décharge électrique dans tout mon corps. Heureusement, il ne pouvait pas voir ma bouche s'ouvrir sur un hoquet silencieux.

— Je te promets que tu vas aimer ça, chuchota-t-il d'un ton chargé d'une intention cruelle.

Je gémis quand il arracha la boucle qui maintenait mon haut en place. L'air frais caressa mes seins et bon sang, je serais incapable de lui résister s'il voulait me prendre maintenant.

Le son féminin qui s'échappa de ma bouche fit remuer Sorin comme si son corps réagissait à mon désir. Il se tordit et parvint à s'appuyer sur ses ailes guéries pour se redresser sur son avant-bras. Il cilla plusieurs fois avant de nous sourire, puis il baissa les yeux pour admirer la vue.

— Maintenant, je suis sûr que je rêve.

Zian cessa son lent supplice pour se pencher au-dessus de moi et déposer un baiser sur la bouche de Sorin. Je regardai, coincée entre eux, tentant de me recroqueviller sur moi-même. Je les avais déjà vus ensemble, mais je n'avais jamais été aussi proche et intime.

— Content que tu sois de retour, dit Zian quand ils s'écartèrent. Je m'inquiétais...

— Ne t'en fais pas, le coupa Sorin. (Il posa la main sur son épaule ciselée et ajouta :) Je suis là maintenant.

Un rare et franc sourire traversa les traits de Zian. Ce n'était pas un de ces rictus suffisants qu'il me faisait habituellement, mais un vrai sourire de joie qui laissait entrevoir le Nora qu'il avait été – ce qu'un Nora était censé être.

Il fit courir ses doigts le long de l'arc d'une des ailes gracieuses de Sorin. Elles étaient vraiment magnifiques, bien que massives, s'étalant sur la moitié du mur.

— Elles te font encore mal ? demanda Zian.

Sorin étendit une aile au-dessus de nous, le mouvement soufflant mes cheveux dans ma figure.

— Je ne me suis jamais senti aussi bien, pour être honnête. (Son regard se posa sur moi qui me tortillais en tentant désespérément de remettre mon haut, cherchant en douce à leur échapper.) On devrait remercier cette petite colombe pour le rajeunissement de mes ailes.

Zian passa de nouveau son bras autour de moi, m'immobilisant une fois de plus entre eux, me faisant couiner de surprise. Son geste adroit envoya à terre les lambeaux de mon haut, laissant mon buste nu.

Sa poitrine réchauffait mon dos. Le corps de Sorin réchauffait mon torse.

Tout ça va mal finir.

Mon cœur manqua un battement quand Sorin prit mon visage entre ses mains, ses pouces caressant doucement mes pommettes. Ses yeux paraissaient souvent noirs de loin, mais à présent ils scintillaient du même bleu profond que ses tatouages, comme des saphirs dans la nuit.

— Tu n'avais pas besoin de me guérir entièrement, dit-il d'une voix basse et douce en se penchant encore plus près de moi. Je vois bien que ça t'a affaiblie.

Il avait raison.

Mon estomac souffrait d'un mal persistant qu'aucune nourriture ne pouvait calmer, et je savais que mes yeux avaient cet éclat délavé qu'ils prenaient lorsque j'allais trop loin. J'arrivais à récupérer par le sommeil, grâce auquel je pouvais reconstituer mes réserves si ça allait trop mal. Toutefois je ne pouvais pas m'empêcher de ressentir le rajeunissement de Sorin à son contact, alors je me penchai sur lui, me mettant à ronronner avant sans même y penser.

Il resta immobile, les lèvres entrouvertes, son regard parcourant mon corps.

— Ouais, c'est un truc qu'elle fait maintenant, informa Zian.

Il promena ses doigts le long de la poitrine musclée de Sorin, ne s'arrêta pas lorsqu'il atteignit sa taille. Je me rendis compte en rougissant que les anges étaient nus, et Sorin gémit quand Zian referma ses doigts autour de son érection croissante.

Sorin se pencha et aspira ma lèvre inférieure dans sa bouche avant que je ne réalise ce qui se passait. Le sel et le caramel explosèrent sur ma langue, me faisant gémir sous son baiser, ce qui ne fit que l'aiguillonner. Il fourra ses doigts dans mes cheveux, en saisit une poignée à la racine, puis m'inclina la tête pour que je prenne sa langue tandis que ses hanches bougeaient sous les caresses de Zian.

Je savais que je devais arrêter ça, mais j'étais irrémédiablement impliquée désormais. Je me noyais dans le sel, le caramel et le péché, oubliant toutes les façons dont ça pouvait mal tourner.

Parce que ça n'en avait pas l'air.

Pour la première fois de ma vie, je me sentais chez moi.

J'avais regardé Zian et Sorin batifoler ensemble à plusieurs reprises avant la disparition de Sorin, et je n'avais pas l'intention de fermer les yeux maintenant que je participais enfin à leur extase. Mes paupières papillotèrent pour découvrir les yeux de Sorin qui m'observait, sa main toujours dans mes cheveux.

— Que veux-tu, petite colombe ? Je ne suis pas du genre à être redevable à qui que ce soit, alors dis ton prix.

Je sus aussitôt ce que je voulais. Mon regard se posa sur sa belle queue que Zian caressait d'une main experte. Ma langue glissa sur mes lèvres, me valant un gémissement douloureux de Sorin.

— Oh, ma colombe, tu es sûre ?

Je relevai de nouveau la tête et quêtai l'aide de Zian. Ce que je désirais, je ne l'avais encore jamais fait. Tout ça était si nouveau, je ne voulais pas tâtonner pour y arriver.

— Je ne sais pas comment faire, avouai-je.

J'avais à peine formulé ces mots que la chaleur se répandit dans ma poitrine.

Le regard bleu nuit de Zian se délecta de mes tétons dressés et il sourit.

— Fais comme moi, petit oiseau. Comme ça.

Il me contourna pour s'agenouiller devant Sorin, et ses iris capturèrent les miens tandis qu'il penchait la tête pour goûter sa queue.

Un premier coup de langue me fit serrer les cuisses.

Un deuxième coup de langue fit gémir Sorin.

Zian la prit dans sa bouche, un centimètre après l'autre, avec des mouvements lents et mesurés, ses yeux rivés dans les miens.

Je déglutis avec peine.

Putain, c'est chaud.

Mon excitation dut diffuser davantage de mon parfum dans l'air, car Sorin réfréna un grognement, empoigna les cheveux en bataille de Zian et le força à en engloutir davantage.

— Merde, souffla-t-il, le dos arqué. Continue.

J'aurais juré que Zian souriait d'un air entendu, alors qu'il reportait son attention de moi à Sorin, puis à moi de nouveau.

Ma poitrine se gonfla non sans mal, mes poumons étaient comprimés car j'avais oublié de respirer. Ils avaient déjà fait des bêtises auparavant, mais jamais comme ça, du moins pas à ma connaissance.

Un gémissement monta en moi, mes cuisses lubrifiées prêtes à les recevoir malgré mon inexpérience. Je le *voulais*. Mais je me forçai à me concentrer sur leur démonstration, observant la tête de Zian osciller en fonction des signaux que Sorin lui adressait.

Sucer légèrement quand Sorin gémissait ou tentait de contrôler le mouvement.

L'avaler jusqu'à la garde quand Sorin le lâchait, pour être empoigné de nouveau.

— Vous allez me tuer, putain, accusa-t-il en expirant péniblement. Tous les deux.

Zian marmonna son accord, et glissa une main vers le bas pour se palucher lui-même, son autre main posée sur la hanche de Sorin pour le maintenir sur le lit.

Mon désir augmentait, leur odeur de caramel salé narguait mes instincts. Je bougeai sans pouvoir m'en empêcher, mes lèvres parcoururent le flanc de Zian, mais je me figeai quand Sorin se raidit sous nous.

Il grogna fort et sa bite pulsa dans la bouche de Zian qui avala tout son plaisir.

Je le veux, me dis-je, remarquant la main de Zian qui s'agitait toujours entre ses jambes. *À moi.*

C'était un concept tout naturel, une déclaration que je sentais venir du plus profond de mon être, et je bougeai à nouveau par pure impulsion.

Me serrant entre eux, j'écartai la main de Zian et promenai ma langue autour du bord gonflé de son gland, avant de prendre dans ma bouche autant de sa chair que je le pouvais.

Oh. Mmmh.

Je trouvais leur odeur excitante, mais ça... *Putain.* Goûter

Zian dépassait tout ce que j'avais pu imaginer.

Du sexe pur se répandit sur ma langue avec une douceur délicieuse, et je le lapai immédiatement, léchai et suçai – et j'en voulais davantage.

Il se décala pour me permettre un meilleur accès ; son gémissement était une musique à mes oreilles.

— Merde, Sorin, dis-lui d'arrêter ça, haleta Zian qui se retourna sur le dos, sa main dans mes cheveux m'entraînant avec lui.

Sorin gloussa en se déplaçant sur le lit et vint s'affaler près de moi de tout son poids.

— Non, je ne crois pas, Z. Elle est clairement en train de s'amuser. Mais j'ai une idée qui pourrait t'aider.

L'ange diabolique bougea encore, sa chaleur s'approchant du désir ardent entre mes cuisses, mais je ne pouvais pas voir ses intentions ni deviner ce qu'il voulait faire. S'arrêter pour regarder n'était pas une option. La montée enivrante de l'extase de Zian me faisait des choses incroyables, me provoquait une frénésie qui se conclut par un tressaillement lorsqu'une délicieuse pointe de plaisir irradia de mon sein gauche.

Je fis une pause et baissai les yeux pour voir la langue de Sorin effleurer mon téton tandis qu'il s'allongeait en travers sur le lit, sous mon torse. Il enfouit une main entre mes cuisses, écarta le fin tissu qui recouvrait mon pubis, et ses doigts se mirent à décrire des cercles sur mon clitoris.

Quel méli-mélo nous faisions sur ce petit matelas.

Pourtant, j'aurais voulu que ça dure éternellement.

Zian gémit quand je relâchai davantage de mon excitation dans l'air.

— Ça n'aide pas, trancha-t-il.

Perdue dans une brume de désir, j'entourai sa queue de mes lèvres, lui coupant le sifflet. Le ravissement qui montait dans ma matrice était indescriptible. Je savais juste qu'il ne fallait pas crier, alors je pris la bite de Zian dans ma gorge aussi profond que possible.

Les doigts magiques de Sorin titillaient mes replis, tout comme sa langue sur mon sein. Ses attentions dansaient sur mon téton, envoyant des décharges d'électricité froides et chaudes dans tout mon corps. Mes hanches se soulevèrent, désirant en moi tout ce que je pouvais avoir de lui, mais il me mordilla légèrement pour me punir.

— Ne bouge pas, petite colombe, me gronda-t-il.

Il ôta ce qui restait de mes vêtements en m'embrassant, puis vint s'allonger entre mes jambes, m'obligeant à chevaucher son visage.

Oh...

Il suça mon clitoris puis me lécha en profondeur, répétant le mouvement en un cycle rude et autoritaire qui me faisait trembler au-dessus de lui.

Je faillis lâcher Zian, mon attention se portant sur des sensations inconnues. Seul son goût délectable me ramenait, me rappelait le cadeau que je tenais dans ma bouche.

Sorin accéléra le mouvement en décrivant des cercles insoutenables jusqu'à ce que je crus mourir, une main sur ma hanche pour me maintenir en place chaque fois que j'essayais d'échapper à cet ardent plaisir.

Lorsqu'une vague déferla dans mon corps, je pressai la hampe de Zian entre mes lèvres et le caramel salé jaillit dans ma gorge, me forçant à me détacher de lui dans un cri qu'il me fallait libérer.

Sorin gloussa, et la vibration fit de nouveau trembler mes membres jusqu'à ce que je m'effondre dans un amas de plumes et de corps masculins, sans me soucier de ne plus jamais me réveiller.

11

ZIAN

Rapprocher les lits superposés fut l'idée du siècle. Cela donnait à nos ailes de la place pour s'étaler. Il nous faudrait définir un nouvel espace d'entraînement plus tard, mais pour l'instant, j'étais plus que satisfait de rester allongé ici pour l'éternité.

Sauf que nous l'étions déjà depuis un bon moment.

Fronçant les sourcils, je jetai un coup d'œil par la fenêtre, remarquai le ciel sombre.

Les gardes nous avaient permis de rester dans notre cellule toute la journée. Parce qu'ils appréciaient le spectacle filmé par la caméra ? Ou avaient-ils gardé tous les détenus dans leurs geôles respectives ?

Me redressant sur mes coudes, j'examinai la pièce, en quête de tout ce qui n'était pas à sa place. Un plateau-repas intact était posé sur le sol juste devant la porte, suggérant qu'ils l'avaient ouverte à un moment donné sans qu'on l'entende.

Une pensée déconcertante.

À laquelle nous devrions réfléchir plus tard.

À moins que... Je sourcillai. *Est-ce qu'ils nous ont drogués ?*

Ça expliquerait pourquoi nous avions dormi une journée entière, voire plus. Me penchant par-dessus Raven, je pressai mes lèvres contre l'oreille de Sorin.

— Réveille-toi, lui intimai-je à voix basse, pour le ranimer sans l'alarmer.

Ses yeux d'un bleu profond s'entrouvrirent, il arqua un sourcil.

— Tu vas encore me sucer ?

— Tu ne penses qu'à ça, ricanai-je.

— Toujours.

— Tu m'écrases, claironna Raven.

Ses courbes délicieuses étaient pressées contre les miennes d'une manière que je voulais explorer après cette pertinente conversation.

J'attrapai sa hanche avant qu'elle ne puisse se dégager de sous moi et je la soulevai juste assez pour capter son regard.

— On a perdu une journée au moins.

— Quoi ? lancèrent-ils tous deux en même temps.

Mais ce fut Sorin qui explora la cellule du regard qui s'arrêta sur la fenêtre.

— Merde, ajouta-t-il en se redressant. C'est normal ?

— Non.

Cette fois, ce fut à mon tour de parler en même temps que Raven. Elle s'était vraiment bien intégrée à nous. Et après notre petit prélude oral, l'idée de la garder ne me déplaisait pas. Souriant, je me penchai pour presser mes lèvres sur les siennes, m'accordant quelques secondes de ce petit plaisir.

— Développe, dit Sorin après s'être éclairci la gorge.

— Il y a un programme, murmurai-je.

Je m'écartai à contrecœur de Raven et m'appuyai sur mon coude près de sa tête. Quand elle commença à bouger, je glissai ma cuisse sur les siennes pour la maintenir en place. Une fois cette discussion terminée, on allait s'amuser un brin.

— La plupart des journées commencent par le petit-déjeuner. Puis on sort se dégourdir les ailes, ce qui finit souvent mal pour au moins un Noir. Il y a généralement un exercice de duel tous les sept jours...

— Sauf pour celui qu'on vient de faire. C'était seulement quatre jours après le précédent, releva Raven.

Je hochai la tête.

— C'est vrai, il est survenu plus tôt. Mais il y a eu un afflux de nouveaux arrivants cette semaine, plus que d'habitude. Il en est venu tous les jours par groupes de cinq à sept. Une vingtaine sont arrivés l'autre jour après le dernier abattage, et vingt de plus le lendemain.

— Donc on doit sans doute s'attendre à une accélération des défis. (Raven fronça le nez.) Mais on n'a jamais passé toute une journée en cellule comme aujourd'hui.

— Je les soupçonne de nous avoir drogués, marmonnai-je en regardant le plateau d'un air entendu. Parce qu'il est impossible que j'aie raté l'ouverture de cette porte, et on n'a jamais eu droit à une distribution gratuite de nourriture.

— On alternait aussi les quarts de nuit, murmura Raven. Mais on a tous dormi cette fois.

— Pourquoi vous montiez la garde ? s'enquit Sorin.

— Terreurs nocturnes. (Je grimaçai. On ne savait pas trop comment les appeler, mais le terme semblait assez adéquat.) Ça a commencé avec Gros Baveux, comme Raven l'a joliment surnommé.

— Gros Dégueu, corrigea-t-elle (je savais qu'elle le ferait). Ça m'a paru plus approprié que M. A-Failli-Tuer-Z.

Sorin arqua les sourcils.

— Quelque chose a failli te tuer ?

— Apparemment, grommelai-je, toujours aigri par cet incident. Il brandissait une dague enchantée qui m'aurait saigné à blanc si Raven n'avait pas employé sa magie.

Elle retroussa le coin des lèvres.

— Il semblerait que je sois utile après tout.

Je me penchai à nouveau sur elle, posai ma paume sur son sein et le pressai.

— Très utile.

Elle ouvrit la bouche pour protester, mais je la fis taire avec un baiser comportant une bonne dose de langue. Ma bite durcit contre sa cuisse, désirant un autre tour dans sa bouche. Ou peut-être dans autre chose de chaud et humide.

Ses doigts se faufilèrent dans mes cheveux et les serrèrent avec envie, puis se crispèrent lorsqu'un sifflement familier pénétra dans la cellule.

En parlant de terreurs nocturnes...

J'agis par instinct, volant hors de la couchette – littéralement – pour prendre de la hauteur sur le bâtard en formation dans le coin. Après quatre nuits ensemble, on avait déterminé qu'ils apparaissaient toujours au même endroit, en face de la porte et près de la fenêtre.

Celui-ci bavait tout comme les autres, sa puanteur sulfureuse me donnait des haut-le-cœur.

Raven me rejoignit, son affinité pour parler aux créatures s'avérant utile pour s'adresser au monstre.

— Tu as deux options : tu dégages ou on te tue.

La chose gronda, ce qui se passait de traduction.

Mais Raven me dit quand même ce qu'elle en pensait :

— Il a choisi l'option numéro deux.

— Je m'en doutais.

Nous cernâmes la chose, nos mains libres prêtes à frapper.

Je comptai mentalement à rebours à partir de cinq, et l'abomination baveuse sortit son arme à quatre. Assurée sur ses pieds, Raven passa à l'action, plongeant pour attraper le poignet de la chose et le tordre pour faire tomber l'objet enchanté. Je récupérai le poignard par terre d'un geste exercé et l'envoyai se planter dans la cage thoracique de la chose.

Elle hurla.

Je souris.

Elle mourut.

Raven me topa la main quand la chose se dissipa dans sa flaque habituelle, qui s'évacua par la bonde dans le coin.

— Onze secondes cette fois, mesura-t-elle.

— Pas mal, opinai-je. On fait moins de dix demain ?

— Sûr.

Je glissai mon bras autour d'elle, l'attirant à mes côtés, avant de se tourner tous les deux vers un Sorin bouche bée.

— Qu'est-ce qu'il y a, frérot ? T'as l'air d'avoir vu une terreur nocturne. Oh, attends...

Raven gloussa, un son réconfortant dans cet environnement sinistre.

— Qu'est-ce qui vient de se passer, bordel ? demanda Sorin.

— Une terreur nocturne, répétai-je avec un coup de pouce par-dessus mon épaule. Elles se montrent dans ce coin chaque nuit, vers deux ou trois heures du matin.

— Jusqu'à présent, ajouta Raven.

— Ouais. Jusqu'à présent.

Ça pouvait changer à tout moment, c'était fort probable.

Cet endroit était devenu prévisible, et quelque chose me disait que ce n'était pas du tout le but. Ils voulaient nous garder sur le qui-vive, comme s'ils essayaient d'éliminer tous les faibles en faveur des Noir les plus forts. Ce que je n'arrivais pas à comprendre, c'est pourquoi ? Quel objectif visaient-ils derrière tout ça, à part créer un solide pénitencier pour criminels violents ?

— C'est littéralement l'enfer ici.

Une lueur hantée apparut dans les yeux de Sorin, que j'avais déjà remarquée dans son regard lorsqu'il était arrivé au gymnase hier, ou je ne sais quand. Quoi qu'il se soit passé pendant ses deux semaines de captivité, ça l'avait affecté.

Je finirais par lui poser la question, mais à ce stade, je préférais ne pas insister. Parfois, il valait mieux laisser les horreurs enterrées. Vu l'état de ses ailes à son retour, j'imaginais très facilement que son séjour là-bas avait été l'une de ces horreurs.

Ce qui signifiait qu'il avait besoin d'une distraction.

Peut-être sous la forme d'un joli petit corbeau.

— L'enfer, oui, opinai-je. Mais la vue est spectaculaire.

Je ponctuai mon propos en laissant mon regard errer librement sur le corps de Raven, nu dans toute sa gloire. Nous étions tous dans le plus simple appareil, n'ayant pas pris la peine de nous rhabiller après nos présentations intimes. Une bonne chose, vraiment, parce que couvrir les belles formes de Raven serait un péché.

Elle rougit sous mon examen manifeste, et sa langue se faufila pour humidifier ses lèvres. J'aimais qu'elle ne cherche pas à se couvrir, me permettant de l'apprécier pleinement.

Elle me rendit la pareille en portant toute son attention à mon corps et celui de Sorin, accompagnée d'un doux désir. Ma queue la salua, lui faisant retrousser les lèvres.

— Vous deux êtes insatiables, chuchota-t-elle. Vous avez

toujours baisé ensemble tous les jours ? Ou c'était pour me faire plaisir ?

Je fronçai les sourcils.

— Baisé ensemble ?

Nous ne l'avions pas encore fait en sa présence, préférant nous servir de nos mains l'un sur l'autre ou sur nous-mêmes pendant que nous la narguions avec nos parfums. Ça paraissait équitable, vu que son arôme d'agrumes nous embaumait jour et nuit.

— Ouais. Enfin, tu sais.

— Non, en fait. Je ne crois pas que je le sache, murmura Sorin.

Il fit un pas de prédateur en avant, et promena le bout de ses doigts sur son flanc en un geste de propriétaire. Cela confirmait que ses instincts rivalisaient avec les miens, son besoin de s'approprier la compagne idéale le poussant à bout malgré notre courte relation. Après un siècle sans le contact d'une femme, c'était logique. Le fait que Raven soit compatible ne faisait qu'empirer notre désir.

Je le rejoignis de l'autre côté de Raven, imitant ses mouvements mais le long de son flanc opposé.

— Définis la baise, doux oiseau.

— Qu-quoi ?

— Tu m'as entendu, chuchotai-je, me penchant pour mordiller le lobe de son oreille. Définis ce que *baiser* signifie pour toi.

— Ce que vous faisiez tous les deux avant que Sorin disparaisse ?

Elle formula cette phrase comme une suggestion, d'un ton interrogatif.

— Ce n'était pas de la baise, dit Sorin, qui embrassa son cou et réduisit l'écart entre son corps et le sien.

— Peut-être qu'on devrait lui montrer comment on fait.

(Copiant ses actions, je descendis mes lèvres le long de la gorge de Raven jusqu'à sa clavicule, et croisai le regard de Sorin.) Ça te va ?

Il comprit ce que je voulais dire et accepta mon offre d'un signe de tête. Ma bite déjà dure palpitait d'impatience. Nous allions rarement aussi loin l'un avec l'autre, surtout parce qu'aucun de nous n'aimait se soumettre. Mais pour elle, il était prêt à faire une démonstration. Que ce soit moi qui l'aie sucé lors de notre dernière séance dut l'aider à se décider.

Sorin planta ses doigts dans les cheveux noirs de Raven et l'attira pour un long baiser sensuel. Elle fondit pratiquement contre lui, son corps en avait trop envie. Toutes ces semaines bouclée dans une cellule avec deux mâles virils avaient clairement eu un impact sur elle, son odeur d'orange imprégnait l'air d'une vague enivrante.

Je mordillai son cou, appréciant la façon dont son pouls grimpa en flèche sous ma langue, et je léchai un chemin dangereux jusqu'à ses seins magnifiques. Ses tétons perlaient de plaisir, tous ses atouts féminins étaient prêts pour le sexe.

Pourtant sa virginité me retenait.

Du moins pour le moment.

Je voulais qu'elle soit absolument sûre avant de franchir cette ligne car il n'y aurait pas de retour en arrière possible. Une fois que j'aurais fourré ma queue en elle, je n'aurais pas d'autre choix que de finaliser la demande. Nous étions trop compatibles pour que je résiste, l'envie de m'accoupler avec elle était plus forte que jamais.

Un guerrier Nora ne prenait pas de partenaires.

C'est contraire à notre code.

Nous étions nés pour protéger. Ça ne voulait pas dire

qu'on ne pouvait pas baiser, mais on n'était pas censés s'accaparer quelqu'un.

Les Noir n'avaient pas de telles règles.

Si je voulais la prendre, je pouvais. Mais pas sans obtenir sa permission et sa compréhension au préalable.

Donc je préférais jouer avec Sorin, lui offrir un spectacle et apprécier sa réaction en retour.

Prenant son mamelon tendu entre mes lèvres, je le mordillai doucement avant de le sucer assez fort pour qu'elle pousse un gémissement du fond de la gorge. Sorin l'avala, sa langue léchant toujours la sienne, lui apprenant comment céder à ses préférences. Il aimait les mouvements rudes et les grands gestes dominants, alors que j'avais tendance à prendre mon temps, à embrasser à fond et à posséder chaque centimètre de la bouche d'une femme.

Sorin et moi nous bagarrions souvent quand on s'embrassait, son désir l'emportant parfois sur le mien et vice versa. Toujours une nouvelle expérience, toujours excitante. Cependant, Raven offrait une nouvelle opportunité avec ses courbes douces et sa docilité. Une combattante se cachait sous sa peau, mais en surface, elle cédait à nos attouchements. Et je l'adorais d'autant plus pour cela.

Je glissai sur mes genoux, ma bouche descendit le long de son abdomen plat jusqu'aux boucles entre ses cuisses. Elle tressaillit lorsque je mordillai son clito, sa chatte déjà humide quémandait mon attention. Je cédai au désir d'aspirer son petit bouton sensible dans ma bouche. Ayant laissé Sorin y goûter le premier, c'était à mon tour de la connaître intimement, de me noyer dans son parfum. Elle ne me déçut pas du tout, avec ses hanches qui poussaient en avant en de délicieux petits mouvements qui m'encourageaient à la lécher entièrement, en profondeur.

J'appréciais qu'elle ne se dérobe pas, qu'elle chevauche ma bouche sans honte. Sorin prit ses seins en coupe et les pressa, lui arrachant un autre de ces gémissements sexy.

Je fourrai deux doigts dans son vagin et les fléchis, découvrant ses réactions à chaque caresse. Une pénétration plus profonde faisait se contracter ses parois internes, des attouchements superficiels la faisaient gémir de frustration, et des poussées rythmées hérissaient ses cuisses de chair de poule.

Elle était sur le point de tomber, ses genoux vacillant à mesure que son plaisir montait. Sorin le sentit, qui se plaça derrière elle et enroula un bras autour de sa taille pour la maintenir droite, son autre main jouant toujours avec ses seins. Elle pencha la tête en arrière pour continuer à l'embrasser, m'offrant une vue exquise de leur étreinte depuis son entrecuisse.

Ses halètements devinrent plus lourds, faisant balancer ses seins. Un magnifique motif rouge dansait sur sa peau, confirmant ce que mes doigts et ma langue savaient déjà : elle était proche de l'orgasme.

Sorin mordit sa lèvre inférieure, son nez se frotta le sien.

— Tu vas jouir, petite colombe ? s'enquit-il d'une voix de gorge excitée.

— Oui, souffla-t-elle, se tortillant contre ma bouche. Oui...

Réprimant un sourire en entendant sa voix sifflante, je fis glisser mes dents contre sa chair, devinant qu'elle avait besoin d'un peu plus pour franchir le cap.

J'avais raison.

Elle rejeta sa tête en arrière d'un sursaut, son corps se désagrégea sous nos caresses dans un splendide étalage de sexe pur. *Putain*, j'avais envie de me glisser dans sa chatte palpitante pendant que Sorin la prendrait par-derrière.

Pas encore, m'intimai-je.

Elle ne savait même pas ce qu'était la baise – du moins, à en croire ses commentaires précédents. Alors on allait lui apprendre. Lui montrer comment on aimait ça. Et voir ensuite si elle voulait continuer.

Ses lèvres laissèrent échapper un soupir, ses jambes se dérobèrent sous elle. Sorin la tenait fermement, esquissant un sourire amusé.

— J'imagine un jeu à l'avenir, dit-il, son regard croisant le mien tandis que j'écartais mes lèvres de son bouton rassasié. À qui peut la faire crier le plus fort. Pour l'instant, c'est moi qui gagne.

Je plissai les yeux.

— Fais gaffe, ou c'est moi qui te ferai crier le plus fort.

L'excitation luisait dans ses profondeurs océanes.

— Je ne crie pas.

Vrai. Il grognait ou grondait selon son humeur.

Sorin se recula pour laisser Raven s'étendre sur le lit, la cala sur les oreillers et écarta largement ses jambes. *Mmmh, oui.* J'approuvais ses intentions, mon excitation croissant tandis qu'il s'agenouillait entre ses cuisses.

Raven leva vers nous des yeux langoureux, les joues rosies.

— Et maintenant ?

— Maintenant ? (Je lui décochai un sourire qu'on aurait pu qualifier de féroce.) Maintenant, on va baiser.

12

SORIN

Lorsque Raven entrouvrit ses lèvres, un soupçon de malaise apparut dans son regard.

Je savais ce que Zian voulait dire, mais elle l'avait interprété différemment.

Je me penchai et pris sa bouche en un autre doux baiser pendant que Zian nous rejoignait sur le lit et glissait de nouveau sa main entre les cuisses de Raven. Elle trembla, son cœur battait la chamade.

Je traçai un chemin de baisers jusqu'à son oreille pendant que Zian se mettait derrière moi, ses doigts parcourant mon postérieur jusqu'à l'endroit où il voulait me pénétrer. En utilisant son lubrifiant naturel, il écarta mes fesses et commença à me préparer à l'accepter.

— T'inquiète pas, petite colombe, lui chuchotai-je, ma langue suivant le pavillon de son oreille. Zian va me baiser moi, pas toi.

Elle fronça les sourcils et plissa le front.

— Qu'est-ce que tu veux dire ?

Ah, sa douce innocence me fendait le cœur, confirmant

d'autant plus la nécessité de la mettre à l'aise dans notre intimité partagée.

— Il va me baiser le cul, lui dis-je sans détour. Et il va me faire jouir partout sur ton minou.

— Puis il va masser ton clitoris et te faire jouir à nouveau, ajouta Zian.

Ses doigts me pénétraient d'un mouvement bien plus rude qu'entre les jambes de Raven. Surtout parce qu'il savait que je pouvais le supporter et que ça l'éclatait.

La pauvre Raven ne saurait pas quoi faire la première fois que Zian la baiserait.

Il ne serait pas doux ni amical, mais dur et exigeant.

Ma hampe palpita à cette idée, l'image de leur intimité me fit bander à mort. J'adorais mater Zian, et ça faisait bien longtemps que je ne l'avais pas vu prendre une femme. Tout aussi longtemps que je n'en avais pas eu une sous moi.

Oh, comme j'espérais que Raven puisse s'occuper de nous.

Parce que sinon, l'avenir allait être difficile dans cette cellule. En supposant qu'on survive tous à ce cauchemar. Je frissonnai en pensant à Brina et à son scalpel, n'ayant aucune envie de revoir cette salope malfaisante.

Zian enfonça un autre doigt en moi, la pression me ramenant à ses mouvements et à la belle femme étalée sous moi sur le lit. Il me mordit l'épaule, un vif pincement en guise de réprimande silencieuse pour avoir perdu le fil un moment.

Il n'avait pas demandé ce qui s'était passé et ne le ferait pas tant que je n'en parlerais pas, mais il savait. Il avait toujours su.

Une autre morsure me le confirma, exprimant sa domination en me forçant à rester alerte et conscient pendant notre expérience commune. Il voulait que je me concentre.

Je faillis le remercier de m'avoir distrait de mes pensées.

Mais il ajouta un quatrième doigt, m'arrachant un juron, la pression bien trop forte.

Il ne s'arrêta pas, le sadique en lui appréciait bien trop ma réaction pour me laisser une seconde pour m'accoutumer. J'étais surpris qu'il ne me prenne pas comme il le faisait habituellement, puis je réalisai qu'il nous facilitait la tâche pour le bien de Raven.

Et peut-être un peu pour le mien.

Il savait que j'avais souffert et ne voulait pas en rajouter. Mais j'aurais préféré de loin son genre de torture à celui de Brina.

— Vas-y, lui dis-je d'une voix rauque. Je peux le supporter.

— Oh, je sais, répondit-il.

Sa langue lécha la blessure qu'il avait faite sur mon épaule. Car oui, cet enfoiré m'avait fait saigner.

— Connard, marmonnai-je.

Il gloussa, un son rauque rempli de promesses sensuelles. Raven frémit sous moi, sa chatte inondée d'un désir renouvelé. Je dus me retenir de me pencher et la lécher. À la place, j'empoignai ma queue pendant qu'elle regardait, mes ailes m'aidant à garder l'équilibre à genoux au-dessus d'elle. L'intense palpitation de mes couilles me disait que je ne tiendrais pas longtemps, que je répandrais ma semence sur sa jolie vulve quelques minutes après que Zian aurait pris le contrôle.

Nous devrions sûrement faire ça plus souvent, sauf qu'aucun de nous n'aimait la position inférieure. Cependant, la sensation de sa queue pulsant contre ma prostate provoquait à coup sûr une explosion pas comme les autres. Oh, mais j'aurais parié que le petit trou serré de Raven pourrait être en compétition pour le meilleur orgasme. Comme si elle devinait mes pensées, une nouvelle vague aromatique d'oranges atteignit mes sens, me faisant raffermir ma prise.

— Putain, soufflai-je, mon bas-ventre se resserrant à cette seule branlée. Tu ferais mieux de me prendre tant que tu le peux, Z.

— Je te prendrai quand je voudrai, rétorqua-t-il, murmurant ces mots sombres à mon oreille et hérissant une traînée de chair de poule dans mon cou.

— Seulement quand je t'y inviterai, contrai-je.

Il retira ses doigts et attrapa ma hanche de l'autre main.

— Ah ouais ? (Son gland se présenta devant l'anneau serré de mon cul, creusant l'attente.) Je crois que tu aimes me sentir en toi, Sorin. (Il poussa en avant, provoquant un grognement dans ma gorge alors que mon corps tout entier s'enflammait suite à l'intrusion.) Et ce cri le prouve.

Un juron s'échappa de mes lèvres quand je faillis choir en avant, mais mes plumes me tinrent en équilibre, me permettant d'encaisser ses coups punitifs pendant qu'il prenait la position qu'il désirait.

Le petit hoquet de Raven attira mon regard vers le bas pour trouver deux pupilles dilatées de désir qui me fixaient. Ses joues avaient viré du rose au rouge, ses lèvres s'entrouvrirent sur un halètement tandis qu'elle regardait Zian me pénétrer jusqu'à la garde.

Ça c'était de la baise. Pas du pelotage. Et elle le savait désormais. Je captais sa prise de conscience dans son expression, la sentais dans son parfum.

Qui aurait cru qu'une odeur d'orange pouvait être aussi excitante ?

Je soutins son regard pendant que Zian s'agitait en moi,

lui permettant de voir l'extase qu'il m'inspirait à chaque poussée sauvage.

Parce que, putain, il savait comment bouger. Il n'était pas tendre avec moi, même si je ne m'attendais pas à ce qu'il le soit. S'il avait essayé, je l'aurais rappelé à l'ordre. Une méchante séance avec cette salope de doctoresse cinglée n'était pas un signe de faiblesse. De plus, Raven m'avait guéri au point que je me sentais tout neuf.

— Merde, Z, grognai-je après une poussée particulièrement rude.

— Tu divagues, m'accusa-t-il, toujours conscient de mon état mental. Quand je suis en toi, je veux avoir toute ton attention.

Il me martela encore plus fort, plantant littéralement son pieu. Je déployai mes ailes pour rester en équilibre sur mes genoux.

Ma prise se resserra automatiquement, mon autre main forma un poing.

Une partie de moi voulut le repousser, riposter, mais l'expression intense de Raven me captiva et me ramena à l'instant présent. Elle semblait prête à exploser de nouveau, ses seins rougissaient joliment et suppliaient qu'on s'occupe d'eux.

Et cette magnifique chatte.

Putain, elle était toute mouillée. Ce serait trop facile de m'allonger sur elle, de m'y enfoncer et de me mettre en sandwich entre elle et Zian.

Mon aine se tendit, mon orgasme montant chaque seconde. J'avais envie de me répandre sur elle, de lui demander de faire pénétrer mon essence en elle et de la faire jouir par ma seule excitation.

Nous lui avions déjà dit que c'était notre plan.

Maintenant il était temps de le réaliser.

— Je vais jouir, annonçai-je. (Mes muscles se contractaient et un brasier s'enflammait dans mon bas-ventre.) Et putain, ça va être puissant.

Je sentais mon orgasme se tordre de colère, menaçant d'exploser contre ma volonté. Mais je le retins, voulant prolonger le moment, donner à Zian le temps de me rattraper.

Ce qu'il fit : son rythme s'accéléra en une danse violente entre nos hanches.

Je cédai finalement à l'envie de tomber en avant, me rattrapant d'une seule paume à côté de la tête de Raven tandis que mon autre main continuait à pomper ma tige.

— Je vais jouir partout sur toi, bébé, l'avertis-je. Puis tu vas m'aider à le faire pénétrer dans ta peau, dans ta chatte, sur ce mignon petit bouton, jusqu'à ce que tu jouisses à nouveau dans un cri si intense que tu en oublieras de respirer.

Elle frissonna visiblement, son souffle éventant mon visage et chatouillant mes mèches folles de cheveux blancs qui tombaient sur elle en un rideau de fausse intimité.

— Maintenant, exigea Zian.

Ses doigts plantés dans ma hanche, il me tira en arrière pour recevoir ses mouvements féroces.

Un faible gémissement remonta dans ma gorge et franchit mes lèvres tandis qu'un feu sensuel caressait mes veines, et la chaleur augmenta, tournoya, *consuma* mon existence jusqu'à ce que des étoiles explosent dans mes yeux. Je tremblais sous l'assaut, l'inconscience me volant ma capacité à penser ou bouger tandis que j'arrosais de mon sperme la douce chaleur de Raven.

Giclée après giclée, mon essence recouvrit ses replis, ses boucles, son pubis et ses cuisses. Et putain, cette scène excitante me donnait envie de jouir encore et encore.

— Mets ta main entre tes cuisses, petit oiseau, ordonna Zian. (Sa façon violente d'agripper ma hanche m'indiquait qu'il n'était pas loin de sa propre jouissance.) Je veux te voir te faire plaisir avec le sperme de Sorin.

Elle gémit, ses pupilles étaient si larges que je ne distinguais plus ses iris.

— Maintenant, Raven, lui intimai-je d'une voix rauque. Fais-le maintenant.

Son gémissement me fit sourire. Si excité, si demandeur. J'appréciais de savoir que nous l'avions amenée à ce point, que nos paroles et nos actes la rendaient assez folle de désir pour qu'elle fasse exactement ce qu'on voulait sans poser de questions.

Elle glissa un doigt dans son humidité, mon plaisir se mêlant au sien tandis qu'elle frottait consciencieusement les deux essences ensemble.

— Aide-la, dit Zian. Aide-la, putain.

Je lâchai ma queue pour appuyer mon pouce sur son clito, ce qui la fit se cambrer sur le lit.

Quelques cercles sur son petit bourgeon la firent jouir en cascade, au moment même où Zian atteignait l'apogée de son orgasme en moi, son grognement s'approchant du grondement tandis qu'il me mordait l'épaule pour se calmer. Il m'aplatit les ailes en s'écrasant sur moi alors que je nous tenais en équilibre sur une paume, mon autre main occupée à aider Raven à prolonger son orgasme. Elle avait glissé deux doigts dans son étroit fourreau, ce qui fit tressauter ma bite en signe d'approbation.

Parce que ces doigts étaient enduits de mon essence.

Donc j'étais en elle à présent.

Cette seule pensée me fit presque jouir de nouveau, mais je me concentrai sur elle à la place. Je la frottai intensément, m'assurant que ma semence atteigne chacune de ses parties intimes. Je massai ses cuisses, son bas-ventre, ses boucles, les lèvres de sa vulve, et de nouveau sur son clitoris. Jusqu'à ce qu'elle se tortille en signe de protestation, sa peau sensible ne pouvant en supporter davantage.

Alors je me penchai pour l'embrasser pendant que Zian se nettoyait derrière moi.

L'eau coula un petit moment, sa douche fut brève, puis il nous rejoignit avec deux gants de toilette. J'en utilisai un sur moi, puis je considérai Raven.

— Tu veux que je te nettoie ? Ou tu préfères dormir couverte de mon essence ?

Certaines femmes aimaient ça, surtout à cause des odeurs d'accouplement.

Raven bâilla et se blottit contre moi, me donnant sa réponse. Souriant, Zian la ramena contre son abdomen, ses lèvres caressant son cou en un doux baiser, puis il croisa mon regard.

— Ça te va ?

C'était la même question que tout à l'heure, quand il m'avait demandé la permission de me baiser.

— Ça me va, confirmai-je.

Il hocha une seule fois la tête, ses yeux noirs contenant une gratitude qu'il n'admettrait jamais à haute voix, avant de les fermer pour dormir.

Je drapai mon aile autour d'eux, la tête de Raven posée sur ma poitrine, et les rejoignis dans une félicité temporaire.

Je fus réveillé bien trop tôt par un étrange couinement.

Raven remua et releva la tête.

— Qu'est-ce qui se passe, Souricette ?

— Tu as toujours ta bestiole ? demandai-je, étonné que Zian n'ait pas encore essayé de la manger.

Les souris n'étaient pas notre mets préféré, mais il faut bien prendre les protéines là où elles se trouvent.

Raven m'ignora, concentrée sur le couinement.

— Je vois, murmura-t-elle. Merci de nous le faire savoir.

La souris disparut, ce qui me fit froncer les sourcils.

— Qu'est-ce qu'elle a dit ?

— Que les créatures démoniaques au mitard avec Novak essaient toujours de l'attirer, mais qu'il ne parle à personne, murmura-t-elle en bâillant. Il a l'air d'aller bien, par ailleurs.

— Novak ? répétai-je, perplexe. Tu sais où il est ?

— Oui, dans une sorte de mitard, répondit-elle en fermant les yeux. La prison a beaucoup de sections.

— C'est un vaste labyrinthe de différentes unités pour divers êtres paranormaux, ajouta Zian d'une voix ensommeillée. Le *pénitencier des cauchemars*, c'est comme ça que la souris l'appelle. Novak est isolé au mitard avec quatre démons fous obsédés par une femelle, mais la souris a dit qu'il va bien. Ce qui correspond à ce que je ressens.

— Peut-on le faire sortir ? demandai-je.

Mais j'étais déjà certain de la réponse, vu mon expérience avec Brina.

— La souris a dit que c'est impossible et qu'on doit attendre son retour. Elle avait précisé la même chose à propos de toi. (Zian se joignit au concours de bâillements, puis frotta son nez sur la nuque de Raven.) On ferait mieux de dormir. Le programme change à nouveau, donc on doit être prêts.

— Qui monte la garde ? demanda Raven d'un ton vaseux, son corps assouvi déjà en route pour le pays des rêves.

— Monter la garde ? répétai-je.

— Terreurs nocturnes, marmonna Zian.

— Bon. Je vais rester debout.

Car je n'étais pas du tout fatigué, mon esprit tourbillonnait au souvenir de tous les portails et cercles surnaturels que j'avais traversés pour aller chez Brina et en revenir.

Cet endroit était un putain de labyrinthe.

Et le pénitencier Noir était un piège mortel en lui-même.

Quand Novak, Z et moi avions été happés par le système pénitencier, nous n'avions pas tenté de nous échapper par loyauté envers nos racines guerrières. On croyait que si on se repentait suffisamment, on regagnerait nos plumes blanches.

Ça n'est jamais arrivé.

Nous avions donc accepté notre sort et employé nos compétences à atteindre un statut de haut niveau dans notre ancienne prison, surtout afin de survivre.

Le pénitencier Noir exigeait une nouvelle stratégie basée sur l'évasion, pas seulement la survie.

— Réveille-moi quand tu voudras faire une sieste.

Ça venait de Zian.

Je ne l'ai jamais réveillé, mon esprit repoussant le sommeil.

13

RAVEN

Une autre semaine, un autre massacre.

Mes nerfs ne réagissaient plus au jour de l'abattage, car les choses avaient changé. Le pénitencier Noir s'était transformé en quelque chose de plus supportable à présent que j'avais cédé à l'envie de jouer avec mes compagnons de cellule Noir sexy en diable.

Je croyais savoir ce que signifiait s'accoupler, mais après avoir vu ce que Zian avait fait à Sorin, j'avais compris qu'ils avaient encore beaucoup à m'apprendre.

Et ils prenaient leur temps.

Hypnotisée, je contemplais Zian ajouter un autre dessin fluide au tatouage qui descendait le long du bras droit de Sorin. Ça semblait douloureux, vu le sang qui coulait sur son poignet, mais un sourire en coin éclairait ses traits, amusé par mon intérêt.

À un moment donné pendant l'absence de Sorin, Zian avait acquis les outils nécessaires au tatouage. Je soupçonnais que c'était grâce à son surnom de *mangeur de cœurs*. Quel qu'en soit le motif, personne ne voulait se disputer avec lui, de peur de se retrouver contre lui sur le ring par la suite.

Les deux hommes avaient passé la majeure partie de la semaine à retoucher les marques sur les tatouages de Sorin, chacune en mémoire de quelqu'un qu'il avait tué – et il y en avait eu beaucoup au pénitencier Noir, même en son absence.

Je m'assis par terre en tailleur, bien plus près cette fois, intriguée par le motif entrelacé d'énergie sur la peau de Sorin.

— C'est quel genre de magie ? demandai-je, remarquant la façon dont Zian gravait élégamment le dessin du bout des doigts avec de la magie bleue.

Il fabriquait l'encre bleue avec le matériel qu'il avait acquis, mais il l'appliquait avec ses mains par une sorte de pouvoir inconnu. Cela me rappelait ma magie de guérison, mais celle-ci brûlait et laissait une cicatrice permanente sur la peau.

Ça m'intriguait que la douleur puisse être transformée en une chose aussi belle.

Sorin avait expliqué que chaque marque représentait une vie qu'il avait prise. L'encre qui courait sur l'ensemble de son bras gauche et sur son biceps droit suggérait qu'il en avait beaucoup tué.

Celle d'aujourd'hui avait appartenu à son adversaire sur le ring.

D'un geste vif du poignet, Zian transforma sa magie bleue en une petite flamme pour fixer le dessin, puis il se pencha et lécha la plaie pour la nettoyer. C'était un mouvement aussi primitif qu'intime. Nous avions tous cédé à nos instincts animaux ces derniers temps. Je n'avais pas encore décidé si ça nous rendait plus forts ou si ça se retournerait contre nous lorsque nous serions inévitablement séparés, ou pire.

— C'est de la magie de repentir, répondit Sorin à la question que j'avais posée à Zian sur le pouvoir qu'il utilisait pour les tatouages.

Croisant mon regard, il ajouta :

— Avant la Chute de Zian, son énergie lui servait de punition. Il pouvait apporter l'oubli à un Nora en vue de le remettre dans le droit chemin, les marques servant d'avertissement quant à la proximité de la Chute. Ne plus te rappeler ce que tu as fait de mal joue des tours à ton esprit. Ça t'oblige à la perfection, si l'on veut

Zian grogna mais n'émit pas de commentaire.

— Ça ne marche plus comme avant à cause de sa Chute, continua Sorin. Mais je m'en accommode parce que je ne veux pas perdre mes souvenirs.

Zian sourit.

— C'est une sorte de doigt d'honneur pour les Nora qu'on s'en serve pour créer des tatouages.

— Ouais, avec eux, je n'oublierai jamais ce qu'ils m'ont fait devenir, opina Sorin.

Je grimaçai, ce qui me valut un regard entendu de Zian qui terminait le tatouage.

— Je sais. C'est techniquement un trait Nora, mais nous avons tous été Nora un jour, petit oiseau. (Il embrassa mon front et rabattit une mèche de cheveux derrière mon oreille.) Enfin, la plupart d'entre nous, en tout cas.

Sorin arqua un sourcil.

— Qu'est-ce que tu veux dire ?

Zian déposa de tendres baisers sur ma gorge, sa magie persistante rendant ses lèvres chaudes contre ma peau. Je ne pouvais pas imaginer Zian avec des ailes blanches ou le voir forcer quelqu'un à oublier ses péchés. Ce genre de lavage de cerveau était l'une des nombreuses raisons pour lesquelles je détestais les Nora et j'étais contente de ne pas être née parmi eux.

— Elle prétend être sortie du ventre de sa mère sous la forme de cette créature exquise, dit Zian. (Il suivit ma lèvre inférieure avec les doigts qu'il avait fait jouer sur la peau de Sorin.) Mmmh, tu me donnes envie de Chuter encore une fois, doux oiseau.

Il porta ses dents à mon cou, passant des chauds baisers à des mordillements punitifs. Mon souffle s'accéléra, sachant que l'appétit de Zian commençait toujours de cette façon et que bientôt je serais imbriquée entre eux deux, à leur merci tandis qu'ils m'apprendraient de nouveaux délices.

Sorin m'observait d'un regard ardent, mais il laissa Zian tracer d'un seul doigt la nouvelle marque tatouée. Il n'avait pas l'air de regretter ses actes, mais plutôt de les respecter.

Sorin était un tueur.

Comme nous tous.

Un coup à la porte de notre cellule nous fit tous sursauter, et nous avons remarqué un garde Nora amusé. Je me doutais bien que ces malades s'éclataient à nous reluquer. Ces derniers temps, ils nous autorisaient à passer des journées entières dans notre cellule pour nous livrer à nos désirs, nous apportant même des repas pour nous donner des forces.

Je n'aimais pas m'appesantir sur leurs raisons.

— Tout le monde dans la cour ! aboya le garde.

Il ouvrit la porte d'un coup sec et s'éclipsa. Ce n'était pas comme s'il y avait une issue, les couloirs ne menant qu'à la salle du petit-déjeuner, à la cour et au gymnase.

Sorin bondit sur ses pieds, enfila un pantalon – parce que oui, les gars ne se souciaient plus guère de porter des vêtements devant moi – et rabattit ses ailes massives dans son dos pour franchir la porte.

— Reste près de moi, petite colombe.

Je baissai la tête et marchai derrière lui, Zian dans mon dos. Nous avions eu un abattage ce matin, donc j'ignorais ce que les gardes nous réservaient. La seule chose à laquelle je pensais était les rumeurs que Zian avait entendues depuis un certain temps déjà, selon lesquelles un changement allait survenir, quelque chose d'assez important pour perturber notre vague hiérarchie. Avec la quantité de morts que nous accumulions, les détenus n'avaient pas le nombre ou les alliances nécessaires pour nous affronter.

Et, oh, ils voulaient aussi goûter à ma personne

C'était une autre raison pour laquelle j'appréciais le petit répit que constituait notre enfermement pendant de longues périodes. Que je sois prête à l'admettre ou non, maintenant, j'appartenais à Sorin et Zian, ou très bientôt de toute façon, dès qu'ils auraient franchi une étape plus finale et permanente dans notre accouplement.

Je les voulais tous les deux.

J'avais envie des deux.

Si quelqu'un voulait nous faire chier, il aurait un sacré combat à mener.

Les détenus se répartirent en groupes et observèrent une nouvelle arrivée de recrues au fond de la cour. Je faillis heurter le dos de Sorin quand il s'arrêta brusquement.

— Sorin, me plaignis-je, recrachant ses plumes qui étaient entrées dans ma bouche. Ne fais pas...

— Il faut retourner à la cellule immédiatement, avertit-il, me poussant d'une main pour me maintenir derrière lui, m'empêchant de voir ce qu'il y avait devant nous.

Zian jeta un coup d'œil par-dessus son épaule et cracha un juron.

— Qu'est-ce que c'est ? lançai-je, mes plumes se hérissant d'irritation.

Les deux mâles me coincèrent entre eux dans un élan protecteur qui m'agaça et m'inquiéta à la fois.

— Ramène-la en cellule, ordonna Sorin.

Mais je n'avais pas l'intention de subir ses conneries d'alpha. Lorsqu'il essaya de me pousser de nouveau, je mordis fort sa main, ce qui le fit reculer avec un juron.

Me faufilant sous son bras, je le contournai et battis des ailes pour prendre de la distance.

Puis je vis ce qui l'inquiétait tant.

— Oh, merde, soufflai-je.

Des Valkyries.

Ce n'était peut-être pas évident pour les Nora, mais je reconnus immédiatement cette race de femelles. Leurs traits étaient plus durs, leurs plumes primaires présentaient des taches subtiles, mais ce qui les trahissait vraiment, c'était leur odeur. Elle me prit aussitôt à rebrousse-poil et enflamma mes instincts.

Les trois guerrières me repérèrent de suite, relevant vivement la tête pour me fixer, retroussant leurs lèvres sur un grognement, dilatant leurs narines.

Ça sentait mauvais.

J'entendis Zian crier quelque chose derrière moi, mais mes instincts territoriaux prirent le dessus et me propulsèrent vers les nouvelles femelles. Peu importe si j'étais en enfer, c'était chez moi. Zian et Sorin allaient être mes compagnons, et ces salopes n'allaient pas me les prendre.

C'était une ligne de pensée irrationnelle, et peut-être qu'avoir cédé à mon côté primal pendant trop longtemps allait me retomber sur la gueule, mais s'il y avait une chose que j'avais apprise en prison, c'était d'établir sur-le-champ des limites avec les nouvelles recrues.

— Il y a une pondeuse ici, gronda l'une d'elles. Comment a-t-elle survécu si longtemps ?

Une autre femelle enroula une longue jambe autour d'un mâle avec lequel elle avait décidé de s'amuser. Ce crétin se croyait au paradis alors qu'elle allait probablement lui couper les couilles par la suite.

— On s'en fout, dit-elle en glissant un doigt sous le menton du mâle. Elle a sûrement trouvé des protecteurs. Elle ne fera pas long feu une fois qu'ils en auront fini avec elle. On a d'autres chats à fouetter de toute façon.

Elle sourit, ses dents aiguisées me donnant envie de me replier sous mes ailes.

Un désir soudain de fuir apparut aussi vite que mes instincts territoriaux quelques secondes plus tôt.

— Mmmh, fit la troisième, aux cheveux presque aussi noirs que les miens, en plissant les yeux. Les voilà. (Elle sourit quand Zian me saisit le bras.) Écartez votre animal de notre chemin, voulez-vous ? On ne cherche pas de compagnons, alors elle peut se calmer.

— Je suis là, lançai-je.

Sorin prit son temps pour évaluer les trois femelles, et elles prirent également le leur pour l'évaluer, le parcourant du regard jusqu'à ce que mon sang bouillonne.

— Eh bien, bonjour, dit celle aux longues jambes, rejetant le mâle avec lequel elle jouait pour faire courir ses doigts sur l'épaule musclée de Sorin.

À moi.

La rage primitive qui m'habitait fut douchée lorsque Zian me chuchota à l'oreille :

— Tu es en train de faire une scène, petit oiseau. (Il

s'éclaircit la gorge et haussa le ton.) Elle s'éloigne parfois de nous, mais ça rend les choses intéressantes.

Je savais qu'il se donnait en spectacle pour les Valkyries afin d'éviter que je sois prise pour cible, mais ça me fendait quand même le cœur.

— Eh bien, assurez-vous que ça ne se reproduise pas, trancha la brune, ses yeux verts braqués sur moi. Je mange des pondeuses au petit-déjeuner.

Une bagarre éclata à proximité quand un Noir asséna un violent coup de poing à son voisin. Il devenait clair qu'avec trois femelles de plus dans le quartier, et après des semaines sans que je sois à leur portée, les mâles étaient sur le point de perdre la boule.

Les Valkyries les regardaient se battre pour elles, visiblement amusées, se demandant qui allait l'emporter. Pendant ce temps, je scrutais les tours. À quoi jouaient les Nora ? Car je sentais qu'ils me regardaient, attendant une réaction.

Ils avaient placé ces trois Valkyries ici délibérément et nous avaient ensuite appelés dans la cour pour faire les présentations.

Les salauds.

J'acceptai la main de Sorin qui me ramena à notre cellule, mais je ne pouvais pas me défaire de mes instincts qui me criaient de marteler les trois nouvelles femelles jusqu'à ce qu'elles ne soient plus qu'un tas de plumes et de pulpe.

Que Zian et Sorin ne les aient pas remises à leur place m'indiquait qu'ils voyaient les Valkyries comme des ennemies redoutables.

Je n'en avais rien à foutre. Si elles voulaient s'en prendre à moi, qu'elles essaient. J'avais affronté pire.

Du moins je le pensais.

14

SORIN

QUELQUES JOURS PLUS TARD…

— Je n'aime pas la façon dont elles la regardent, marmonnai-je à Zian, qui achevait une nouvelle série de tractions dans le gymnase de fortune.

Il se laissa tomber sur ses pieds et essuya la sueur de son front avant de croiser les bras sur sa poitrine nue.

— Moi non plus.

De l'autre côté de la salle, les trois Valkyries observaient Raven qui pratiquait des exercices de musculation sur le tapis. Si elle était consciente de leur attention, elle n'en montrait rien, concentrée sur la série que Zian lui avait demandé de faire.

— Au moins, elle devient plus forte.

— Et plus fluide dans ses pas, convint Zian. Mais ces femelles ont au moins trente ans d'expérience de plus qu'elle. Sauf celle du milieu. Elle est plus près de l'âge de Raven.

— Oui, j'ai remarqué. Je pense que les deux autres sont ses mentores.

Comme Zian et moi l'étions pour Raven.

Certaines femmes choisissaient la voie du guerrier

quand elles refusaient de s'accoupler. Plus elles étaient puissantes, plus il leur était difficile d'être dominées par une société d'hommes. Elles se regroupaient aussi en colonies, ce qui leur donnait la force du nombre.

Seuls les idiots essayaient de les baiser. Les Valkyries étaient connues pour prendre des amants selon leurs besoins et les tuer ensuite. C'est pourquoi elles avaient tendance à choisir des guerriers, préférant relever un défi à la fois dans le lit et en dehors.

D'où leur intérêt notable pour Zian et moi.

Aucune foutue chance qu'on accepte de jouer avec elles. On s'était fait plaisir avec quelques Valkyries par le passé, surtout parce qu'elles étaient des bêtes au pieu et qu'elles pouvaient supporter plus que la moyenne des femmes Nora. Mais l'after était nulle.

Zian et moi avons regardé un autre imbécile tenter sa chance.

Et échouer.

Seuls les mâles les plus méritants étaient choisis par une Valkyrie pour s'accoupler.

J'esquissai un sourire en coin.

— Ils n'apprendront jamais.

— Ils sont désespérés, répondit Zian. Le désespoir mène souvent à la stupidité.

— Bien vrai.

Les Valkyries se remirent à s'entraîner, mais leur attention se portait toujours sur Raven. Quand elles étaient arrivées, je m'étais dit qu'elles pourraient essayer de la recruter pour renforcer leurs effectifs. Mais elles n'aimaient pas Raven depuis le début, la traitant de *pond*...

Un poing percuta mon abdomen, balancé par une petite colombe très énervée.

— Vous pourriez au moins me laisser une chance de

prouver ma valeur avant d'envisager une version supérieure, lança-t-elle d'une voix basse, destinée à nous seuls.

J'échangeai un regard perplexe avec Zian avant de croiser le sien, livide.

— Mais de quoi tu parles ?

— Vous reluquez ouvertement la viande fraîche comme si je n'étais pas là, grogna-t-elle d'un ton adorablement féroce. (Ça me donna envie de la clouer sur le matelas et de lui faire répéter avec ma bite au fond d'elle.) Vous n'avez même pas encore essayé de me baiser correctement. Peut-être que je vais vous surprendre. Qui sait ? Mais si vous continuez à mater la relève, ce sera que dalle.

Zian arqua les sourcils.

— Mater la relève ?

Je tordis mes lèvres.

— On se sent possessive.

— Comment je pourrais me sentir possessive ? répliqua-t-elle, l'air enflammé. Tu n'es pas vraiment à moi, hein ? Juste compatible pour s'amuser. Rien de plus.

Elle tourna les talons pour s'éloigner, mais j'attrapai sa hanche et plaquai ses ailes contre ma poitrine. Zian se mit devant elle, lui bloquant le passage pour faire bonne mesure.

— Rien de plus ? (Son ton était empreint d'incrédulité.) J'espère vraiment que tu ne le penses pas.

— C'est toi qui es là à reluquer une bande de Valkyries au lieu de me baiser, répliqua-t-elle comme une petite morveuse irascible qui avait besoin qu'on lui rappelle sa place entre nous.

Je mordis son cou, juste au-dessus de son pouls battant.

— Je n'aime pas ce ton accusateur, petite colombe.

— Ce n'est pas une accusation ! s'emporta-t-elle, attirant l'attention de la salle entière.

Zian croisa mon regard, me communiquant muettement nos prochaines étapes.

Nous ne pouvions pas avoir cette conversation ici, pas à portée de voix des Valkyries et d'une foule de mâles intrigués.

— Retourne dans la cellule, ordonna Zian à Raven.

— Non. Je n'ai pas fini ma séance.

— C'est un ordre, chuchotai-je, mes lèvres effleurant son oreille. Retourne dans la cellule, petite colombe, ou je t'y porte moi-même.

Elle se hérissa, ses plumes se tendirent.

— Tu ne peux pas me posséder une minute et me remplacer la suivante.

— En fait si, on pourrait, corrigea Zian. On n'est pas partenaires, comme tu l'as souligné.

— Parce que vous ne voulez pas me baiser, rétorqua-t-elle, sa voix s'élevant au-dessus de son murmure bouillonnant d'il y quelques instants et attirant beaucoup trop de regards dans notre direction.

— Ça va changer, lui dis-je tranquillement en la poussant dans les mains de Zian.

Il enroula un bras possessif autour de sa taille pour l'emmener hors de la salle, dans le couloir.

Maintenant, elle se taisait.

Maintenant, elle obéissait.

Seulement grâce à la promesse qui sous-tendait mes mots.

Je secouai la tête, amusé.

— Si tu voulais tellement qu'on te baise, petite colombe, tu n'avais qu'à demander, lui dis-je une fois dans notre cellule, porte close.

Elle n'était pas verrouillée puisque c'était techniquement notre temps libre, mais notre corbeau exigeait une forme différente d'entraînement physique aujourd'hui.

— Il ne s'agit pas de ça, bafouilla-t-elle en se retournant pour me faire face.

Je la poussai contre le montant métallique de nos lits superposés, haussant un sourcil en signe de défi.

— C'est exactement de ça qu'il s'agit. À présent déshabille-toi avant que je t'arrache tes vêtements.

— Sorin...

— Tout de suite, Raven, intervint Zian, l'écartant du montant pour se placer derrière elle.

Elle déglutit, son parfum d'agrumes s'épanouit autour de nous dans le désir et l'excitation, tandis qu'un soupçon de peur dilatait ses pupilles.

— Je ne v-voulais pas dire...

J'empoignai son haut et l'arrachai de son torse, révélant ses seins fermes aux mamelons bien dressés. Elle glapit en réponse et tripota fébrilement le bouton de son jean.

— On devrait te tanner la peau pour ce déballage, murmura Zian. (Il posa ses lèvres sur son épaule nue tout en l'aidant à faire descendre le tissu sur ses hanches.) Tu nous as pratiquement demandé de te baiser dans une salle pleine de spectateurs.

— Non, je...

— Si, la contrai-je, ne voulant pas entendre l'excuse qu'elle essayait de formuler. Tes instincts possessifs prennent le dessus parce que tu n'as pas été correctement revendiquée, et tu nous en veux pour ça. Alors on va arranger ça.

— Ça m'a l'air d'être une bonne solution.

Zian mordilla un chemin entre ses plumes, le long de sa colonne vertébrale, tandis qu'il s'agenouillait pour retirer le jean de ses jambes.

Elle frissonna mais n'objecta pas.

Car c'était bien là le but de son petit accès de colère.

Bien sûr, la présence des Valkyries avait intensifié sa réaction. Mais c'était le désir sous-jacent dans l'âme de Raven qui l'avait exacerbée.

Zian croisa de nouveau mon regard tandis qu'il se tenait derrière elle, notre belle Raven délicieusement nue entre nous. Nous avions déjà convenu que ce serait moi qui la prendrais en premier, mes inclinations dans la chambre à coucher n'étant pas aussi rudes que les siennes. Et bien qu'elle puisse croire qu'on était fâchés contre elle en ce moment, nous ne l'étions pas vraiment. Son désir de baiser rivalisait avec le nôtre, le besoin d'établir notre connexion nous animait tous les trois de manière égale.

— Tu mouilles, petit oiseau ? demanda Zian.

Sa main la contourna pour plonger entre ses cuisses. Elle déglutit, ses joues prirent la teinte rose que je lui préférais. La rougeur descendit jusqu'à ses seins, redressant d'autant plus ses petits boutons.

Je me penchai pour prendre une pointe raide dans ma bouche, tirant un gémissement de sa gorge, tandis que Zian glissait en même temps ses doigts en elle.

— Oh, elle est prête, murmura-t-il d'un ton rayonnant d'admiration. Pas étonnant qu'elle ait fait une telle scène. Elle dégouline pour nous, Sorin.

— Mmmh, bourdonnai-je contre sa peau.

Ma langue tourna autour de sa chair tendue avant de passer à son autre sein. Elle planta ses doigts dans mes cheveux, et son corps nous donna des signaux de bienvenue alors que sa bouche restait silencieuse.

— Tu veux qu'on te baise, Raven ? Qu'on te revendique comme il se doit ?

— Ou bien tu espères qu'on te remplace par une Valkyrie ? railla Zian avec une touche de cruauté dans le ton.

Ce qui raviva le feu en elle. Raven se débattit entre nous, tournant la tête pour lui lancer un regard noir.

— N'y pense même pas !

Il sourit.

— Alors dis-nous de te baiser, petit oiseau. Dis-nous de te prendre. De te compléter. Parce qu'on sait tous que c'est de ça qu'il s'agit, bébé. Tu nous veux en toi.

— Admets-le et on te donnera tout ce que tu veux et plus encore. (Je fis descendre mes dents le long de son sternum jusqu'à son ventre plat, et plus bas jusqu'à ses boucles soyeuses.) À moins que tu ne veuilles que ma langue ?

Zian retira ses doigts, ce qui me permit de la lécher en profondeur, de son entrée moite jusqu'à son bouton palpitant. Elle frissonna, resserra sa prise dans mes cheveux.

— Ohhh, gémit-elle, sa tête tombant sur l'épaule de Zian.

— Un son splendide, mais ce n'est pas ce qu'on recherche. (Il glissa ses doigts entre les fesses de Raven pour la toucher à un endroit que nous n'avions pas encore exploré.) Peut-être qu'on devrait juste prendre ton cul à la place. (Son corps sursauta, m'indiquant qu'il venait de glisser au moins un doigt en elle.) Ou mieux encore, peut-être que je vais te prendre par-derrière pendant que Sorin baise ta chatte. Brise tes deux barrières virginales d'un coup et prouve-nous que tu peux nous supporter. C'est ça que tu veux, petit oiseau ?

Elle gémit, sa peau se hérissant d'impatience.

— Oui, chuchota-t-elle. Oui.

— Oui à quoi ? demanda-t-il, son bras lui entourant

l'abdomen tandis que son autre main continuait à la préparer de cette manière experte qui était la sienne.

Je m'appliquai à la lécher à fond, son étroit fourreau déjà dilaté par le toucher de Zian. Ça ferait encore mal, sa petite taille ne connaissant pas encore le calibre masculin, mais je la ferais entrer doucement dans le jeu. La ferais s'effondrer autour de ma queue. Puis je continuerais à la baiser jusqu'à ce qu'elle me supplie d'arrêter.

Ça faisait trop longtemps que je n'avais pas connu une chatte humide et serrée.

J'avais l'intention de faire durer ça le plus longtemps possible.

— Raven. (Il y avait une pointe d'acier dans la voix de Zian.) Dis-nous ce que tu veux et sois explicite. (Elle tressaillit à ce qu'il lui faisait derrière elle, probablement l'ajout d'un autre doigt.) Parce que je ne crois pas que tu sois prête à nous prendre en même temps. Je ne crois pas que tu sois prête à expérimenter la beauté d'être baisée des deux côtés. Pas encore.

Elle frémit, ses lèvres s'ouvrirent quand ma langue encercla son clito une fois de plus.

— Je le veux. (Elle scanda pratiquement les mots.) Je vous veux tous les deux. S'il vous plaît.

— Encore, l'encouragea Zian. Sois explicite, petit oiseau. Chaque détail.

Ses cuisses se mirent à trembler, son plaisir augmentant sous l'effet de ma douce torture. J'envisageai de la laisser exploser, mais je préférai me retirer pour souffler sur ses plis sensibles.

— Tu l'as entendu, bébé. Dis-nous exactement ce que tu veux, ou je te finirai avec ma langue avant que Zian et moi baisions ensemble.

Un petit juron tomba de ses douces lèvres, ce qui m'amusa.

Elle détestait ce jeu.

Mais c'était tout de même nécessaire.

Nous ne lui demandions pas seulement d'accepter nos bites, mais aussi nos liens. Car nous étions trop compatibles en tant que trio pour que la connexion d'accouplement ne se mette pas en place. Et une fois que ce serait fait, il n'y aurait plus de retour en arrière pour aucun d'entre nous.

Zian et moi avions déjà décidé de l'accepter. C'était une occasion trop rare pour la refuser, et Raven avait besoin de protection. Nous ne pouvions pas non plus nier le besoin inexplicable d'aller jusqu'au bout, l'appel de nos âmes pour la joindre aux nôtres.

Novak aurait secoué la tête en signe de désapprobation, nous aurait dit qu'on se liait prématurément.

Peut-être que c'était le cas, mais nous assumions notre erreur.

D'ailleurs, nos esprits parlaient souvent à notre place dans ces situations. Une façon pour le destin de s'assurer que l'espèce angélique se perpétue.

— Je... (Raven s'interrompit, passa sa langue sur ses lèvres pour les humidifier.) Je vous veux tous les deux en moi. Je suis prête.

— Où ça, en toi ? insista Zian.

— Dans mon âme, chuchota-t-elle.

C'était la bonne réponse.

Nous n'avions pas besoin de savoir comment ou qui prenait quelle partie d'elle, juste qu'elle acceptait notre revendication et voulait la voir satisfaite.

— Alors tu vas faire exactement ce que je dis, répondit Zian avec un baiser dans son cou. Compris ?

— Oui, acquiesça-t-elle.

— Bien. Alors enlève le pantalon de Sorin...

Une explosion retentit dans le couloir, secouant le lit à côté de nous et faisant s'écraser notre porte contre le mur.

Je fis volte-face, déployant mes ailes pour me protéger.

Puis ma mâchoire s'affaissa.

— C'est l'extérieur ? demandai-je, en voyant l'énorme trou dans le mur.

Des anges s'envolaient déjà à travers, l'évasion accaparant l'esprit de tous. Mais il valait mieux ne pas croire que ça pouvait être aussi facile. Et je ne partirais jamais sans Novak à nos côtés.

Raven me contourna rapidement, et l'émerveillement envahit ses traits tandis qu'elle regardait un Noir s'envoler juste au-delà du trou.

J'échangeai un regard avec Zian, la prise de conscience nous frappa tous les deux en même temps.

C'était le moment de choisir notre destin.

Sauf que notre décision devait être prise alors que Novak était au mitard. Nous étions frères.

— Je ne l'abandonnerai pas, affirma Zian.

— Je sais, opinai-je.

Ce qui laissait à Raven le soin de prendre sa propre décision.

Soit elle restait avec nous, soit elle fuyait avec les autres.

15

RAVEN

ÉVASION.

Ce mot était suspendu dans mon esprit comme un diamant hors de portée.

Je regardai Noir après Noir se jeter par le trou dans le mur près de notre porte ouverte pour disparaître dans le coucher de soleil brumeux vers la liberté.

Ça ne peut pas être si facile, n'est-ce pas ?

Je déployai mes ailes et franchis la porte ouverte de notre cellule. La survie passait avant tout, et maintenant, celle-ci chantait pour moi avec un espoir renouvelé, me poussant en avant.

Sauf que quelque chose n'allait pas.

Je ne peux pas partir comme ça.

Un pincement dans ma poitrine m'arrêta dans mon élan. Abaissant une aile, je jetai un coup d'œil par-dessus mon épaule, pour découvrir Zian et Sorin qui m'observaient. Tout dans leur attitude corporelle indiquait qu'ils n'iraient nulle part. Poings serrés. Mâchoires palpitantes. Leurs yeux me fixaient avec résignation.

Pourquoi ?

— On ne part pas sans Novak, expliqua Zian. (Depuis l'intérieur de notre cellule, il regarda les Noir qui se battaient entre eux pour passer par l'ouverture.) Tu es assez rapide, petit oiseau. Tu peux te faufiler avant que toute la prison se rende compte qu'il y a une issue.

Je ravalai la boule dans ma gorge. Quelques instants plus tôt, nous étions prêts à nous lier pour l'éternité, et maintenant il voulait que je parte ?

— Je ne vais nulle part sans vous, dis-je. (Je revins vers eux et posai mes mains sur les leurs. J'avais besoin d'une connexion physique pour m'assurer que ce que nous vivions était réel, que je ne l'avais pas juste imaginé.) Je le pensais quand je disais que je vous voulais dans mon âme. (Mon regard oscilla entre Zian et Sorin.) Si vous restez, alors je reste aussi.

Sorin souleva mon menton et se pencha pour m'embrasser.

— Tu devrais partir, petite colombe. (La douleur scintilla dans ses yeux saphir, son expression trahissant sa tristesse.) Tu as le choix maintenant, et je ne t'empêcherai pas de faire le bon.

Il me fallut un moment pour comprendre ce qu'il voulait dire. Puis je saisis.

Il pensait que le bon choix était de partir. *Tu as le choix maintenant.* Cela impliquait que je n'en avais pas avant, lorsqu'on était coincés dans une cellule ensemble avec nos hormones compatibles qui nous jouaient des tours. Alors ouais, peut-être que c'était comme ça que tout avait commencé, mais ce n'était pas ainsi que ça devait finir.

— Non, tranchai-je, m'accrochant à son biceps pour me hisser et coller mes lèvres sur les siennes. (Je les mordis en guise de punition, ce qui me valut un léger gloussement de la part de mon Noir tatoué.) J'ai toujours eu le choix.

Même si l'autre option était de mourir, c'était quand même un choix.

— Tu étais coincée dans une cellule avec nous, rétorqua Zian d'une voix douce. Une prison entière de mâles voulait te mettre en pièces et te dévorer toute crue. On aurait pu faire de même, on a choisi d'être tes protecteurs si tu voulais de nous. Tu n'avais pas du tout le choix.

— Ça s'appelle le destin, répliquai-je, ayant envie de le gifler. (Je n'avais jamais cru au destin, jusqu'à ce que je sombre dans le péché avec Sorin et Zian.) Je me fiche de savoir s'il y a là dehors un dirigeable avec LIBERTÉ peint en grandes lettres dessus. Si vous restez, alors moi aussi, parce que vous êtes mes compagnons *choisis*.

Voilà, je l'avais avoué tout haut, à eux deux et à moi-même. Ce n'était pas seulement un concours de circonstances à mes yeux.

C'était réel.

Le soulagement les fit se détendre tous les deux. Zian glissa un bras autour de ma taille et approcha ses lèvres des miennes pour me donner une caresse inhabituellement douce avec sa langue.

Quand il se retira, il promena sur moi un regard appréciateur, lèvres retroussées.

— Bien que je t'adore nue, ça ne serait peut-être pas plus mal de passer des vêtements jusqu'à ce qu'on comprenne ce qui se passe.

Bien. Bonne idée. En rougissant, j'enfilai un jean et parvins à renouer mon haut autour de mon cou. À peine eus-je terminé qu'une autre explosion secoua l'enceinte et un hurlement monstrueux fit hérisser mes plumes.

Je levai les yeux devant le trou béant, révélant que ce n'était pas du tout le chemin vers la liberté. Mais qu'il menait directement en enfer.

Des plumes et des os tombaient de la gueule d'une créature massive – un loup, d'après son apparence. Des flammes et du sang ornaient sa fourrure, le désignant comme une créature paranormale différente de tout ce que j'avais déjà vu.

— Un Piège-à-cadavres, dit Zian avec une pointe d'admiration dans la voix.

Puis ses grands yeux se tournèrent vers moi, et je vis tout le scénario se dérouler dans son esprit.

Ouais, si je n'avais pas choisi d'être leur compagne, je serais devenue de la pâtée pour chiens.

— Raven ! cria Sorin.

Il me tira en arrière par le bras, m'écartant de la trajectoire d'une pierre qui aurait pu m'écraser comme une crêpe en forme de corbeau. Les débris pleuvaient, m'arrachant un glapissement lorsque des gravats frappaient mes épaules et mes ailes.

Des pans de l'enceinte s'effondraient autour de nous et le chaos régnait, le Piège-à-cadavres dévorant les Noir assez stupides pour tenter de le contourner et de s'échapper. Une pléthore de créatures plus petites s'infiltrèrent dans la prison, semant la mort et la destruction dans leur sillage. Les Noir couraient droit vers l'attaque, sans aucune stratégie, essayant bêtement de s'envoler vers une fausse liberté.

Idiots.

— C'est un autre abattage, sifflai-je. Ils éliminent tout ce putain de bloc !

Une impression de panique dans mes sens me fit me retourner. Je repérai Souricette qui pointait son museau par la fissure dans le mur de notre cellule.

— Qu'est-ce qu'il y a, Souricette ? demandai-je. Tu as trouvé un endroit sûr ?

Tant mieux, parce qu'on en avait bien besoin. Des monstres infiltraient notre cellule, nous forçant à sortir pour mieux nous défendre et ne pas être acculés. Quelques instants après nous être battus pour sortir, le pan de mur tout entier s'effondra, réduisant nos matelas loqueteux en miettes.

J'avais failli y rester – *une fois de plus*.

Zian jura en esquivant une petite créature qui laissait derrière elle une traînée d'un noir d'encre. Il en détourna une autre, envoyant le monstre s'écraser sur un détenu. De petites dents vicieuses se refermèrent sur l'aile du pauvre Noir, produisant un craquement suivi d'un cri de souffrance.

— On doit se diriger vers le loup-garou, dis-je en montrant la créature massive qui rongeait un corps sans tête.

— Loup-garou ? répéta Zian avec incrédulité. On tombe sur un Piège-à-cadavres mortel, une créature de légende, et tu le surnommes *loup-garou* ?

Une bestiole d'encre plongea sur Sorin. Au lieu d'esquiver, il la frappa entre les deux yeux, et je la regardai choir par terre avec un *plop* manquant de dignité. Sorin la renifla en faisant la moue, visiblement dégoûté.

— Pourquoi tu nous demandes de courir *vers* la mort, petite colombe ?

Je ne l'aurais pas remarqué même avec ma vue perçante, mais maintenant que je savais ce que je cherchais, je repérai le tunnel que la destruction du mur avait mis à jour. Il serait beaucoup plus facile à défendre que notre cellule éventrée. Je le leur montrai.

— Il y a un endroit sûr où on peut se cacher.

D'autres créatures continuaient d'affluer dans la prison, et la chose en forme de loup que Zian avait appelé Piège-à-cadavres avait presque fini son casse-croûte. Sa mâchoire massive attaquait une aile restante, aux prises avec d'épaisses plumes noires qui se coinçaient entre ses dents.

— On, euh, on devrait essayer de le contourner pendant qu'il est, euh, occupé.

Un frisson me traversa l'échine. Je n'allai pas tenter d'atteindre l'esprit d'une telle *chose*.

Sorin évalua la situation, voyant la même chose que nous tous : le chaos. Une destruction massive et une mort certaine si nous ne trouvions pas rapidement un endroit où nous cacher.

Les autres cellules n'étaient pas une option. Les créatures d'encre s'y engouffraient et dévoraient les détenus pris au piège dans un concert de hurlements.

Je repérai les Valkyries qui se frayaient un chemin à travers le carnage. Leurs regards sauvages disaient qu'elles s'amusaient comme des folles. Grand bien leur fasse. Salopes cinglées.

Zian m'attrapa par le bras.

— Ouvre la voie.

Mes plumes se gonflèrent de fierté. Ça faisait du bien d'être utile, d'être nécessaire.

Je déployai mes ailes et m'élançai vers la bouche du tunnel, évitant les créatures et les Noir paniqués qui ne savaient pas où aller.

Mes narines se dilatèrent devant l'odeur de brûlé et de chien galeux qui émanait du Piège-à-cadavres. Il était toujours en train de manger, coinçant sous son énorme patte une partie de son repas pendant qu'il arrachait une aile. Il dut décider qu'il n'aimait pas les plumes car il les recracha.

Ses yeux orange de fauve me fixèrent au moment où je le dépassai, et il gronda.

Merde.

— Vite ! criai-je, plongeant droit vers le tunnel.

Une fois dans l'espace étroit, je découvris qu'il s'ouvrait sur une vaste pièce remplie de caisses en bois. Une sorte d'entrepôt, supposai-je, mais cela signifiait qu'il n'y avait pas d'issue.

Je me retournai pour voir Zian se frayer un chemin dans le tunnel, mais Sorin était toujours bloqué de l'autre côté du Piège-à-cadavres. Mon cœur bondit dans ma poitrine quand le loup décida qu'il en avait assez de son repas et se mit à regarder mon ange tatoué avec un grondement sourd.

— Sorin ! criai-je.

J'étendis mes ailes, prête à repartir à l'assaut – non pas que je sois d'une grande aide face à un loup surnaturel dont la fourrure était ornée de flammes, mais je ne pouvais pas laisser Sorin se débrouiller seul !

Un vif éclat de lumière m'aveugla, et je me protégeai les yeux alors que le Piège-à-cadavres poussait un cri de douleur. Lorsque je rouvris les yeux et que les phosphènes qui parsemaient ma vision disparurent, je vis Sorin qui se précipitait pour nous rejoindre. Dehors, une cohorte de gardes Nora faisait pleuvoir des balles et des grenades sur les créatures.

Pourquoi nous aident-ils ?

— Qu'on fasse le décompte des survivants ! cria quelqu'un.

J'aperçus un homme de grande taille, un mégot de cigarette au coin des lèvres. Il le cracha et fouilla dans son trench-coat pour en sortir une autre.

— Et nettoyez ce merdier ! (Comme personne ne réagit assez vite, il frappa un des gardes en pleine figure, l'envoyant valdinguer par terre.) Tout de suite ! Bande de fils de putes inutiles !

— Oui, Monsieur, Directeur, Monsieur ! crièrent plusieurs voix.

— Cette salope de Brina va me le payer, gronda le Directeur en secouant la tête. Je vais lui faire la peau !

Sorin s'immobilisa à la mention de son tortionnaire. Il n'en avait toujours pas parlé et nous ne lui avions rien demandé, mais j'avais soigné ses ailes. Je connaissais l'étendue de la souffrance qu'il avait subie. Je lui pris la main, le faisant tressaillir et revenir au présent.

— Ça va ?

Il m'offrit un de ses sourires séducteurs, mais la lumière n'était toujours pas revenue dans ses yeux.

— Ne t'inquiète pas pour moi, petite colombe. (Il porta mes doigts à ses lèvres.) On dirait que tu nous as sauvé la vie. On a une dette envers toi, et tu sais que je n'aime pas rester longtemps débiteur.

Le clin d'œil qu'il m'adressa fit monter la chaleur entre mes cuisses.

Les gardes Nora opéraient un balayage avec d'étranges appareils bourdonnants, éliminant les créatures qui avaient été lâchées dans le quartier. On est resté tous les trois dans le sombre entrepôt, mais ils finirent par nous trouver.

— Il y en a trois ici ! cria un garde sans ailes en pointant sur nous un lance-grenades. Sortez ou je vous ajoute au nombre de morts.

N'ayant pas d'autre choix, nous nous faufilâmes dehors et fûmes aussitôt appréhendés. J'écarquillai les yeux en découvrant que le Piège-à-cadavres était toujours là, coincé par trois Nora et deux gardes non-anges. Ils utilisaient des cordes électrifiées du mieux qu'ils pouvaient, les anges volant à l'unisson, faisant des loopings et des piqués pour rester hors de la gueule géante et claquante du loup, tandis que les non-anges restaient au sol pour aider à fixer les cordes dans le béton.

Un des gardes sans ailes s'approcha trop près, et il suffit d'un claquement de mâchoires pour séparer sa tête de son corps.

Le sang gicla sur le Directeur, qui ne broncha même pas. Il alluma simplement sa cigarette et regarda les gardes restants essayer de maîtriser la bête. Il aurait eu l'air calme si sa clope n'avait pas tremblé.

Une fois les cordes amarrées au sol, le loup gémit et finit par se soumettre, posant son museau ensanglanté sur une patte massive.

Un Nora chancelant, couvert de terre et de sang, s'approcha du Directeur, ses larges ailes déployées dans une posture agressive.

— Cette chose est *votre* animal de compagnie ! Je ne vous ai pas vu perdre la tête en essayant de la maîtriser !

Le Directeur haussa les épaules et tira une longue bouffée de sa cigarette.

— Merci pour votre service, Nora, mais n'oubliez pas votre place.

Qui est ce type ?

Le garde fulminant planta un doigt dans la poitrine du Directeur, une lueur meurtrière dans les yeux.

— Le Réformateur va en entendre parler !

Ce qui fit tiquer le Directeur.

— Dégage de ma vue.

Je ne pus entendre la suite car un groupe de Nora nous redirigea vers le tas de décombres. En silence, ils érigèrent deux poteaux générant entre eux un courant électrique. Puis les Nora aboyèrent des ordres et commencèrent à faire passer les survivants à travers.

— C'est un portail, dit Sorin à voix basse, tandis qu'on nous poussait.

L'aile de Zian effleura la mienne, et il se pencha sur moi en un geste protecteur.

— Tu crois qu'ils nous transfèrent ?

Sorin hocha la tête.

Ce massacre n'avait donc pas été intentionnel, pas vraiment.

Où que nous allions, j'avais l'impression que les choses allaient devenir bien pires qu'elles ne l'étaient déjà.

_____

16

ZIAN

ELLE EST RESTÉE.

Ces trois mots tournaient en boucle dans mon esprit pendant qu'on nous escortait à travers les différents quartiers du pénitencier des Cauchemars.

Selon le Directeur, le nôtre n'était plus habitable. Il avait chargé une poignée de Nora d'ouvrir la voie.

Et nous voilà à traverser portail après portail en quête d'un pénitencier Noir supérieur.

Quoi que ça veuille dire.

Le Directeur avait été furieux quand il avait trouvé notre logement actuel réduit en miettes et la plupart des Noir morts à l'intérieur à cause de cette bête enragée. Si Souricette ne nous avait pas trouvé un endroit où nous cacher...

Je frissonnai, refusant de penser à ce qui aurait pu se passer et me rappelant plutôt l'expression horrifiée du Directeur tandis qu'il mettait au pas son animal cinglé.

Et la mention du *Réformateur*.

J'en parlerais à Sorin une fois que nous serions à nouveau seuls.

Après les avoir embrassés à pleine bouche, Raven et lui.

Nous avions survécu.

Ensemble.

Parce qu'elle est restée. Non pas qu'elle aurait été capable de s'échapper, pas vraiment. Mais elle n'avait même pas essayé, sa loyauté nous étant acquise.

Je voulais dire quelque chose. La remercier. La posséder. La plaquer contre un mur et l'embrasser.

Mais j'avançais derrière elle en silence, protégeant ses précieuses plumes de notre entourage toujours changeant. Chaque quartier présentait des climats et des environnements différents, confirmant que cet endroit était un foutu labyrinthe aux proportions cauchemardesques.

On franchit un autre portail.

Emprunta un couloir humide bordé de mousse verte.

Traversa un cachot garni de chaînes aux murs.

Et passa encore un portail qui donnait sur une cour jonchée de gros rochers ronds calcinés. Un ciel nocturne fourmillait d'étoiles au-dessus de nos têtes, nous procurant une fausse impression de liberté. On savait bien qu'il valait mieux ne pas tenter de s'envoler.

Au-delà de la cour s'allongeait un autre couloir, celui-ci ponctué de portes.

Devant, les Valkyries ouvraient la voie, escortées par une paire de Nora. Deux autres fermaient la marche.

Une chaîne d'une vingtaine de Noir avançait entre les deux.

Nous étions tous silencieux. Épuisés. Fini ces jeux pervers.

Cependant, quelque chose me disait que la rigolade ne faisait que commencer, dans ce nouveau quartier rempli de mystères et d'horreurs qui n'attendaient que nous pour se défouler.

— Entrez là-dedans, dit un garde Nora en poussant le trio de Valkyries dans une cellule.

Elles lui sifflèrent dessus pour avoir osé les toucher sans permission, et il grogna en réponse :

— Du calme. Si je voulais une chatte, je prendrais plutôt la jolie femelle derrière.

Les plumes de Raven tressaillirent, seul signe qu'elle avait entendu.

Essaie un peu, pensai-je à l'adresse du garde. *Et tu vas foutrement le regretter.*

Heureusement, il ne fit pas d'autre commentaire ou geste sinon pour nous conduire tous les trois dans nos nouveaux quartiers.

Qui n'avaient que trois murs.

Le quatrième était une vaste baie surplombant une falaise aquatique. Je fronçai les sourcils. Ce décor avait quelque chose de brouillé.

— Électricité statique, déclara Raven, sa vue perçante lui permettant de voir ce que nous ne pouvions distinguer. Les barrières dans le cadre vont nous frire comme…

Un cri strident retentit dans une autre cellule au moment où notre porte claqua.

Un idiot s'était approché de la fenêtre.

Je soupirai, sans prendre la peine de commenter, et avisai les matelas éparpillés au hasard sur le sol. Un lavabo, des toilettes et une douche étaient installés dans un coin. Notre nouveau logis était assez dépouillé, à part une poignée de draps et d'oreillers.

— On a décoré à la hâte, murmura Sorin, son amusement palpable.

J'inspectai les murs et le plafond, notai l'absence de surveillance.

— Est-ce que je rate l'évidence ? demandai-je en croisant son regard.

Saisissant ma question, Sorin souleva les matelas pour inspecter le sol, fit le tour du coin toilette, puis grogna :

— Que dalle. Je suppose que j'avais raison en disant qu'ils ont préparé cette cellule un peu vite.

— Je ne vous suis pas, demanda Raven, sourcils froncés. Je veux dire, à part la fadeur des lieux.

— Pas de caméras, expliquai-je.

Haussant les sourcils, elle scruta la pièce pour confirmer nos conclusions.

— Et une porte pleine, sans barreaux.

Je hochai la tête.

— Personne ne peut nous voir.

— L'intimité, médita Sorin. Ça, c'est nouveau. Qu'allons-nous en faire ?

Je savais précisément ce que je voulais en faire. Raven couina quand je fourrai mes doigts dans ses cheveux épais, tirai sa tête en arrière et capturai sa bouche en un baiser contraignant destiné à la revendiquer totalement.

Elle est restée.

Putain, elle est restée.

Cette décision me faisait quelque chose. Elle libérait une énergie primitive qui exigeait la domination. L'achèvement. *Ceci.*

Mon petit oiseau céda sur un gémissement, son corps s'inclinant contre le mien dans une soumission totale. Elle savait que c'était ce moment tant attendu où nos âmes se rejoignaient, et je n'avais plus besoin de ses mots pour confirmer ce qu'elle voulait puisque ses actions l'avaient déjà fait.

Sa langue dansa avec la mienne, ses tétons pointant à travers le fin tissu de son haut – que j'enlevai d'un geste adroit de mes doigts autour de son cou. Elle frissonna, ses belles formes se fondant dans les miennes tandis que je reprenais là où nous en étions restés avant l'incident.

Peu importait que nous soyons épuisés.

Je la voulais.

J'avais besoin d'en finir.

Et je sentais le même désir chez Sorin.

Je me foutais du temps.

Je me foutais de tout.

C'était notre moment, et nous allions en profiter tant que nous le pouvions.

Sorin s'approcha derrière elle, posa ses mains sur sa taille, enleva son pantalon et se mit à genoux pour la préparer. Sa première fois allait faire mal, mais de la meilleure manière. On s'occuperait d'elle à coups de langues, de caresses, de pelotages, on lui montrerait ce qu'était la vraie baise.

— Défais mon pantalon, petit oiseau, lui dis-je, mes dents effleurant sa lèvre inférieure avant que je n'approche ma bouche de son oreille. Fais-le maintenant.

Elle obéit, ses mains tremblant d'impatience tandis qu'elle abaissait la fermeture éclair et poussait le tissu le long de mes cuisses. Sa main s'empara de ma bite, la caressa et la rendit encore plus dure. Puis elle gémit, la langue de Sorin tissant sa magie entre ses cuisses. Je le connaissais bien, je savais qu'il la préparait pour une double pénétration, son intention étant que je prenne son cul pendant qu'il baisait sa chatte serrée.

— Tu vas être tellement remplie, bébé, lui chuchotai-je à l'oreille. Tu n'auras aucune échappatoire, chaque mouvement de tes hanches ne fera que nous enfoncer plus profond en toi. Te revendiquer complètement. Te baiser et te rendre vraiment nôtre.

— Oui, siffla-t-elle, cambrant le dos pour presser ses seins contre ma poitrine nue.

Les préliminaires n'étaient pas vraiment nécessaires.

Nous étions tous prêts, grâce à nos jeux précédents et à la montée d'adrénaline provoquée par notre désir de survivre.

On avait *besoin* de ça.

Je me débarrassai de mon pantalon d'un coup de pied et pris de nouveau sa bouche, la baisant avec la même férocité que j'avais l'intention de prendre son corps. Ça ne serait pas doux. Ce serait bestial. La façon dont elle agrippait mes épaules, ses ongles s'enfonçant dans ma peau, me disait qu'elle pourrait le supporter. Qu'elle y aspirait autant que nous.

Et puis elle ronronna, confirmant tous mes instincts.

Ce son était pour les compagnons.

Un appel à la baiser.

Un appel auquel j'avais l'intention de répondre en nature.

— Elle est prête, annonça Sorin derrière elle, après ce qui me parut des heures, mais qui ne devait être que quelques minutes, ses lèvres luisant de son excitation.

Il avait ôté son pantalon, et son érection heurta la hanche de Raven quand il vint devant elle pour capturer sa bouche et lui faire goûter son propre goût sur ses lèvres.

Je les regardai avec envie, une partie de moi brûlant du désir de m'agenouiller et me perdre dans cette saveur d'agrumes qui était tout Raven.

Mais mon besoin d'être en elle l'emporta.

— Assieds-toi sur le matelas, Sorin, ordonnai-je en passant la main sur mon gland en une caresse aguicheuse.

Le liquide suintait déjà de la fente, couvrant ma chair en

préparation. Je l'amenai devant la bouche de Raven et souris quand elle le lécha avec un ronronnement approbateur.

Puis je l'attrapai par le cou et la dévorai une fois de plus, j'adorais comme son goût se mélangeait avec le baiser de Sorin et ma semence. Ma bite palpitait, ce qui me poussa à resserrer ma prise et à l'embrasser encore plus fort.

Le grognement de Sorin me fit sourire, son désir tellement tangible quand il n'était pas satisfait.

Je faillis le faire attendre un peu plus longtemps, mais il attrapa la main de Raven et la tira à lui.

— Enfourche-moi, petite colombe. J'ai besoin d'être en toi.

Je la relâchai parce que je le pouvais et souris de la voir obéir à Sorin sans poser de questions, s'agenouillant de chaque côté de ses hanches.

— Rapide ou lent ? demandai-je à voix haute, ma question s'adressant plus à lui qu'à Raven.

— Lent, murmura-t-il. Elle est très serrée.

Avec un signe de la tête, je vins m'agenouiller derrière elle et posai mes mains sur sa taille pour la guider.

— Passe la main entre tes cuisses, petit oiseau, et mets la queue de Sorin devant ton entrée.

Je frottai mon nez dans son cou tout en la regardant suivre mon ordre, par-dessus son épaule et le long de ses seins.

Un tremblement la parcourut lorsque le gland de Sorin passa sur son clito, ce tremblement se transformant en une violente secousse lorsqu'elle l'introduisit dans son canal vierge.

— Bonne fille, la félicitai-je en embrassant son pouls affolé. Maintenant tu vas le prendre lentement en toi. Ça va te pincer un peu, mais je te promets que ça ne durera pas.

(Mes yeux croisèrent le regard bleu ardent de Sorin.) Et tu ne jouiras pas avant que je te le dise.

Ses joues rougirent, seul signe indiquant qu'il voulait s'opposer à ma demande. Puis Raven coupa court à toute éventuelle discussion en se glissant sur lui comme je l'avais demandé.

Mes mains restaient fermes sur ses hanches, se resserrant uniquement pour la maintenir en place quand elle essaya de reculer. Son gémissement m'indiqua que ça faisait mal, la bite épaisse de Sorin qui perçait sa virginité. Je roucoulais dans son oreille, lui assurais que ça irait mieux sous peu.

— Tu es si bonne, petite colombe, chuchota Sorin, sa paume glissant sur sa cuisse vers sa vulve.

Il fit le tour de son petit clito en manque avec son pouce, et elle poussa un cri aigu quand je l'empalai jusqu'à la garde. Elle tressaillit, son corps luttant entre le désir et la douleur tandis que je la maintenais en place afin qu'elle s'habitue à sa nouvelle position. La sueur perlait sur le front de Sorin, tout comme sur le mien. Il voulait bouger et je voulais le voir bouger, mais elle avait besoin de patience.

Donc j'embrassai son épaule et son cou, mordillai le lobe de son oreille, et la rassurai par ma présence dans son dos. Ses ailes finirent par se détendre, ses hanches firent une petite torsion subtile pour tester la pression, puis un gémissement s'échappa de ses belles lèvres.

Je souris.

— Voilà. Ça fait du bien, hein ?

Elle hocha la tête, déglutit avec peine.

— Oui.

Elle bougea de nouveau, ce qui provoqua un grognement de Sorin qui avait du mal à rester immobile sous elle.

— Putain, marmonna-t-il, serrant le poing sur sa hanche tandis que son autre main se figeait contre ses boucles humides.

Avec un sourire, je resserrai ma prise sur la taille de Raven pour la soulever légèrement et la rabaisser sur lui.

— *Zian.*

Maintenant, Sorin avait l'air de souffrir.

Ce qui m'amusait bien.

Et me donnait aussi envie de le rejoindre.

— Tu penses pouvoir me prendre aussi, petit oiseau ? lui demandai-je à voix basse, mes lèvres de nouveau près de son oreille. Ça va te faire sentir encore plus pleine et ça peut faire un peu plus mal au début. Surtout avec nous deux en toi.

Elle ronronna une fois de plus, un son qui me resserra les couilles, puis acquiesça :

— Je vous veux tous les deux en moi. S'il te plaît, Zian.

— Maintenant, Z, ajouta Sorin d'une voix rauque de désir. Elle est si serrée et elle continue... *putain.*

Il rejeta sa tête en arrière, les lèvres entrouvertes d'une manière que je reconnus.

— T'as pas intérêt, l'avertis-je.

Il me répondit par un juron.

— Raven, si tu continues à serrer...

Ses abdominaux se contractèrent, ses mains se posèrent sur les hanches de Raven pour la maintenir fermement contre lui. Ses ailes battaient contre ma poitrine, son rythme cardiaque s'accélérait encore, en un battement séduisant et encourageant.

Je guidai de la main mon érection vers l'étroite petite ouverture entre ses fesses, mon gland frôlant son tendre bouton de rose.

— Rapide ou lent, doux oiseau ? m'enquis-je. Rapide, ça

va faire plus mal, mais ce sera fini plus vite. Lent, ça provoque une douleur graduelle. Cependant, les deux se terminent dans le plaisir.

Sa tête retomba sur mon épaule, ses yeux mi-clos.

— Rapide. Je peux le supporter.

Je savais qu'elle le pouvait, mais je voulais qu'elle me dise sa préférence.

— Merci, putain, souffla Sorin.

— Attends juste que je sois dedans avec toi, lui dis-je, me préparant à la pénétrer. Tu vas me sentir à travers cette fine paroi et me supplier de donner le rythme.

Il grogna, puis saisit le cou de Raven et la tira vers le bas pour l'embrasser. Il savait que ça allait faire mal et voulait la distraire.

Je ne perdis pas de temps, lui laissant apporter le confort nécessaire pendant que je me frayais un chemin dans son cul serré. Elle grimaça et cria, mais Sorin étouffa le son avec sa langue, sa main se glissant de nouveau entre eux pour caresser son point sensible.

Ses geignements se changèrent en gémissements, son corps désorienté par la multitude de sensations qui parcouraient ses nerfs. Le fait que je puisse les ressentir m'indiquait que le lien se scellait, que nos esprits s'unissaient comme nous savions qu'ils le feraient. Les Nora et les Noir n'avaient pas vraiment le choix, à part savoir que l'autre était un partenaire potentiel. C'était un avertissement subtil comme quoi la poursuite de la connexion finaliserait probablement les liens. Nos âmes prenaient simplement le dessus dès lors que nous avions cédé à notre désir mutuel.

Je sentis Sorin aussi, son acceptation réchauffant le lien naissant.

Il le voulait.

Raven le voulait.

Je le voulais.

Et c'est ainsi que nous ne fûmes plus qu'un, nos âmes angéliques s'épousant l'une l'autre dans une danse aussi vieille que le temps lui-même.

Nos gémissements se mêlèrent alors que je commençais à bouger, ma hampe complètement gainée dans sa douce chaleur, le lubrifiant que Sorin avait ajouté étant suffisant pour fournir la bonne dose de friction et de plaisir pour nous tous.

Les lèvres de Raven quittèrent celles de Sorin sur un cri, son corps hypersensible se tortillant entre nous qui la prenions avec des balancements harmonieux de nos hanches. L'expérience rayonnait entre lui et moi alors que nous poussions l'un et l'autre en alternance, procurant à notre doux oiseau le plaisir que nous lui avions promis et plus encore.

Elle haletait entre nous.

Ses seins rebondissaient quand elle se soulevait pour coller son dos à ma poitrine.

De jolis mots franchissaient ses lèvres, la plupart étant des éloges autour de nos noms.

Sorin pompait vers le haut tandis que je la guidais vers le bas, la piégeant intimement pour l'emmener vers de nouveaux sommets, lui procurant un orgasme en quelques coups vifs.

Mais nous n'avions pas fini.

Nous en étions même loin.

Juste au moment où elle commença à refaire surface, nous accélérâmes le rythme, lui arrachant des larmes tandis qu'elle jurait que son corps ne pouvait pas en supporter plus.

Nous lui prouvâmes qu'elle avait tort en quelques secondes, ses tétons se redressant, son arôme d'orange s'intensifiant autour de nous en signe évident d'approbation. « Oh, oh, oh », répétait-elle, une mélopée qui me fit sourire dans son cou.

— C'est ça, l'encourageai-je. Jouis encore. Presse la bite de Sorin si fort qu'il explose dans ta magnifique chatte.

Sorin gémit.

Raven cria.

Et tous deux jouirent à l'unisson, le plaisir de Sorin s'exprimant en un mugissement que je sentis vibrer dans mon aine. Raven fut secouée si violemment que mes mains faillirent glisser, mais je tins bon, mes hanches ruant contre les siennes tandis que j'atteignais ma propre extase et franchissais la limite pour les rejoindre dans l'inconscience.

Nos senteurs se mêlèrent, un parfum d'agrumes et de caramel plana autour de nous, finalisant notre accouplement dans un nuage de justesse.

À moi, songeai-je, mordillant son épaule assez fort pour laisser une marque. *Tu es à moi.*

Sorin se souleva pour faire de même sur ses seins, croisant mon regard tandis qu'il plantait ses dents assez fort pour la blesser, ce qui fit s'effondrer Raven une troisième fois entre nous, son ronronnement irradiant une acceptation totale.

Nous nous effondrâmes comme un seul homme, ma bite palpitant toujours en elle.

Je ne pris pas la peine de la retirer.

Nous allions remettre ça dans quelques minutes.

Dès que j'aurais repris mon souffle.

17

SORIN

Raven lécha le bout de ma queue, sa petite bouche gourmande recueillant chaque goutte de mon sperme après m'avoir habilement sucé. Je frissonnai, serrai mes doigts dans ses cheveux et je la guidai vers le bas pour une dernière succion complète. Elle gémit, son propre plaisir atteignant son apogée lorsque Zian gicla dans son doux minou, répandant sa semence profondément en elle.

Putain, elle était parfaite. Si foutrement belle.

Ses lèvres me lâchèrent avec un *pop* quand Zian enroula sa main autour de sa gorge pour l'amener vers sa poitrine. Il lui fit incliner la tête pour qu'elle reçoive son baiser tandis que je descendais le long de son cou et de ses seins jusqu'à l'espace entre ses cuisses où la queue de Zian palpitait encore après son éjaculation.

Son petit bouton vibra sous ma langue pendant que je lui déclenchais un autre orgasme. Elle cria, ce qui fit sourire Zian, qui mordilla sa lèvre inférieure.

— Tu vas nettoyer ma bite avec ta bouche sexy ? lui demanda-t-il quand elle redescendit du septième ciel. Ou c'est Sorin qui va le faire ?

Je grognai car c'était elle que j'avais l'intention de lécher, pas lui.

— Moi.

Elle s'écarta, le faisant glisser hors d'elle.

— Chevauche mon visage, petite colombe, lui dis-je en roulant sur le dos. Je n'ai pas fini de te goûter.

Elle m'accorda ce plaisir, ses cuisses tremblant quand elle plaça ses plis crémeux juste au-dessus de ma bouche. Ma langue la lécha, se délectant de la saveur de son plaisir mêlé au sperme de Zian.

— Divin, murmurai-je, puis je la dévorai complètement.

Elle œuvrait encore sur Zian quand je sentis son corps vibrer de nouveau, son dos s'arquer alors qu'elle essayait d'éloigner ses lèvres de sa bite – sans doute pour me dire d'arrêter.

Il l'attrapa et je me cramponnai à ses hanches, la faisant avancer avec mes dents qui mordillaient doucement sa chair gonflée.

Sa plainte confuse me fit sourire.

Puis elle explosa dans une nouvelle vague d'extase.

— Oh, doux oiseau. J'aime comme tu jouis facilement, constata Zian, dont la queue enfoncée dans sa gorge absorbait ses gémissements.

Je savais depuis quelques instants à quel point ces vibrations étaient bonnes, car il l'avait fait jouir deux fois pendant que je baisais sa bouche. Le gémissement de plaisir de Zian rivalisa avec le mien, tandis que Raven avalait chaque goutte.

Il la relâcha finalement, mais pas avant qu'elle lui ait donné un petit baiser sur son gland, comme un doux au revoir. Les lèvres de Zian se retroussèrent à ce geste, tout comme les miennes lorsqu'elle s'effondra à côté de moi dans un tas de plumes.

Mais un petit bruit la fit rebondir. Sa souris de compagnie apparut au pied du matelas. Raven se retourna sur le ventre pour lui faire face, posant son menton sur ses avant-bras. Sorin et moi avons échangé un regard amusé avant d'imiter sa position de chaque côté d'elle, nos ailes éventant les siennes en une couche de protection plumeuse.

— Qu'est-ce qu'elle dit ? demandai-je, tandis qu'elle écoutait attentivement.

— Elle se plaint qu'on s'accouple trop, répondit Raven avec un sourire timide, puis son expression redevint sérieuse. Elle est venue nous dire que les démons du mitard se sont évadés. (Elle plissa les yeux.) Ils ont demandé à Novak de partir avec eux.

— Il ne l'a pas fait. (Zian en avait l'air sûr, probablement parce qu'il pouvait sentir son cousin grâce à leur lien familial.) Il est toujours là.

— Ouais, Souricette a dit qu'il a refusé. (Elle se tut pendant que la souris continuait à couiner.) Elle pense que Novak pourrait revenir bientôt parce que le Directeur a des problèmes avec quelqu'un de plus haut placé. (Elle fronça les sourcils.) Tu parles du *Réformateur* ?

Zian croisa mon regard, cette fois avec un air tendu que je ne comprenais que trop bien. J'avais entendu le commentaire du garde l'autre jour à propos de son rapport au fameux Nora chargé de réhabiliter l'espèce Noir. La plupart le désignaient avec révérence comme le *Réformateur*.

Je préférais l'appeler un abruti tout-puissant.

Son vrai nom était Sayir. Son frère, Sefid, avait été mon commandant en tant que Roi des Nora. Nous nous étions donc rencontrés quelques fois.

— Souricette ne sait pas, murmura Raven. Elle dit juste que le Directeur a été occupé à essayer d'arranger les choses après ce qui s'est passé avec le Piège-à-cadavres, c'est pourquoi on est restés dans notre cellule toute la semaine. Ils créent un nouveau pénitencier Noir autour de nous.

— Comment les démons se sont échappés ? intervint Zian.

Raven répéta la question, et fronça les sourcils quand la souris répondit.

— Elle n'est pas sûre. Quelque chose à propos des démons qui ont trouvé leur pièce de puzzle. Je n'ai aucune idée de ce qu'elle raconte. Elle n'arrête pas de parler de la façon dont ils se sont finalement remis ensemble. (Raven haussa les épaules.) Il faudra demander à Novak ce que ça veut dire.

— Il ne nous dira rien, sauf si c'est pertinent, grogna Zian.

— Ouais, il n'est pas très bavard. Et encore moins avec les étrangers, donc il sera très silencieux avec Raven jusqu'à ce qu'il décide de lui faire confiance. Ce qui pourrait prendre quelques décennies, connaissant Novak.

— C'est quoi le deal entre vous trois ? demanda-t-elle alors que la souris disparaissait, apparemment à court d'informations à partager.

— Le deal ? répéta Zian, posant sa joue sur ses avant-bras pour mieux observer Raven.

Je fis de même, imitant sa pose tandis qu'elle restait prise en sandwich entre nous, le menton sur ses bras croisés.

— Ouais, genre, qui il est pour vous ? Un autre guerrier ? Un amant ? Un très bon ami ?

Ah, je compris ce qu'elle voulait dire.

— Tu me demandes s'il va se joindre à notre accouplement.

— Non.

Le ton de Zian ne souffrait aucun argument, bien qu'il n'en reçoive pas de ma part.

Parce que, oui, il n'y avait absolument aucune chance que Novak se joigne à cet arrangement.

Non pas qu'il le ferait de toute façon.

Non, quelque chose me disait qu'il faudrait une circonstance très particulière pour que Novak accepte de partager une ou un amant. S'il avait un quelconque intérêt à en prendre un. Il baisait rarement en tant que Nora, et pour autant que je sache, il n'avait été avec personne depuis qu'il était devenu un Noir.

— Donc il n'est pas… ? Raven s'interrompit, sourcils froncés.

— Il est comme un frère pour nous, expliquai-je. C'est le cousin de Zian.

— Et nous ne te partagerons pas avec lui, ajouta Zian au cas où ce ne serait pas clair. Tu es à nous et nous seuls.

J'acquiesçai d'un signe de tête.

— Nous sommes ensemble tous les trois depuis cent cinquante ans, plus ou moins. On était des guerriers Nora avant notre Chute, ce qui a formé une sorte de lien impénétrable. Puis Zian et moi avons amélioré ce lien au fil des ans.

— Il veut dire qu'on s'est mis à partager les femmes et à baiser ensemble.

Zian, toujours aussi franc, n'avait pas de mal à faire rougir Raven.

Ce qu'elle fit.

— Je ne suis donc pas la première que vous avez partagée.

J'arquai un sourcil vers lui, l'encourageant à continuer sur cette voie puisqu'il orientait la conversation dans ce sens.

— Il y en a eu quelques-unes, éluda-t-il. Mais tu es la seule que nous ayons jamais revendiquée.

Charmant, pensai-je, en levant presque des yeux au ciel. J'espérais vraiment qu'elle ne lui demanderait pas de préciser *quelques-unes.* Quelque chose me disait que son décompte serait très différent de l'idée que Raven s'en faisait.

Il se pencha pour embrasser sa marque dans son cou avant qu'elle ne puisse répondre, et une décharge d'électricité nous envahit tous les trois. Sa bouche avait laissé un motif bleu marine sur sa peau, ce qui était approprié puisque c'était la couleur de l'encre qu'il avait choisie pour appliquer sur la mienne. Par ailleurs, ma morsure avait incrusté un cercle d'encre dorée dans sa poitrine.

On plaisantait sur le fait que j'avais *un cœur en or* parce que j'avais le don d'influencer la confiance des autres. En réalité, j'étais juste hyper conscient des motivations de chacun. C'est pourquoi j'avais ressenti les intentions de Raven dès notre première rencontre, lorsqu'elle m'avait lancé cette lame. J'avais anticipé le déplacement d'air, mes réflexes m'avaient fait me retourner, et *vlan !*

Cette pensée m'aurait fait grogner quelques semaines plus tôt.

Aujourd'hui, elle me faisait simplement sourire.

Raven était une survivante. Je pouvais respecter ça, même si sa tactique de survie avait failli causer ma perte.

Zian l'attira sous lui dans un habile mouvement de leurs corps, la fit tourner sur le dos et força ses jambes à s'écarter pour caler ses hanches contre elle.

— À moi, dit-il d'un ton possessif.

— À nous, corrigeai-je, me redressant sur un coude pour le regarder l'embrasser nonchalamment.

Nous passâmes je ne sais combien de jours à faire ça, à jouer et à nous délecter de notre nouveau lien. De temps en temps, un repas apparaissait. Nous le mangions et retournions à notre baise. C'était une réaction assez commune à un nouvel accouplement, notre désir de sexe grimpant en flèche au-delà de tout ce que j'avais connu au cours de mes nombreuses années d'existence.

Zian se glissa en elle, la prit à un rythme tranquille tandis que je caressais ma queue en attendant mon tour.

Quand il eut terminé, je la pris à mon tour, ma bouche et mes poussées étant un peu plus exigeantes après m'être excité à les regarder jouer. Elle accepta tout ce que j'avais à donner et plus encore, ses parois avides se resserrant autour de moi quand je jouis tout au fond de sa chatte proprement baisée.

Elle soupira, satisfaite, tandis que Zian la léchait et que je fourrais ma queue entre ses lèvres.

Un peu plus tard, alors que le soleil commençait à se coucher, elle demanda :

— Alors, le Réformateur est réel ?

Je clignai des yeux vers le plafond, puis je penchai la tête vers elle, surpris par cette question.

— Qu'est-ce que tu veux dire ? Bien sûr qu'il est réel.

Ses lèvres se plissèrent.

— Alors ce n'est pas juste un mythe ?

Zian se redressa sur un coude pour me regarder par-dessus elle, ses yeux exprimant la même perplexité que je ressentais en moi.

— C'est le frère du roi Sefid, répondis-je lentement.

— Qui est le roi Sefid ?

Cette fois, je m'assis pour étudier sa forme allongée, essayant de déterminer si elle était sérieuse ou si elle se moquait de moi.

— Le roi Sefid est le roi des Nora.

— Il y a un roi des Nora ? (Elle parut y réfléchir.) Euh, je suppose que c'est logique. Mais je croyais qu'ils étaient surtout des gardiens de prison. Je n'ai jamais vraiment réfléchi à leur sujet ni à ce qu'ils font.

— Je commence à croire à ton histoire sur tes ailes. (Le ton de Zian recelait une pointe d'étonnement tandis qu'il caressait ses plumes.) Les Nora ne sont pas seulement des gardiens, mais aussi une race entière. Ils ont toute une structure sociale, avec le roi Sefid au sommet et ses guerriers juste en dessous de lui.

— Sayir a gagné son surnom de *Réformateur* parce qu'il a été chargé de réhabiliter les Noir, ajoutai-je. C'était quelques centaines d'années avant mon temps, et je croyais qu'il faisait du bon travail jusqu'à ce qu'on se retrouve dans le système.

L'expression de Zian s'assombrit.

— Maintenant, on sait que la réforme n'existe pas. On nous laisse pourrir ici, qu'on le mérite ou non.

— Ouais, c'est pour ça qu'on a pris le contrôle de notre dernière prison. (On aurait pu s'échapper, mais on aurait fini par retourner dans le système. Donc mieux valait le posséder que le fuir. Sauf que...) Puis ils nous ont envoyés ici.

Et je n'étais pas du tout certain de vouloir demeurer dans cet endroit.

Le silence s'installa entre nous, nous étions tous les trois pensifs.

— Donc tu n'as jamais entendu parler du roi Sefid ou de son frère Sayir ? demanda Zian à voix basse après quelques minutes. C'est le genre de choses que les parents enseignent à leurs enfants Nora dès leur plus jeune âge.

— Je n'ai pas eu de parents, répondit Raven d'une voix

tout aussi douce. J'ai été élevée dans une maison de correction exclusivement féminine destinée aux jeunes.

Bouche bée, je regardais à nouveau Zian.

— Des prisons pour jeunes ? Pour femmes Noir ? (Je n'en avais jamais entendu parler. Elles n'existaient certainement pas quand j'étais guerrier.) Je suis surpris que le roi Sefid les ait autorisées.

Mais je ne le connaissais plus vraiment. J'étais même presque sûr de ne l'avoir jamais fait, vu qu'il nous avait abandonnés tous les trois dans le système pour y mourir à cause d'une infraction mineure.

— Je pense qu'on peut dire qu'on ne le connaît pas du tout, dit Zian comme s'il lisait dans mes pensées.

Peut-être qu'il l'avait fait dans une certaine mesure, car nous pouvions sentir les humeurs de chacun à travers le lien.

— Comment vous avez Chuté tous les deux ? demanda Raven. Je veux dire, vous n'êtes manifestement pas nés ainsi comme moi. Vous avez mérité vos ailes noires en faisant quelque chose. Qu'est-ce que c'était ?

Mérité était un choix de mot intéressant, mais je n'émis pas de commentaire. À la place, je laissai Zian prendre l'initiative de répondre. Il racontait mieux l'histoire, il était donc plus rapide et plus efficace.

— Novak a des affinités pour la stratégie, similaires à ma magie de repentance, mais plus mentales que physiques. Bref, on nous a envoyés à la poursuite d'un Noir, on nous a dit de le prendre mort ou vif, et on avait le gars en ligne de mire. Mais Novak a insisté pour le laisser partir, il a dit que quelque chose n'allait pas dans cette histoire, et on a choisi de le croire.

— La loyauté entre nous plutôt qu'envers nos guerriers,

ajoutai-je presque en grognant. C'est ce dont ils nous ont accusés quand nos ailes sont devenues noires.

— Quand on prête le serment du guerrier, on jure de protéger les Nora par-dessus tout. Ce qui inclut d'écouter nos instincts, apparemment, car on a été punis pour ne pas avoir suivi les ordres.

— De toute évidence, nos ailes auraient dû reblanchir, mais elles ne l'ont jamais fait. Alors on a abandonné.

Ce n'était peut-être pas la bonne chose à faire, mais on n'aurait pas survécu au système si on avait continué à suivre les règles Nora. Les Noir étaient une race différente. La prison ne procédait pas non plus à des affectations basées sur le niveau de criminalité, mettant tous ceux aux ailes noires ensemble et les forçant à employer tous les moyens nécessaires pour survivre.

Donc nous avions survécu.

— On ne croit plus en la réforme. (Zian haussa les épaules.) Et par procuration, on ne croit plus que le Réformateur fasse ce qu'il s'était fixé comme objectif. (Il baissa sur Raven ses yeux sombres mais ardents.) C'est pourquoi je te crois, Raven. Que tu n'as pas connu la Chute, que tu es née avec des ailes noires. Ça correspond trop à ton innocence et ton éducation.

Sans parler de l'absence de mensonge ressentie à travers le lien, pensai-je sans l'exprimer à voix haute.

— Je me demande si les couples Noir produisent des bébés Noir, dis-je.

Le mythe du « péché des parents » s'appliquant aux enfants semblait presque trop approprié dans cette situation.

— C'est tout à fait possible, convint Zian, qui se grattait de nouveau les plumes. On ne t'a jamais parlé de tes parents ?

Raven secoua la tête.

— Je sais seulement que j'ai grandi dans le système avec mes ailes noires, et beaucoup ont dit que je n'en réchapperais jamais.

— Eh bien, c'est sans doute vrai, opinai-je. C'est pourquoi on doit prendre le contrôle de cet endroit comme on l'a fait dans notre dernière prison.

— Ça va être un vrai défi avec tout ce qui bouge et se déplace chaque jour, marmonna Zian. Sans parler du changement constant de la population Noir ici.

— C'est vrai. (Mais d'après ce que j'avais vu lors de notre transfert ici, fuir n'était pas vraiment une option. On ne pouvait pas non plus abandonner Novak.) C'est une bonne chose que j'aime les défis.

Zian sourit.

— C'est vrai, dit-il, répétant délibérément mon commentaire. Première étape, dominer la prison. Étape 2, récupérer Novak. Étape 3, nous échapper. Une promenade de santé.

— Sauf que cet endroit est un putain de labyrinthe.

— Non, c'est le pénitencier des Cauchemars, corrigea-t-il en retroussant les lèvres. Donc je suppose qu'on doit juste espérer que nos rêves se réalisent, c'est ça ?

— Eh bien, l'un d'eux s'est déjà réalisé, dis-je en regardant la beauté assise entre nous. Plusieurs fois.

Ses joues rougirent joliment, ses lèvres s'entrouvrirent à l'idée de ce que nous allions faire ensuite.

Ce que nous faisions depuis des jours et des jours.

La baiser.

Or un bruit à la porte nous détourna de cette pensée, portant notre attention sur le papier glissant par terre sous la porte. Zian le ramassa et le déplia pour qu'on la lise tous.

Et mon cœur me remonta dans la gorge.

Je te tiens, salope de pondeuse. Prépare-toi pour le prochain
abattage. Je te défie. –V

Soit un garde Nora se foutait de nous, soit une Valkyrie l'avait convaincu de glisser ce mot sous notre porte. Mon instinct me disait que c'était plutôt ça.

Ce qui voulait dire que notre Raven devait être préparée.

— Je suppose qu'on devrait aménager une aire d'entraînement, déclara Zian.

Il froissa le papier et le jeta dans le champ électrique qui éclairait la baie du fond. Le papier s'enflamma avant de se réduire en cendres.

J'embrassai Raven de tout mon cœur et lui dis :

— Lève-toi, petite colombe. On va t'apprendre à encaisser quelques coups et à te battre au sol.

Car je savais comment cette Valkyrie luttait. Raven aurait besoin de savoir comment faire levier sur ses ailes en étant sur le dos, et aussi comment bloquer un coup de poing.

— Je suis désolé, chérie, mais ça va faire mal, ajouta Zian.

Et le véritable entraînement commença.

18

RAVEN

MES COMPAGNONS ÉTAIENT insatiables au lit.

Et des enfoirés en dehors.

OK, pas vraiment. C'est juste que je ne les aimais pas tant que ça en ce moment. Deux semaines d'entraînement sans fin, ça craignait. J'avais déjà travaillé avec Zian et il n'avait pas été tendre avec moi, mais ça n'avait jamais été comme ça.

Au moins, la récupération était agréable.

Mon souffle s'échappa d'un coup quand j'encaissai le coup de poing de Sorin. Il ne s'était certainement pas retenu.

Je ne voulais pas qu'il le fasse.

— Encore, exigea Zian d'un ton froid comme la glace, mais je surpris une étincelle dans ses yeux qui me disait que ça lui faisait aussi mal qu'à moi.

Peut-être.

Sorin balança de nouveau son poing, mais l'exercice avait assez progressé pour que ce ne soit plus nécessaire. Je me penchai de sorte qu'il frappa mon avant-bras au lieu de mes côtes. L'impact était toujours douloureux, mais au moins ça n'expulsait pas l'air de mes poumons.

Ma magie de guérison désormais accélérée balaya mon bras avec un picotement de chaleur qui calma instantanément la douleur.

Sorin sourit.

— Belle déviation, mais ce n'est pas l'exercice du jour.

Frottant mon bras, je lui tirai la langue.

— Muris, Rave, me morigéna Zian, mais cette fois, un sourire illumina ses yeux.

— Tu peux arrêter de me conditionner. Je sais déjà encaisser les coups.

Ce type d'entraînement ne pouvait être décrit que comme direct et brutal, sans parler du fait qu'il était mentalement difficile à gérer pour moi, mais il m'avait appris à utiliser mes dons intrinsèques de manière efficace et effective.

Mon avant-bras acheva de guérir tandis que je sortais de notre arène improvisée au bord de la falaise. J'enjambai les marques de brûlures sur le sol qui délimitaient notre zone d'entraînement, assez éloignée de la baie pour éviter de toucher le champ invisible mais assez large pour s'entraîner.

Bien que ma magie de guérison soit plus forte qu'elle n'ait jamais été, mon corps entier me faisait mal. Tout ce que je voulais, c'était me rouler en boule et dormir pendant un an. Au début, l'idée que Zian ou Sorin lèvent la main sur moi m'avait donné envie de leur arracher les couilles, mais ensuite j'avais réalisé qu'ils me considéraient comme une égale, comme un membre de leur clan, et qu'ils voulaient que je m'entraîne de la même manière qu'ils le faisaient entre eux.

Durement.

Sans pitié.

Ça marchait. S'entraîner pendant des heures et recevoir des coups à des endroits qui me tiraient des larmes avait surmultiplié ma magie de guérison. Je n'avais plus besoin de m'arrêter et me concentrer pour initier un soin. Maintenant, ça venait naturellement.

Sentir ma magie bourdonner constamment sur ma peau m'épuisait. Je gagnai notre matelas et m'effondrai dessus, mâchonnant le dernier bout de pain dur de la veille. C'était techniquement la portion de Zian, mais la nourriture était le meilleur moyen de conserver mon énergie, alors il me donnait tout.

Quant à l'eau, il nous en fallait plus que les maigres bouteilles que les gardes nous jetaient de temps en temps et celle du lavabo avait un goût horrible. Avec tout ce qu'on transpirait durant les combats et le sexe, l'hydratation était indispensable. Nous avions donc collecté des réserves supplémentaires dans un bassin bâti par Zian avec quelques pierres descellées, sa magie fournissant une colle unique faite de matériau roussi. La rosée et la pluie s'infiltraient jusqu'à notre réservoir. J'y plongeai mes mains fines, pris en coupe le liquide délicieusement frais et le portai à mes lèvres.

Je levai les yeux pour découvrir que Sorin et Zian posaient sur moi un regard appréciateur. Ils trouvaient fascinant tout ce que je faisais.

Le soleil étant toujours en train de se lever, nous étions loin d'avoir terminé notre journée d'entraînement. Je savais qu'à la tombée de la nuit, mon corps tout entier serait endolori et mon humeur amère. Zian et Sorin compensaient toujours en apaisant mes blessures par leurs baisers et leurs caresses et en me massant aux bons endroits – internes et externes.

Peut-être que je pourrais les inciter plus tôt à un –

Un fort coup à la porte brisa ma concentration, suivi par son déverrouillage. Elle s'ouvrit sur trois gardes portant des chaînes.

Une pour chacun d'entre nous.

Nous nous soumîmes sans un mot, laissant les gardes enchaîner nos jambes et fixer des poids sur nos ailes. Ce dernier point m'intéressait, car il signifiait que nous allions dans un endroit du complexe où l'on pouvait encore voler. Je levai un sourcil vers Zian, qui hocha la tête en signe d'accord tacite.

Ce n'était peut-être pas une occasion de s'échapper, pas encore, mais cela impliquait que notre nouveau quartier n'était pas prêt. Nous trouverions l'occasion de sauter sur nos ravisseurs lorsqu'ils baisseraient leur garde.

D'ici là, nous devions nous concentrer sur la première étape du plan de Sorin.

Dominer la prison.

Je sus où nous allions sans qu'on me le dise quand nous nous mîmes en file indienne, un garde devant nous, un autre marchant à nos côtés et un dernier derrière nous. Ce devait être le défi mentionné dans le mot de Vivian. J'avais entendu les gardes parler d'elle et j'avais compris que V était l'abréviation de Vivian, pas de Valkyrie. Les deux autres s'appelaient Bryn et Freya.

Je devais deviner quel nom appartenait à quelle garce.

Bien sûr, V pour Vivian serait le plus facile, puisque d'après son mot, elle semblait m'en vouloir,.

Il était intéressant de noter que son défi avait été lancé deux semaines plus tard – une chronologie que je connaissais grâce au penchant de Sorin à tracer une marque sur le mur à chaque lever de soleil.

Je m'étais mise à croire que le défi de Vivian n'était que des paroles en l'air, une façon de jouer avec moi à l'avance.

Mais mes chaînes suggéraient que c'était tout autre chose – l'arène n'était pas encore prête.

Alors comment sait-elle qu'un duel va survenir ? Le lui a-t-on dit ? Ou n'est-ce qu'une supposition ?

Je me dis que c'était une supposition éclairée basée sur les rituels précédents.

— Ça fait bizarre de quitter notre nid, reconnus-je à voix basse.

— Notre cellule, me corrigea Zian.

Sorin sourit.

— Qu'elle l'appelle notre nid, je trouve ça attachant. (Il m'adressa un sourire par-dessus une aile et baissa le ton.) Quand nous serons partis d'ici, petite colombe, nous ferons un vrai nid.

Un garde qui passait le gifla derrière la tête.

— On ne parle pas, le réprimanda-t-il, mais son sourire disait qu'il avait tout entendu et allait prendre plaisir à donner tort à Sorin.

Il ne m'était jamais venu à l'esprit d'imaginer ce que serait la vie en dehors de l'environnement carcéral. Bien sûr, je songeais à m'évader tous les jours, mais je n'allais jamais plus loin que de me voir m'élever au-dessus des nuages, libre et volant sans l'ombre d'un souci. Je voulais être si loin des gardes Nora et des détenus indignes de confiance que la *survie* ne serait plus ma priorité absolue.

Je rêvais d'un endroit où je pourrais vraiment *vivre*.

Mais qu'est-ce que cela signifiait, au juste ? Avant, c'était la simplicité de la liberté. Et maintenant ? Maintenant, c'était ma vie avec Sorin et Zian.

Une vraie vie.

C'était difficile à imaginer, mais ç'avait été le cas de la plupart des actes agréables que mes compagnons m'avaient enseignés. Ils pouvaient me montrer ce à quoi la vie était censée ressembler, et ce constat fit palpiter mon cœur d'excitation.

Mon euphorie retomba aussi vite qu'elle avait surgi lorsque nous sortîmes dans une cour couverte de pierres noires tranchantes qui lacérèrent mes pieds nus. Ma magie de guérison s'activa, s'efforçant de refermer les blessures dès que je levais le pied, mais les élancements de douleur me donnaient le vertige.

En puisant dans la chaleur de ma poitrine où je me réfugiais pendant les interminables séances d'entraînement avec Sorin et Zian, je trouvai un moyen d'échapper à la douleur. Nous n'avions même pas commencé l'abattage d'aujourd'hui, que je devais déjà faire usage de ce que j'avais appris.

Une grande partie de la cour était une vaste étendue ouverte sur la mer, ce qui m'indiquait que nous avions rejoint un autre côté de l'énorme île. Les vagues s'écrasaient contre les falaises noires telle une symphonie de la violence de la nature.

Quelques minutes de marche nous amenèrent à une zone grillagée qui était manifestement une installation temporaire pour le duel du jour. Les détenus s'entassaient les uns contre les autres mais laissaient le fond dégagé. Je compris pourquoi lorsque les gardes nous poussèrent à l'intérieur et fermèrent la grille derrière nous, actionnant un interrupteur qui électrifia le grillage.

Des arènes de duel nous attendaient, et les gardes y firent entrer les prisonniers un par un. Je n'arrivais pas à repérer le câblage électrifié qui aurait dû les séparer, mais les détenus ne prenaient pas de risques et restaient bien à l'intérieur des limites.

Je remarquai les Valkyries qui valsaient parmi les détenus comme si elles les possédaient tous. Toujours aussi stupides, les mâles faisaient les yeux doux aux guerrières dans l'espoir de goûter à leur violence sensuelle. Peut-être qu'ils se fichaient que les Valkyries les tuent – au moins, ils les baiseraient avant.

— Pitoyable, chuchotai-je sévèrement sous cape, ce qui provoqua un gloussement de Sorin.

Il secoua les chaînes de ses magnifiques ailes après que le garde les eut défaites. Puis il les déploya, balayant d'un regard expert la cour bondée avant de croiser celui de la plus grande des Valkyries. Elle lui adressa un sourire, passant sa langue sur ses lèvres de manière suggestive.

— Tu ne t'approches pas d'elle, l'avertis-je d'un ton menaçant.

Comme en réponse à ma demande, la Valkyrie dit quelque chose à l'un des gardes, qui sourit avant de se diriger droit vers Sorin.

Sachant que c'était une erreur, je me plaçai entre Sorin et la Nora en écartant mes ailes plus petites et plus délicates – également libérées de leurs chaînes – pour tenter de paraître menaçante.

Le garde qui s'approchait promena son regard sur moi. Mes vêtements trop fins étaient complètement en lambeaux, laissant peu de place à l'imagination. Que les gardes ne m'en aient pas donné de nouveaux suggérait qu'ils appréciaient un peu trop la vue.

— Dégage. C'est le mâle qui est défié. (Il indiqua du pouce les rings de duel.) À moins que tu veuilles prendre la place de Freya ?

Ah, donc tu t'appelles Freya. Bon à savoir, grande salope.

Ça m'agaçait que les gardes connaissent les noms des Valkyries mais appellent le reste d'entre nous « détenus » ou pire. Signe que les guerrières étaient déjà bien parties pour dominer une prison qui devrait être la nôtre.

Le garde sourit, son regard allant de moi à Sorin.

— Ce serait marrant de voir s'il risquerait la lame de Brina en te laissant vivre à nouveau, maintenant qu'il sait ce qui l'attend. (Il haussa les épaules.) Mais je l'ai promis à Freya, alors peut-être qu'on pourrait garder ça pour la prochaine fois si vous survivez tous les deux.

Sorin posa une main chaude sur ma hanche, me fit replier mes ailes et se pencha pour chuchoter à mon oreille :

— Je saurai prendre soin de moi, petite colombe. Rappelle-toi simplement tout ce qu'on t'a appris.

Il me fallut toute ma volonté pour les laisser passer quand le garde l'emmena vers une Freya qui me souriait d'un l'air suffisant, les mains calées sur ses hanches.

Salope.

Je ne pus voir qui Zian allait devoir affronter car un autre garde me saisit brutalement par le bras et m'entraîna vers une autre arène où attendait une Valkyrie.

Donc ça doit être Vivian, me dis-je. *Super.*

Elle passait ses doigts délicats sur une lame tout en faisant les cent pas de son côté du ring. Ses dents pointues lui donnaient un air un peu sauvage, tout comme la lueur de folie dans ses yeux. Le garde me lâcha et sortit de la ligne de démarcation.

— Où est mon arme ? lançai-je, ce qui me valut un haussement d'épaules du garde.

— Qu'est-ce qu'il y a ? demanda Vivian, la joie enrobant chaque mot qui sortait de sa bouche. Tu as peur ?

— Je croyais que tu voulais un vrai duel.

Je plissai les yeux. Peu importait l'entraînement que j'avais suivi avec Zian et Sorin, si le combat était truqué d'emblée, j'étais condamnée.

— C'est pour ça que je t'ai donné un avertissement, rétorqua-t-elle, cillant de ses grands yeux sur moi avec innocence tout en marchant de long en large. Tu as pour mentors deux des meilleurs guerriers ici, pas vrai ? Ils t'ont sûrement appris à désarmer un adversaire. (Elle lécha le bord de sa lame, laissant une trace de sang qui me fit grimacer. Son regard se porta sur Sorin qui faisait face à Freya, les poings serrés.) On va bien s'amuser avec eux une fois que tu ne seras plus là.

Son discours me fit voir rouge.

Ou du moins, c'est ce que je crus jusqu'à ce que je sente la chaleur surgir dans l'air autour de nous. De véritables flammes jaillirent de la bordure de notre ring de combat, me bouchant la vue de tout ce qui se trouvait au-delà.

Les yeux brillant d'excitation, Vivian plongea l'épée dans le brasier. Elle devait être enduite de quelque chose car elle ressortit la lame enflammée.

— On dirait qu'il est temps de jouer.

Elle déploya ses ailes et se jeta sur moi à une vitesse à laquelle je n'étais pas habituée quand je m'entraînais avec mes amants. Réagissant par réflexe, j'esquivai à temps pour éviter un coup fatal, mais son arme me frôla quand même, brûlant ma cage thoracique là où les flammes léchèrent ma peau, enflammant mon haut.

Poussant un cri strident, j'arrachai mes vêtements avant qu'elle ne s'en serve pour me brûler vive, des cloques se formant déjà dans mon cou. Ma vision devint floue alors que la douleur me submergeait, la lame d'acier associée à la chaleur liquide me faisant presque tomber dans les pommes.

Mais ce n'était pas le moment de flancher. Les parois infernales de notre arène se refermaient sur nous, faisant monter la panique dans ma poitrine.

— On dirait que les gardes veulent que je te tue rapidement, ricana Vivian. C'est dommage. Tu es une si jolie petite pondeuse, et je voulais prendre mon temps pour marquer ton visage.

Sa lame plongea de nouveau sur moi, cette fois-ci vers mes ailes.

J'esquivai mais un éclair de chaleur courut le long de mes plumes douces. Ma magie de guérison travaillait en arrière-plan, dissipant les cloques et empêchant mes ailes de prendre feu.

Vivian fit claquer sa langue.

— Impressionnant. La petite pute a quelques tours dans son sac.

Elle planta son épée dans la terre. Le mur de flammes cessa d'avancer vers nous, l'arène étant déjà trop petite pour un combat digne de ce nom. Elle sourit, me faisant face uniquement armée de ses poings.

— Je me demande comment tes compagnons te prennent. Comme ça ?

Je n'eus pas le temps d'esquiver son mouvement vif comme l'éclair. Elle me percuta et me plaqua au sol, ma tête à quelques centimètres du mur de flammes qui englobait notre petite arène. Ses mains se portèrent à ma gorge, et je griffai ses poignets quand ses ongles pointus s'enfoncèrent dans ma peau. Je pris une bouffée d'air avant qu'elle ne me coupe les voies respiratoires.

Elle pressa ses hanches contre les miennes, imitant lascivement des va-et-vient.

— Est-ce qu'ils aiment te monter comme ça ? C'est bien trop facile. Tu n'es qu'une pondeuse en chaleur. De si bons guerriers ont besoin d'un vrai défi. (Elle sourit, exhibant de nouveau ses dents horribles.) Je parie que Freya baise ton tatoué en ce moment même. Il doit en avoir marre de toi. (Elle poussa encore des hanches, frottant son cuir dur contre ma peau nue.) Peut-être qu'il prendra son pied s'il t'entend crier avant de mourir.

Elle commit l'erreur de relâcher sa prise en roulant ses hanches contre moi. Je sentis Zian dans mon esprit une seconde avant qu'un éclair d'argent ne traverse le brasier – sa magie brûla les bords. J'attrapai l'objet en plein vol. Je ne le voyais pas, mais peut-être que lui pouvait me voir. En tout cas, il venait de me lancer une arme.

Cela signifiait-il que son adversaire était mort ? Je l'espérais, mais je n'avais pas le temps de m'inquiéter pour mes compagnons. Je me contorsionnai et sans perdre un instant, j'enfonçai la lame dans le cou de la Valkyrie.

Ses yeux s'écarquillèrent sur un hoquet tandis qu'elle s'agrippait à la poignée, puis sa tête bascula en arrière tandis qu'un horrible gargouillis sortait de sa gorge.

J'aspirai des bouffées d'air chaud en frottant les bleus qui fleurissaient sur ma gorge. Ma magie de guérison fonctionna instantanément, apaisant la douleur de ma trachée presque écrasée. Mon cœur tonnait dans ma poitrine.

De l'eau éteignit les flammes et révéla les survivants.

Zian était introuvable, mais je repérai un Noir au cœur arraché dans une arène à proximité.

Sorin m'observait, haletant, luisant sous le soleil de la sueur et du sang qui l'enduisaient. La couleur correspondait à sa rage qui filtrait à travers notre lien d'accouplement.

Une autre paire d'yeux était braquée sur moi, et je vis la dernière Valkyrie survivante en train de bouillir, chaque muscle de son corps tendu à l'extrême. Elle devait imaginer toutes les façons dont elle pourrait me démembrer sous les yeux de mes compagnons.

Bien. On avait énervé la plus jeune du cercle des Valkyries. Quelque chose me dit qu'elle était la plus violente de toutes, avec ses traits vides de toute émotion excepté la vengeance.

Deux de moins, plus qu'une.

Hello, Bryn.

Tu es la prochaine.

19

SORIN

— Il faut vraiment que les gens arrêtent de déconner avec mes ailes, marmonnai-je de retour dans la cellule, Raven à mes côtés.

— Mais tu aimes quand je joue avec tes plumes.

Zian était étalé sur le lit, les cheveux en bataille, dans toute sa perfection habituelle de guerrier.

Son commentaire sensuel me fit plisser les lèvres. Parce que ouais, j'aimais bien quand il caressait mes ailes.

— Tu t'es au moins lavé les mains après cette démonstration ? demandai-je.

Je gagnai la douche pour nettoyer la mort de Freya de ma peau. Raven me rejoignit sans un mot, caressa mes plumes brûlées et alluma une chaude énergie entre nous qui me parut filer direct à ma bite.

Je pressai mon poing sur le mur, gémissant à la fois de plaisir et de souffrance tandis que les plumes se réparaient.

— Ça ressemble à une invitation, dit Zian.

Il se leva gracieusement et ôta son jean. Le mien avait été détruit dans les flammes. Pareil pour les vêtements de

Raven. La prison nous en fournirait de nouveaux, à un moment donné.

— Et oui, je me suis déjà lavé, ajouta Zian, qui s'avança pour glisser un doigt le long de la colonne vertébrale de Raven. Je ne voudrais pas répandre de sang sur notre doux petit oiseau.

Elle ricana, jetant un coup d'œil par-dessus son épaule.

— Pourquoi pas ? Je suis déjà couverte de celui d'une salope de Valkyrie.

Oh, on était énervé. Je n'avais pas vu grand-chose de son match, trop occupé à combattre la femelle qui semblait fermement décidée à me baiser, me brûler et me tuer, tout ça à la fois.

Abattre une femme ne me semblait pas correct, sachant qu'il n'en restait plus beaucoup.

Mais cette connasse de Valkyrie avait mérité sa mort, et plus encore.

Dès que les parois enflammées de l'arène s'étaient élevées, elle m'avait poussé. D'où mes ailes blessées. Puis elle avait essayé de m'enfourcher, et là j'avais vu rouge.

Seuls deux anges dans ma vie avaient droit à ce privilège, et ils partageaient tous deux la douche avec moi en ce moment.

Je me tournai, posant mes mains sur le mur, pour présenter mon dos à Raven afin qu'elle puisse mieux accéder à mes ailes. Elle se concentra aussitôt sur les autres zones qui avaient besoin d'être soignées, son toucher faisant grésiller mes nerfs de la meilleure façon qui soit.

— Tu t'es bien battue, murmura Zian à Raven.

Il avait remporté le premier round, décimant son adversaire en moins d'une minute, arrachant le cœur du pauvre bougre avant de l'écraser entre ses dents tel un animal monstrueux.

Je détestais quand il faisait ça, mais sa tactique faisait effet. Tout le monde se tenait à distance, même les nouveaux.

— Tu as pu me voir ? s'étonna Raven, dont les doigts peignaient mes plumes en quête d'autres défauts à guérir. Moi je ne voyais rien au-delà des flammes.

Je fronçai les sourcils à sa déclaration. *Quoi ?* J'avais bien vu à travers le brasier des deux côtés.

— Oui, elles étaient translucides, dit lentement Zian. Tu n'as pas pu nous voir, Sorin et moi, dans nos arènes ?

Elle secoua la tête.

— Non, seulement le feu.

— Intéressant. (L'inflexion de Zian ne correspondait pas au mot.) Question d'infrarouges, peut-être ?

Cette question était pour moi, je le devinai à la nuance mortelle tapie dans son ton. Il voulait mon avis et espérait que j'abonderais dans son sens.

Malheureusement, mon esprit était ailleurs.

— Ou ils sont parvenus à désactiver ses capacités visuelles, répondis-je – une idée qui ne me plaisait pas du tout. Il faudra trouver un moyen de tester ça.

— Ouais.

Son ton correspondait à mon opinion là-dessus.

Raven avait besoin de tous les avantages qu'elle pouvait dégoter pour rester en vie et ne pouvait pas se permettre de devenir plus vulnérable qu'elle ne l'était déjà, dans cette prison pleine de mâles affamés. Ils se fichaient complètement que nous soyons accouplés. Au contraire, ça ne ferait que les inciter à redoubler d'efforts, car elle représentait une faiblesse dans notre armure. Lui faire du mal nous ferait du mal.

— Je vais bien, les gars, marmonna-t-elle en caressant

mes plumes totalement guéries. Mais je vais rester vigilante, voir si je remarque d'autres différences.

— En attendant, vous avez noté les améliorations de notre cellule ? demanda Zian, son menton se déplaçant graduellement sur la gauche, vers un coin près de la baie électrifiée.

Je me retournai face à Raven, puis je plongeai ma tête sous le jet de la douche pour mouiller mes cheveux. Tout en faisant mousser le savon dans mes mèches, j'examinai les « améliorations » mentionnées par Zian.

Une nouvelle caméra.

Génial.

Après avoir rincé le shampoing de fortune de mes longs cheveux, je parcourus lentement la pièce du regard et notai l'absence d'appareils d'écoute. Apparemment, ils n'étaient toujours intéressés que par l'observation.

— Je me demande si toutes les cellules sont sous surveillance, ou si les gardes Nora ont choisi la nôtre parce qu'ils aiment mater notre joli petit Corbeau ?

— Je vais supposer que c'est ta façon de me dire que personne ne nous écoute.

Je souris.

— Tu supposes bien, Z.

Il hocha la tête.

— Simple évaluation.

— Pourquoi ils n'observent que nous ? demanda Raven. Je veux dire, je comprends leur intérêt pour notre, euh, accouplement. Mais j'ai l'impression qu'il y a plus que ça. Pourquoi ils nous laissent simplement baiser à tout va ? Je pensais qu'ils allaient retourner ça contre nous d'une manière ou d'une autre.

— Ils le feront, affirmai-je. (Je coupai l'eau après avoir

soigneusement rincé Raven.) Mais pas avant un petit moment.

— Pas avant que tu sois en chaleur, ajouta Zian, suivant le fil de mes pensées comme il semblait toujours le faire. Alors ils nous sépareront, et là ça va craindre. Sérieux.

Je hochai la tête.

— Surtout s'ils laissent quelqu'un d'autre satisfaire tes pulsions. Beaucoup de Noir vont mourir quand ça arrivera.

— Avec un peu de chance, on a quelques années ou décennies devant nous. Les Nora ont des chaleurs, quoi, une fois tous les six ou sept ans ? Aucune idée pour les Noir, et comme tu sembles être née comme ça...

Il laissa sa phrase en suspens. Parce qu'on ignorait ce qui allait se passer.

— Vivian m'a accusée d'être déjà en chaleur, dit Raven. (Nous l'attirâmes sur le matelas avec nous.) Elle a dit que je vous baisais toutes les deux comme une pondeuse qui supplie pour, euh, eh bien, vous savez.

Ouais, j'avais entendu cette raillerie avant que l'autre Valkyrie n'essaie de me brûler vif.

— Tu n'es pas en chaleur.

— Comment tu peux en être aussi sûr ? On s'est tous grimpé dessus.

— Ça s'appelle le désir d'accouplement, mon petit oiseau, gloussa Zian.

— Si tu étais en chaleur, on aurait mal à chaque fois qu'on ne te baise pas, expliquai-je. C'est comme une exigence animale de féconder une compagne en chaleur. On serait incapables de faire autre chose que se relayer pour venir sur toi.

— Et en toi, murmura Zian.

— Ouais, carrément, opinai-je.

— Vous êtes sûrs que ce n'est pas ce qu'on a fait ?

s'enquit-elle d'un ton sincère. Je veux dire, vous deux m'avez prise à répétition pendant des semaines.

— Pour affirmer notre revendication.

Zian rabattit ses cheveux derrière son oreille et se redressa sur un coude à côté d'elle. Je fis de même de l'autre côté, nous la contemplâmes tous deux, allongée sur le dos.

— Tu es à nous, petite colombe. (Je me penchai pour frotter mon nez dans son cou et lui mordiller le pouls.) On veut que toute la prison le sache.

— Donc je ne vais pas tomber enceinte.

— Pas aujourd'hui ni de sitôt, confirmai-je, en promenant mon nez le long de sa mâchoire jusqu'à ses lèvres. Crois-moi, tu le sauras. Tu auras des crampes et un besoin si intense que tu pourras à peine marcher, voire pas du tout.

— Et tu exigeras qu'on te prenne de toutes les manières possibles. (Zian murmura ces mots tout contre son oreille, hérissant ma peau de chair de poule le long de son cou et de ses bras.) Ce sera splendide, ma douce colombe. Rien que d'y penser, ça me fait bander.

Je gloussai contre sa gorge, et fis glisser mes dents vers le bas jusqu'à sa clavicule puis sa poitrine. Elle se cambra sur le matelas quand je narguai sa pointe raide avec ma langue, la main de Zian en coupe entre ses cuisses.

— Tu es d'humeur pour une démonstration, petit oiseau ? demanda-t-il. Tu veux sentir avec quelle efficacité et quelle minutie on va te prendre ?

— Mmmh, après avoir gagné ce duel, je dirais qu'elle mérite plus qu'un peu d'attention. (Je suçai son téton à fond, puis souris quand son excitation aux notes d'agrumes s'éleva autour de nous.) Je pense que c'est un oui, Z.

— C'est tout à fait oui, convint-il, me rejoignant pour tourmenter son autre bourgeon dressé.

Puis nous descendîmes ensemble, nous relayant avec nos bouches contre sa chair intime jusqu'à ce qu'elle jure qu'elle n'en pouvait plus.

Alors nous la prîmes, moi derrière et Zian devant, nos queues bougeant à l'unisson et lui procurant un nouvel orgasme.

— Ta petite chatte serrée est en train de me tuer, gémit Zian, son rythme s'accélérant à mesure qu'il se libérait en elle.

Je le rejoignis après quelques poussées vigoureuses, son anus étroit pressant chaque goutte de ma tige jusqu'à ce que je m'effondre sur son épaule, pantelant contre sa peau moite.

— Je suis... (Elle s'interrompit, inspira fortement.) Totalement en chaleur, acheva-t-elle.

— Non, petite colombe, souris-je. Car si tu l'étais, tu ne nous aurais jamais suppliés d'arrêter de te lécher.

— Il a raison, murmura Zian. (Il emmêla ses doigts dans ses cheveux pour soulever son visage et lui donner un baiser.) Tu nous aurais dit de ne jamais nous arrêter, reprit-il après avoir accaparé sa bouche un long moment.

Il la relâcha, me permettant de faire de même, la tirant en arrière pour qu'elle rencontre mes lèvres qui l'attendaient.

Elle sourit quand j'eus terminé, ses joues rougissantes, son corps palpitant magnifiquement entre nous.

— Est-ce que ce sera toujours comme ça ?

— Non, joli oiseau, dit Zian en lui caressant le cou. Ça ne peut que s'améliorer.

— De mieux en mieux, ajoutai-je, en donnant à ses hanches une poussée hésitante.

Quand elle gémit en réponse, je sus qu'elle pouvait en recevoir davantage.

Nous la cajolâmes donc pour un autre round, sa forme souple prenant tout ce que nous avions à donner jusqu'à ce que nous soyons tous les trois plus que rassasiés et nous effondrions en un tas de membres en sueur sur le matelas.

Elle se blottit contre moi, sa tête sur mon épaule, tandis que Zian la couvait par-derrière.

Et nous sombrâmes dans un sommeil réparateur.

Jusqu'à ce qu'un grattement nous réveille : la souris venait nous avertir de quelque chose à propos de la prison en train d'être reconstruite pour répondre aux besoins des Noir. Quoi que ça veuille dire. À la demande de Zian, la petite bestiole s'éclipsa pour aller voir Novak, nous laissant tous les trois réfléchir à l'avenir.

— Il faut qu'on sorte d'ici, dit Zian, comme s'il lisait dans mes pensées alors que c'est un talent impossible. Mais pas sans Novak.

Je me grattai la joue, considérant notre environnement et ce que je savais du pénitencier.

— Ouais, mais cet endroit est un foutu labyrinthe.

J'étais quasi sûr de l'avoir déjà dit. Mon opinion n'avait pas changé d'un iota.

— Alors on devrait commencer par essayer de le cartographier. (Zian s'assit, ses ailes serrées dans son dos.) On doit être prêts lorsque Novak reviendra. Son sens de la stratégie nous sera utile, et il a peut-être appris quelque chose des démons qui ont réussi à s'échapper du mitard. Puisque le rat dit qu'ils n'ont pas été repris, on peut supposer que leur tactique a marché.

— La souris, rectifia Raven. Et ce n'est pas parce qu'elle ne les a pas revus qu'ils n'ont pas été tués ou transférés ailleurs.

— C'est vrai, acquiesçai-je. Mais ta bestiole ne les a vus nulle part, et on dirait qu'elle connaît bien la prison.

Les yeux de Zian s'élargirent.

— On doit l'utiliser, cette *souris*. Elle peut nous aider à cartographier les quartiers.

— Seulement si vous promettez de ne pas la manger, avertit Raven en arquant un sourcil brun.

Zian sourit.

— Bien sûr, si elle continue d'être utile.

Mes lèvres se retroussèrent. Ce petit rongeur était probablement l'animal le plus en sécurité dans cette prison, car Zian mourrait plutôt que de toucher à quelque chose qui était cher à Raven. Il pouvait être taquin, mais je le connaissais bien. Il protégerait ce rongeur presque aussi farouchement qu'elle, ne serait-ce que pour assurer son bonheur.

— S'ils nous donnent du temps de vol demain, je veux sonder l'eau et les falaises, avoir une bonne idée de ce qui se passe dans l'océan qui nous entoure, décida Zian, toujours planificateur.

J'aurais juré qu'il avait ça dans le sang, à cause de ses liens familiaux avec Novak. Ces deux-là se ressemblaient à bien des égards, mais pas à tous.

Raven hocha la tête.

— Je t'aiderai.

— Non, demain tu t'entraîneras avec Sorin. (Il se pencha et prit sa joue quand elle commença à bafouiller une protestation.) J'ai vu comment Bryn t'a regardée pendant ce combat, petit oiseau. Tu as affronté une de ses sœurs, et Sorin a tué l'autre. Elle est peut-être la plus jeune du trio, mais elle paraît la plus dangereuse. Et maintenant elle veut se venger.

Il avait raison. J'avais capté son expression furieuse adressée à Raven, non à moi.

Zian termina son exposé par un baiser qui l'encouragea

à accepter, ce qu'elle fit avec empressement. Elle n'était pas une de ces femmes qui se disputent pour le plaisir de se disputer. Si elle comprenait le but, elle l'acceptait généralement. Et si elle n'était pas d'accord, elle expliquait pourquoi.

J'aimais ça chez elle.

J'aimais qu'elle nous permette de la protéger tout en se protégeant elle-même.

C'était cette dynamique parfaite entre nous, qui, je l'espérais, nous permettrait de rester en vie assez longtemps pour trouver un moyen de sortir de ce cauchemar.

20

RAVEN
UN MOIS PLUS TARD

Nous étions tombés dans une routine familière depuis que cette aile de la prison avait été mieux développée. Petit-déjeuner dans nos cellules, exercices de vol occasionnels à travers une section de la cour câblée, séances de gym facultatives, et dîner si nous avions de la chance. Même les abattages avaient été interrompus pour le moment, le dernier ayant anéanti la moitié des détenus transférés de ce côté de la prison. De nouvelles recrues commençaient à se pointer, donc j'imaginais qu'il y aurait bientôt un autre duel.

Malheureusement, la reconnaissance avait été rare voire inexistante. Nous avions fait profil bas pendant un mois entier, et du coup, nous n'avions rien appris. Les exercices de vol nous maintenaient strictement à distance de la mer, et tous les autres endroits où nous étions allés ne débouchaient que sur des falaises ou des murs. Je n'avais aucune idée d'où se trouvait le mitard, et Souricette se déplaçait à travers des crevasses et tunnels inutiles pour cartographier la prison. De plus, on ne l'avait pas revue depuis l'incident du gymnase. Je ne voulais pas penser à ce qui aurait pu arriver à notre petite espionne.

Donc, oui, on tournait en rond.

Chaque jour, je m'occupais – prêter attention aux rumeurs, voler assez haut pour tenter d'apercevoir les rochers noirs sans me faire cisailler par les câbles de retenue, et m'entraîner au gymnase –, mais cela ne portait pas les fruits que j'avais espérés.

Au moins, après notre petite confrontation avec les Valkyries, la hiérarchie s'était remise en place, les détenus nous évitant largement, mes compagnons et moi. Bien sûr, parfois, un mâle essayait de me coller la main aux fesses, au risque de la perdre.

Cependant, je ne m'abandonnais pas à un sentiment de sécurité trompeur. Bryn, la dernière Valkyrie survivante, allait certainement tenter quelque chose. Ce n'était qu'une question de temps.

Je sentis ses yeux sur moi tandis que je m'entraînais à la salle de gym contre un mannequin de bois, lui assénant une rafale de coups de poing que Sorin m'avait enseignés. Quand je lui décochai un coup d'œil en biais, elle sourit et se mit à se battre contre l'un de ses malheureux volontaires.

Comme toujours, je la regardais avec un mélange de dégoût et de fascination. La règle était simple : si un mâle pouvait la battre, elle le baisait. Et s'il n'y arrivait pas ? Eh bien, il ne vivrait pas pour s'en soucier.

Personne n'avait survécu à ses duels jusqu'à présent, mais la superbe Valkyrie aux yeux d'émeraude et aux cheveux noirs lustrés ne manquait pas de sparring-partners. Elle s'élança sur son dernier adversaire, bougeant plus vite que moi, et déploya habilement ses ailes, juste assez pour lui donner une poussée avant de les serrer fortement contre son dos, réduisant ainsi sa traînée.

Le mâle n'essaya pas d'esquiver, prépara plutôt son bâton d'escrime à recevoir le coup. L'impact le fracassa net, envoyant voler des éclats partout, démontrant à la fois sa force et sa rapidité dans l'attaque – l'avantage d'être une femme guerrière.

— Je crois que ça va être un record, remarqua Zian en voyant Bryn s'avancer pour porter le coup fatal.

— Nan, celui d'il y a trois jours a duré moins de dix secondes, répondit Sorin. Je pense qu'il est vraiment tombé sur sa dague.

— Salope et tricheuse, jurai-je, faisant sourire mes deux Noir.

Ils aimaient quand je m'énervais.

Mais je me mettais vraiment en rogne. Quand j'imaginais un guerrier, je pensais à Sorin, qui gagnait toujours dans un combat à la loyale, ou même perdait honorablement quand il pensait que c'était la bonne chose à faire, comme lorsqu'il m'avait sauvé la vie.

Cette créature n'avait aucun honneur, et elle le prouva lorsqu'elle sortit une dague de contrebande de sous ses lanières de cuir et coupa une longue entaille dans la gorge de son adversaire.

Le sang l'éclaboussa. Elle se retourna aussitôt pour m'adresser un sourire et passa sa lame sur son cou en un geste moqueur, suggérant que je serais la prochaine.

— Je n'arrive pas à croire que les gardes lui aient laissé cette arme, dit Zian d'un ton lugubre.

Un coup d'œil aux caméras qui nous surveillaient étroitement m'indiqua que les gardes appréciaient bien trop le spectacle pour priver Bryn de son plaisir. Même si son pouvoir sur la prison avait diminué avec la mort de ses deux camarades, il ne fallait pas la négliger.

Elle restait mortelle.

J'ouvris la bouche pour suggérer de la provoquer en duel ici et maintenant, en espérant que les gardes s'en amusent, mais une étrange sensation de chaleur parcourut mon corps, comme si ma magie de guérison s'était activée sans prévenir.

Un bref examen de mes doigts et de mes orteils, puis du reste de mon corps me confirma que j'étais intacte et indemne. Rien n'expliquait cette sensation bizarre.

— Tu l'as senti ? demanda Sorin en se redressant.

Hum. Je ne suis pas la seule, alors.

Aucun des autres détenus ne réagit, mais la Valkyrie détacha son regard de moi pour balayer la salle de ses yeux verts scrutateurs.

Il se passe quelque chose.

Un léger frémissement parcourut le gymnase, si subtil que je ne l'aurais peut-être pas remarqué si je n'avais pas été en alerte maximale. J'éprouvai la sensation dans mes pieds tout d'abord, puisque je préférais marcher pieds nus, et je lançai un avertissement juste à temps.

— Décollez du sol ! criai-je en bondissant dans les airs.

Zian et Sorin m'obéirent sans poser de questions, me suivirent à grands coups d'ailes vers le plafond du gymnase sous lequel nous avons fait du surplace, peinant dans l'air immobile.

— Rave, qu'est-ce qui… commença Zian.

Le sol tout entier s'effondra dans la section arrière où l'on s'entraînait, englouti par de la lave en fusion qui répandit sa chaleur dans l'air et me rendit aussitôt luisante de sueur.

Je fixai la chose, n'en croyant pas mes yeux.

— C'est quoi ce bordel ?! glapis-je.

Je battis des ailes et tentai de me rapprocher du plafond pour échapper aux bouffées de chaleur. Si c'était un abattage, ils arrivaient bien à nous garder sur des charbons ardents, littéralement.

Malheureusement, tout le monde n'avait pas prêté attention à mon avertissement. Les Noir qui n'avaient pas été assez rapides hurlèrent à l'agonie quand leurs ailes prirent feu. Ils s'enfoncèrent dans la coulée en fusion qui envahissait la partie arrière du gymnase, tandis que les survivants s'étaient élancés dans les airs comme nous ou se bousculaient pour atteindre l'unique sortie.

Où Bryn était déjà en tête.

Elle me sourit et m'envoya un baiser, puis battit des ailes et s'en alla, devançant tout le monde. Une fois dehors, elle claqua la porte et ferma le verrou.

— Salope ! criai-je.

Les détenus frappèrent le panneau, mais trop tard.

Nous étions piégés.

La coulée de lave se répandit dans tout le gymnase en quelques minutes, forçant les Noir à s'envoler.

— Je ne peux pas continuer comme ça, dis-je, haletant et luttant pour rester en l'air.

Nous n'avions pas fait assez d'entraînement de vol pour développer les muscles nécessaires au vol stationnaire dans un air stagnant. Je capturais les quelques vagues de chaleur qui m'aidaient à planer, mais ce n'était pas durable.

— Regarde par là, dit Sorin, le doigt tendu vers un coin du gymnase que j'aurais pu manquer dans ma panique.

La lave rongeait un pilier de fondation qui se fissura dans toute sa longueur.

— Si on le brise, cette portion du complexe pourrait s'effondrer.

— Super comme plan, gronda Zian. Être ébouillanté par de la lave ne te suffit pas, tu veux aussi qu'on soit enterrés vivants ?

— Pas si on le casse selon le bon angle, intervins-je,

repérant les faiblesses de la structure que les autres ne pouvaient peut-être pas voir. Suivez mon exemple.

Je n'étais pas assez forte pour infliger les dégâts nécessaires au pilier, mais je le percutai quand même de l'épaule, grognant de douleur avant de m'écarter d'un battement d'ailes tandis que Zian et Sorin passaient à l'action. Trois coups puissants suffirent à creuser une autre fissure.

— Encore une ! criai-je, reculant dans l'attente de voir le plafond s'effondrer.

Sorin défonça le pilier, projetant des gravats dans la lave en dessous.

— Sur ta gauche ! hurlai-je.

Il obéit sur-le-champ, échappant de justesse à l'effondrement des débris dans son sillage.

La lumière du soleil s'engouffra, et l'allégresse remplaça ma panique croissante. Je filai par l'ouverture, aspirant l'air frais du dehors, mais m'arrêtai une fois atteint le périmètre.

— Merde ! jurai-je.

Zian gloussa derrière moi, Sorin faisant de même. Ils n'étaient pas assez stupides pour voler plus loin que moi, et nous observâmes avec une légère irritation l'un des Noir nous dépasser et griller sur la barrière.

Nous ne pouvions pas nous échapper de la prison, mais au moins nous étions encore en vie.

Pour l'instant.

21

ZIAN

De l'autre côté de la cour, Bryn lissait ses plumes, déployant ses ailes d'une façon royale qui me fit réfléchir à quelle vitesse je pourrais écraser son cœur noir avec une de ces pierres carbonisées.

Elle ne regrettait pas du tout de nous avoir enfermés dans le gymnase hier, et cela se voyait sur son visage rayonnant.

Raven se tenait à côté de moi, l'air tout aussi furieux.

— Cette salope doit mourir.

— Bien d'accord, marmonnai-je en croisant les bras.

Sorin nous rejoignit de l'autre côté, son aile effleura la mienne.

— Je dirais qu'on devrait l'éliminer maintenant, mais les Nora préparent quelque chose.

D'un signe de tête, il désigna la falaise, piquant mon intérêt. C'était son tour de faire de la surveillance aujourd'hui pendant que je travaillais avec Raven.

Toutefois nous avions interrompu notre entraînement lorsque Bryn était entrée d'un pas nonchalant dans la cour, dans toute sa gloire de Valkyrie.

Ce n'était pas parce qu'elle ne pouvait pas nous enfermer ici qu'elle n'allait pas trouver une autre solution tout aussi mortelle. Je ne voulais en aucun cas m'approcher de cette chienne sournoise.

— Viens voir, appela Sorin, manifestement intrigué.

Je le suivis jusqu'à la barrière électrique, où l'énergie bourdonnait sinistrement dans l'air, et repérai à mon tour la volée de plumes blanches au loin. Sorin se tenait debout, jambes écartées, bras croisés, dans une position savamment défensive.

Je compris aussitôt pourquoi.

— Ils construisent quelque chose, dis-je, plissant les yeux. Une autre prison ?

— Peut-être.

Il avait l'air perplexe et curieux.

Je partageais ce sentiment, qui ne fit que croître lorsque j'aperçus une paire d'ailes blanches aux pointes noires notoires.

— Sayir est ici, soufflai-je, choqué dans tout mon corps.

— Ouais.

La réponse anodine de Sorin m'indiqua qu'il avait déjà remarqué ces ailes aux couleurs particulières. Personne d'autre dans le royaume Nora n'avait de plumes blanches aux pointes noires. La rumeur disait que c'était arrivé quand Sayir avait accepté son rôle de Réformateur. Son frère, en revanche, avait des ailes blanches bordées d'or, le désignant comme le roi des Nora.

Quand j'expliquai cela à Raven, elle resta bouche bée.

— C'est donc lui ? Celui contre qui toutes les femmes Noir m'ont mise en garde ?

— C'était quoi leurs mises en garde ? interrogeai-je, sincèrement curieux.

Sayir n'était pas si terrifiant que ça, juste un ange de

sang royal qui prenait vite la mouche. C'était un peu normal, vu sa position et sa responsabilité envers les Noir.

— Elles le traitaient de méchant et de cruel et disaient que lorsqu'il prend des femmes, il les garde à des fins infâmes comme la reproduction.

Raven frissonna, sa peur était palpable.

J'échangeai un regard avec Sorin, qui paraissait aussi perplexe que moi.

— Les femmes de ton ancien pénitencier en parlaient d'expérience ? demanda-t-il.

Elle secoua la tête.

— Plutôt des rumeurs créées après la disparition d'autres Noir.

— Des Noir comme toi ? suggérai-je, fronçant les sourcils. Est-ce qu'elles vont croire qu'il t'a enlevée ?

Elle haussa une épaule.

— Sans doute pas, non. Tout le monde s'est toujours attendu à ce que je sois transférée dans une prison pour adultes à mes 18 ans. J'ai grandi en sachant que ce serait mon destin, et je n'ai pas été surprise du tout quand le garde Nora s'est présenté le jour de mon anniversaire pour m'escorter jusqu'au dirigeable. J'ai été plus choquée de le trouver plein d'hommes Noir. Heureusement, ils ne pouvaient pas me voir à cause des cagoules.

— Ils t'ont larguée en plein air ? s'enquit Sorin. Parce que je t'ai trouvée en train de voler en solo.

Elle se lécha les lèvres, les yeux brillants de fierté.

— J'ai poignardé le garde qui essayait de me peloter et je me suis échappée du dirigeable.

Je haussai les sourcils.

— Et ils ne t'ont pas punie pour ça ?

Elle secoua la tête.

— Non. Ils ont dû penser que l'arène serait une punition suffisante.

Mon regard revint sur Sorin, qui me le rendit.

— Je suis étonné qu'ils ne t'aient pas fouettée ou cassé une aile avant l'arène, marmonna-t-il. C'est ce qu'ils nous auraient fait si on avait agi de la sorte.

— Peut-être qu'ils n'ont rien fait parce que c'est une femme ? suggérai-je.

Je ne croyais guère à ce prétexte mais je ne voyais pas d'autres raisons pour lesquelles ils auraient permis son comportement.

— Le garde a dit qu'ils n'étaient pas censés me toucher, mais après il a eu l'air de regarder ailleurs.

— Alors peut-être qu'ils ont eu peur d'être blâmés par un supérieur s'ils le signalaient.

Une explication assez plausible, bien qu'elle me paraisse insuffisante.

L'expression de Sorin me disait qu'il pensait la même chose, mais il n'émit pas de commentaire.

Encore un autre mystère sur notre liste.

Avec cette chose dans l'océan tout en haut.

— Si c'est notre nouveau logement, il est petit, remarquai-je, comparant l'enceinte de la taille d'un château derrière nous à ce petit grain en mer. Il équivalait à la surface de notre cour, qui était bien plus spacieuse que la précédente, mais il n'était pas assez grand pour contenir des duels, un gymnase et les dizaines de cellules.

— Quoi que ce soit, je pense qu'on nous le présentera bientôt. (Sorin l'étudia encore un moment avant de parcourir à nouveau notre entourage de ses yeux bleus toujours vigilants.) Comment allons-nous tuer Bryn ?

— Violemment, répondit aussitôt Raven. De préférence par le feu, parce que je veux l'entendre hurler.

Je gloussai.

— Mon Dieu, quelle vicieuse petite créature tu es devenue, doux oiseau.

Elle me montra les dents.

— Tu n'as pas idée.

— Oh si, j'en ai une très bonne idée, rétorquai-je, glissant ma main sur sa nuque pour l'attirer contre moi. Et je m'en attribue beaucoup de mérite aussi.

Sorin ricana.

— Ouais, tu as fait le plus dur du boulot.

Je lui souris.

— C'est un projet commun.

Raven leva les yeux au ciel.

— Tu agis comme si j'étais cette petite Noir docile d'avant notre rencontre.

— Tu l'étais, insistai-je. Un petit ange doux, innocent et adorable suppliant d'être pris par deux grands mâles Noir.

Ses pupilles se dilatèrent, ses ailes s'ébouriffèrent dans la brise qui soufflait.

— Une femelle fougueuse et féroce aux mouvements rapides et à l'intelligence vive, rétorqua-t-elle. Avec un soupçon d'innocence.

Sorin gloussa cette fois.

— Bien sûr, petite colombe. Si tu le dis.

— Je n'étais pas faible, grogna-t-elle.

— On n'a jamais dit ça, répondis-je, me penchant sur elle pour lui donner un baiser afin d'apaiser les plis de colère qui se formaient autour de sa bouche. Tu es exceptionnellement forte, Raven. On le sait. Et tu continues à devenir plus puissante chaque jour.

— Ce qui fait de toi la compagne parfaite, ajouta Sorin, ses doigts jouant sur ses ailes. On n'accepterait jamais une femelle faible dans notre lit, Raven. Pas sans risquer de la briser.

— Et on n'a jamais eu cette crainte, chuchotai-je en passant ma langue sur sa lèvre inférieure. Tu es à nous pour une bonne raison, petit oiseau.

Je m'accordai un moment pour profiter de son baiser, j'adorais la façon dont son corps se fondait dans le mien. Puis je me retirai quand je sentis le regard des autres sur nous. Tout le monde savait que nous étions accouplés, ils flairaient le mélange de nos phéromones dans l'air. De nombreux mâles nous observaient avec intérêt, l'envie brûlant dans leurs yeux.

Pendant ce temps, Bryn nous fixait avec des intentions meurtrières.

Elle avait voulu qu'on périsse dans le gymnase hier. Ce désir la désignait comme une lâche. Un vrai guerrier éliminait ses adversaires au cours d'un vrai combat, pas en employant des moyens détournés.

Raven ne s'abaisserait jamais à ce niveau.

Elle attendrait qu'un défi se présente.

Tout comme Sorin et moi.

C'est pourquoi nous formions tous les trois la triade idéale. Nous nous comprenions d'une manière que personne d'autre ne pourrait appréhender. Pas même Novak, en vérité. Il pourrait avoir des affinités à certains niveaux, mais jamais à celui qui nous liait intimement. Parce qu'il ne ferait jamais partie de ce lien.

Bien que cela n'atténue pas ma connexion avec mon cousin.

Je le sentais faire les cent pas, attendre le bon moment. Il avait réduit le blocage entre nous, me permettant d'entrevoir ses émotions une fois de plus. J'en déduisis que la menace qu'il avait dû affronter n'était plus là.

Mais le Directeur ne l'avait pas encore libéré du mitard.

Bientôt, sentis-je son aura m'avertir. Une douce caresse d'attente. *Je serai bientôt là.*

— Novak est prêt à nous rejoindre, déclarai-je, m'écartant de Raven pour me concentrer sur Sorin. Je peux sentir son attente d'être libéré.

— Parce que Sayir est ici ? demanda Sorin.

Je haussai une épaule.

— Peut-être. Je ne suis pas sûr. (J'étudiai de nouveau les Nora au loin, les lèvres pincées.) Mais quelque chose arrive. Je le sens dans le vent.

— Moi aussi, opina Sorin.

— Une idée de ce que c'est ? s'enquit Raven, ses mains collées sur mon abdomen, me faisait face au lieu d'être tournée vers la mer.

J'écartai une mèche de cheveux noirs de son magnifique visage.

— Non. Mais quoi que ce soit, ce ne sera pas bon. Nous devons nous préparer. Et Bryn doit mourir.

Sur ce dernier point, nous étions tous d'accord.

Un labyrinthe.

La structure s'était formée au cours des dernières semaines, les fameuses ailes à pointes noires de Sayir formant un ornement constant dans le vent.

— Qu'est-ce qu'il fait maintenant ? me demandai-je à voix haute, tandis que nous le regardions décrire des cercles autour de la nouvelle création.

Plusieurs Noir l'observaient avec nous, arborant les mêmes expressions d'effroi. Nous étions au bord de la falaise de la cour, et un léger bourdonnement dans l'air nous avertissait des courants électriques qui passaient à quelques centimètres de notre nez, mais cela ne semblait gêner personne. Nous étions tous trop captivés par le nouveau labyrinthe qui brillait dans la mer.

Le Réformateur n'était guère apprécié parmi nous, connaissant sa réputation de cruauté. Il était chargé de réhabiliter une race entière de scélérats – du moins c'est ce qu'il semblait penser – et jusqu'à présent, il avait échoué. Ça devait l'énerver un brin, voire le désespérer. Mais ce pénitencier n'était pas la solution.

Parfois, je me demandais si un Noir pouvait redevenir un Nora ou si nous resterions à jamais des Déchus.

Ce que je n'avais jamais compris, toutefois, c'est comment une seule infraction pouvait valoir à un Noir une éternité d'emprisonnement. Oui, Zian et moi avions choisi de suivre les intuitions de Novak plutôt que nos ordres. Pourtant, nous étions enfermés dans des prisons avec des meurtriers. Qui avait décidé que nos crimes étaient équivalents ? Et pourquoi ?

— Quelque chose va bientôt se produire, murmura Zian, répondant en partie à ma question sur les frasques de Sayir. Il est proche d'une révélation capitale.

— À propos de son labyrinthe ? s'étonna Raven.

Zian hocha la tête.

— Ça évoque plutôt un piège mortel à mes yeux.

— Un autre défi, ajoutai-je. Je me demande si on va nous lâcher dedans et nous demander de survivre.

— Ça ne sera pas si différent de cet enfer. (Zian croisa les bras, les yeux plissés.) Non, c'est autre chose. Il y passe trop de temps juste pour nous y lâcher en vrac et nous regarder survivre. Mais qu'est-ce que ça à voir avec la réforme ? Ça ressemble plus à un parcours de guerrier pour moi.

Oui, c'était ce que je pensais aussi.

— Ça me rappelle l'entraînement des jeunes.

— Exactement. (Il se gratta le menton, ses cheveux noirs hérissés comme d'habitude.) Quoi qu'il prépare, on le saura bientôt.

— Donc nous devons être prêts, traduisit Raven.

Nous acquiesçâmes toutes deux.

— Ouais. On va commencer par...

— Pondeuse, lança un garde Nora, me coupant au milieu de ma phrase. Tu es convoquée.

— Par qui ? demandai-je en me plaçant devant elle.

Elle fourra ses doigts dans mes plumes et les tira.

— Laisse, chuchota-t-elle. Je peux gérer ça toute seule.

Je le savais, mais quelque chose dans tout ça me semblait étrange.

Putain, tout dans cet endroit me tapait sur les nerfs. Encore plus aujourd'hui que les autres jours, et je n'arrivais pas à comprendre pourquoi.

C'était ce labyrinthe.

Ou peut-être l'implication de Sayir.

Pourquoi ne s'était-il pas fait connaître des détenus ? Pourquoi planait-il en mer ? Qu'est-ce qui l'intriguait tant là-bas ?

Voyant que je ne bougeais pas assez vite, Zian me saisit le bras et me tira légèrement pour m'écarter de Raven.

— Elle a besoin de toutes nos forces, murmura-t-il dans sa barbe. Ne fais pas de scène.

Trop tard, pensai-je, percevant la fureur qui émanait du garde Nora.

— Le Réformateur a besoin d'un rat de labo. Il l'a réclamée. (Son sourire se fit cruel.) Je suppose que je peux vous laisser un moment pour lui dire adieu. Bien sûr, vous la sentirez mourir bien assez tôt.

Raven se figea.

Et Zian réagit, son poing frappa la mâchoire du Nora à une vitesse que j'aurais admirée si je n'étais pas en passe de le combattre moi-même.

Au temps pour ne pas faire de scène, pensai-je en plantant mon talon dans l'aine du garde.

Une vive brûlure fouetta ma chair quand deux gardes Nora surgirent de nulle part et me cognèrent de leurs armes à plusieurs reprises pour me mettre à terre.

Je pivotai dans une fureur aveugle, les assommai,

arrachai par poignées entières les plumes de leur dos pendant que Zian se battait à mes côtés.

Puis un filet électrique s'abattit sur mes ailes, me faisant tomber sous les hurlements de Raven. Je m'effondrai, la regardant se débattre, les pieds battant l'air, tandis que deux gardes la traînaient hors de la cour sous le regard effrayé des autres Noir.

Aucun d'eux ne vint à son secours.

Non pas que je m'attende à ce qu'ils le fassent, mais à ce moment-là, j'eus envie de tous les massacrer. Y compris les gardes Nora qui me bourraient de coups de pied tandis que l'électricité vibrait dans mes nerfs. Ils devaient porter des bottes isolantes, parce que *putain*, ils mettaient toute leur force dans ces coups.

Zian grogna non loin, se battant toujours avec rage pour récupérer notre Raven. En vain.

Jusqu'à ce qu'une puissante avalanche nous tombe dessus : le Réformateur atterrissait dans un furieux battement de plumes.

— Relâchez-les, exigea-t-il en s'adressant aux gardes. À moins que vous ne vouliez ajouter deux morts de Noir à votre palmarès.

Apparemment, les morts de Noir hors défi font l'objet de sanctions. Qui l'eût cru ?

La sensation de brûlure s'atténua quand le filet tomba, mais je restai à genoux sous le contrôle de Sayir. Il était de sang royal, un commandant, avec la capacité unique d'infliger son désir à une foule. En l'occurrence, il exigeait la soumission, donc tout le monde autour de lui se soumettait. Y compris Zian et moi, la persuasion l'emportant sur notre besoin de protection, mais de peu.

— Vous regarderez depuis le podium. Je vous permettrai

même d'utiliser votre lien d'accouplement pour la guider. Mais elle est mon sujet de test choisi, et je m'en servirai comme bon me semble.

Ces paroles n'étaient pas négociables et suscitèrent un grognement chez Zian.

Je demeurai silencieux.

Il nous avait donné la permission de l'aider.

Je préférais accepter cela plutôt que d'être envoyé au mitard pour avoir essayé de la sauver d'un destin qu'aucun de nous ne pouvait contrôler. Nous avions passé les dernières semaines à mémoriser chaque coin et recoin de ce labyrinthe. Si on était autorisés à l'observer d'en haut, on pourrait facilement la guider. Elle survivrait.

Comme l'avait dit Zian, elle avait besoin de toutes nos forces.

Donc je cédai, tête penchée, acceptant les conditions de Sayir, tout en jurant de me venger si jamais je me retrouvais hors de cet horrible endroit.

Zian devait être arrivé à la même conclusion, car il se tut.

— Où est Novak ? demanda Sayir.

Je le soupçonnais de scruter la foule, mais n'osais pas relever la tête pour vérifier.

— Au mitard, Monsieur, répondis-je, ajoutant à ce titre une note de respect que je ne ressentais pas vraiment.

Après une vie passée à me dévouer au service, cela me venait naturellement. Bizarre qu'un siècle d'incarcération ne m'ait pas libéré de cette habitude.

— Au mitard ? répéta-t-il. Pourquoi est-il au mitard, bordel ?

— Il a tué la majorité des Noir dans l'arène, répondit un garde. On ne voulait pas qu'il élimine tous les prisonniers, alors on l'a mis en isolement, Monsieur.

Je souris. *Bien vu.* Novak avait une façon d'agir qui ne correspondait pas toujours aux attentes extérieures.

— Vous voulez dire tous les prisonniers qui ont déjà été tués à cause de la supervision inepte du Directeur ? (Sayir semblait à la fois amusé et agacé.) Réparez ça. Et fais monter ces deux-là sur le podium sans les tuer.

L'énergie diminua sur mes plumes, la présence de Sayir se dissipa quand il quitta la cour d'un coup d'aile, traversant la barrière électrique sans aucun mal. Soit il portait quelque chose qui l'isolait de la charge, soit son propre pouvoir le protégeait.

Je soupçonnais la première hypothèse, mais je voulais enquêter sur la seconde.

— Vous l'avez entendu, aboya un garde Nora, me remettant sur pied d'une secousse cruelle de mon bras.

Le coquard qui fleurissait autour de son œil gauche m'en donna la raison.

— Mets de la glace dessus, suggérai-je d'un ton désinvolte. Ça calmera la douleur, mais je ne peux pas donner de conseils pour le reste de ton visage. C'est le produit de ta mère, j'en ai peur.

Il me jeta à terre, et son poing allait s'écraser sur ma figure lorsqu'une vague de puissance l'empêcha de me toucher.

— *Maintenant !* cria une voix dans le ciel, Sayir observant toujours.

Je souris tandis que le garde Nora jurait.

— Attends un peu qu'il parte, menaça-t-il.

— Bien sûr, répondis-je, sautant sur mes pieds avant que le garde ne puisse m'atteindre à nouveau.

Zian me lança un regard qui disait : *Arrête de déconner.*

L'accès de peur qui se dégageait de nos liens me força à obtempérer.

Raven était en danger et avait besoin de notre aide.

On est là, tentai-je de lui dire, envoyant de la chaleur à travers la connexion. *On est là, tout près.*

23

RAVEN

La panique fit courir des picotements le long de mes doigts et je serrai les poings, espérant que l'ange à mes côtés ne perçoive pas ma peur. Il était apparu quelques instants plus tôt, inutile de faire les présentations.

Le Réformateur.

Et je devais être son *rat de laboratoire*.

Je voulais croire que je pourrais survivre à tout ce que cet enfer me ferait subir, mais un foutu labyrinthe rempli de pièges mortels ? Même moi, j'avais mes limites.

Les vagues s'écrasaient contre les rochers et les falaises tortueuses. Nous étions au-dessus de la cour avec une vue parfaite sur le labyrinthe. J'essayai de mémoriser le chemin vers la sortie, mais même d'ici, mon œil s'égarait dans des impasses.

Des pièges m'attendaient derrière ces murs dont des segments se déplaçaient, me montrant que le labyrinthe était en constante évolution, même si je parvenais à mémoriser un chemin. Cerise sur le gâteau, l'autre jour, ils y avaient lâché des créatures qui rôdaient maintenant à l'intérieur, mettant la touche finale à un nouveau jeu que je n'avais aucune hâte de jouer.

— N'est-ce pas magnifique ? parla enfin Sayir.

Je réprimai un frisson qui remonta le long de ma colonne lorsqu'il posa une main froide sur ma petite épaule.

Pourquoi moi ? voulais-je demander. *Pourquoi êtes-vous ici ? En quoi ça concerne la réforme ?*

Je me mordis la lèvre, retenant mes questions, et refusai de croiser son regard ténébreux. J'avais entrevu ses iris noirs un peu plus tôt, n'y avais repéré aucune âme, et avais supposé que son cœur était tout aussi sombre.

Un rat de labo, me répétai-je. *Va te faire foutre.*

Une onde d'avertissement filtra à travers mon lien, et je baissai les yeux dans la cour à la recherche de mes amants. Je les trouvai retenus par cinq gardes chacun – car c'était le nombre qu'il fallait pour les tenir éloignés de moi en ce moment. J'écarquillai les yeux en une supplique silencieuse pour qu'ils n'interviennent pas. Ils avaient déjà essayé et échoué.

Je ne pourrais rien faire s'ils étaient blessés.

J'avais besoin de toute ma concentration.

Un froissement d'ailes au bout noir attira mon attention, et je réalisai que l'ange à côté de moi attendait une réponse.

— Pourquoi suis-je ici ? demandai-je d'une petite voix que je détestai aussitôt.

Je jetai un coup d'œil à Bryn, de l'autre côté de Sayir, et je vis l'excitation briller dans ses yeux verts. Elle s'était sûrement portée volontaire pour cette folie, peut-être même avait-elle suggéré que je sois son homologue. C'était un pur fantasme de Valkyrie. La mort, la destruction et le chaos en un seul endroit ? On n'avait pas eu besoin de lui demander deux fois de participer au défi. Elle y aurait plongé tête la première.

Sayir me tapota la tête comme si j'étais un animal de compagnie, puis donna une caresse appréciatrice à l'une de mes ailes. Le geste semblait presque paternel, et ça me foutait les jetons.

— Je vous ai observées toutes les deux, et je dois dire que vous avez chacune vos forces et vos faiblesses. Je suis curieux de savoir qui va être la meilleure.

Ce n'était carrément pas une réponse.

Bien sûr, je n'avais pas vraiment répondu à sa demande non plus.

Cet endroit n'est pas magnifique, pensai-je en me rappelant sa question. *Il est grotesque et mauvais.*

Bryn déploya ses ailes, laissant le vent les faire onduler comme si elle voulait s'envoler vers l'île tout de suite.

J'aurais pensé que nous autoriser à monter sur cette falaise était une preuve de confiance si je n'avais pas vu les bateaux équipés de batteries antiaériennes. Si on tentait quoi que ce soit, on serait abattues en plein ciel.

Bryn me jeta un bref coup d'œil.

— C'est presque embarrassant de m'opposer à cette pondeuse. Mais le labyrinthe, oh, j'approuve. (Elle m'adressa un sourire tout en crocs.) Je me demande comment tu vas mourir. Peut-être qu'un monstre te mangera dans la première impasse où tu te fourreras. Ou peut-être que tu seras empalée par les piques mouvantes. (Sa langue jaillit pour humecter ses lèvres rouge sang tandis que ses yeux verts me fixaient.) Et si tu survis assez longtemps, c'est moi qui te tuerai. Oh, comme ça va être drôle !

Le Réformateur donna à Bryn la même caresse appréciatrice le long d'une aile. La fierté dans son regard me troublait complètement. Étaient-ils parents ? Ou bien traitait-il toutes les femmes de cette façon ?

Il y avait des rumeurs à la maison de correction selon

lesquelles il prenait parfois des anges et ne les ramenait jamais. Nul ne savait ce qu'il leur faisait, mais comme c'était généralement des femmes qui disparaissaient, les suppositions allaient bon train.

Je ne voulais pas du tout être l'un de ses nouveaux jouets, ou quel que soit le nom qu'il donnait à ses femmes Noir.

Sayir capta mon regard, il avait l'air presque aimable.

— Je t'ai choisie, Raven, répondit-il d'une voix douce à ma question précédente, parce que je veux tester la qualité de mon nouveau labyrinthe. Et qui de mieux que mes deux filles pour m'aider dans cette tâche ?

Tous les muscles de mon corps se tendirent, ma bouche devint sèche.

Mes filles ?

— Vous possédez toutes deux les compétences nécessaires pour survivre. La question est de savoir qui y survivra le mieux et en sortira vainqueur ? dit-il d'un ton sincère qui me donna la nausée. Je crois que vous me rendrez fier toutes les deux, mais il n'y a de place que pour une seule d'entre vous au pénitencier Noir. Donc que la meilleure progéniture gagne !

Je le regardai bouche bée, puis Bryn, qui élargit son sourire en réponse. Maintenant, je comprenais mieux l'origine de sa haine.

Elle savait.

Elle savait depuis tout ce foutu temps que nous étions non seulement sœurs, mais aussi la progéniture de ce bâtard.

Comment avait-elle pu ne rien dire ?

Comment n'en avais-je rien su ?

Est-ce que l'une des femmes qui m'avaient élevée le

savait ? L'une d'elles était-elle ma vraie mère ? Non. Non, ce n'était pas possible. Quelqu'un me l'aurait dit.

Je suis la fille du Réformateur ?

Ce devait être un rêve. Un cauchemar. Une illusion. Ça ne pouvait pas être la réalité.

Mais son expression demeurait affectueuse et attachante, tel un papa gâteau pour ses enfants. Sauf que ce monstre nous donnait un labyrinthe mortel où jouer plutôt qu'un cadeau normal.

Ma vie tout entière m'a amenée à ce moment, réalisai-je avec horreur. *Et personne ne m'en rien dit.*

Pourtant Bryn avait reçu tous les détails. Je le voyais dans ses yeux tandis qu'elle rayonnait d'excitation.

J'avais été piégée pour échouer.

Non préparée. Seule. Sans aucun conseil parental. Alors qu'elle avait tout, ce qui faisait d'elle la grande gagnante.

Je n'ai pas la moindre chance.

Et son sourire disait qu'elle le savait aussi.

— Bonne chance, ma sœur, ricana-t-elle.

O n nous autorisa un court vol jusqu'à l'entrée du labyrinthe. Comme une centaine d'armes à feu suivaient le moindre de mes battements d'ailes, je n'osai même pas penser à m'écarter de l'itinéraire indiqué.

Car je ne voulais pas laisser Sorin ou Zian en arrière. Pas question.

Bryn me sourit pendant que nous volions en tandem, puis elle s'élança à toute allure vers l'entrée du labyrinthe. Je n'étais pas pressée d'entrer dans cet horrible endroit. Elle voulait activer certains pièges pour moi ? *Je t'en prie.*

Je la repérai quand elle atterrit, puis courut ventre à terre dans un tunnel, passant par le chemin central, décrivant des arcs de cercle à gauche et à droite. Elle tomba sur un des monstres comme si elle l'avait fait exprès.

Qu'est-ce qu'elle mijote ?

Je n'eus pas le temps d'y réfléchir car j'atterris inévitablement dans le couloir d'entrée, et levai les yeux pour voir un champ de force scintiller au-dessus de ma tête.

Je ne sortirais jamais de ce labyrinthe en volant.

Ravalant la boule dans ma gorge, je fis face à trois itinéraires possibles. Je m'en souvenais de mon étude du labyrinthe depuis la falaise. Deux de ces parcours s'enfonçaient plus loin à l'intérieur, le troisième débouchait sur un piège mortel.

Bryn avait pris le chemin du milieu, et si ma mémoire était bonne, celui de droite menait à une pièce hérissée de pointes qui se refermaient sur la victime, ce qui ne me laissait qu'une seule possibilité. Je ne voulais pas tomber sur la Valkyrie si je pouvais l'éviter. Elle avait des projets brutaux à mon égard, et je n'avais pas l'intention de l'aider à les réaliser.

Ma sœur.

Je tentais d'assimiler cette pensée, mais elle restait plantée dans ma tête comme une épine. Cette salope cinglée ne pouvait en aucun cas être ma sœur. Pourtant, je sentais cette vérité dans mes veines.

Le Réformateur est mon père.

Cela me terrifiait encore plus que ma relation avec la salope cinglée. Je levai les yeux au ciel, brûlant d'envie que Sorin ou Zian m'assurent que je n'étais pas mauvaise. Qu'ils me disent que je n'avais rien à voir avec le fou qui dirigeait cet endroit et faisait de nos vies un enfer au quotidien.

Comme en réponse à ma requête, une brume d'un bleu

doré scintillante se forma, traçant un chemin dans le couloir central que Bryn avait emprunté.

J'hésitai, flairant une odeur de caramel salé dans l'air qui me rappelait inexplicablement mes compagnons, mais pourquoi me diraient-ils de suivre Bryn ?

Ça doit être un piège. Ils ne peuvent pas m'aider ici.

Décidant de ne pas m'y fier, je pris le chemin de gauche.

Mon père avait probablement encouragé notre relation afin de pouvoir l'étudier, ou pire. Peut-être pouvait-il recréer les phéromones qui se mélangeaient lorsque nous étions ensemble. Du coup je me demandai – une idée écœurante – pourquoi on m'avait permis de m'accoupler. Je n'étais qu'une autre expérience pour lui. J'étais née avec des ailes noires, donc ma progéniture pourrait porter le même trait.

Si je survivais, s'attendrait-il à ce que j'engendre d'autres de mon espèce ?

Un violent instinct de protection fit gonfler mes ailes. Un jour, j'aurais des oisillons avec Sorin et Zian, et si quiconque essayait de poser la main sur eux, je lui arracherais la gorge à coups de dents.

Un vrombissement capta mon attention, et je repliai mes ailes dans mon dos. Je me souvenais des dispositifs de cisaillement des plumes que j'avais vus l'autre jour. Les anges avaient eu du mal à les installer, le piège étant conçu pour couper les plumes primaires indispensables.

Pas agréable à mettre en place quand l'être en charge de l'installation possède lui aussi des ailes.

Je repérai l'une des machines sur le mur, tournant autour d'une voie que j'aurais pu manquer si je n'avais pas su où chercher. La longue marque horizontale m'indiquait le chemin qu'emprunterait l'instrument, ce qui m'avait l'air d'un piège miteux. Je pouvais sûrement éviter...

Un éclair de métal me fit glapir et je me baissai juste à

temps pour esquiver l'un des appareils qui passa en bourdonnant à une vitesse folle. Un long bras presque invisible jaillit, fendit l'air et coupa les pointes de mes cheveux, envoyant des mèches noires flotter jusqu'au sol.

C'était moins une.

OK, peut-être que mon observation depuis la falaise avait laissé à désirer. C'était à une bonne distance, après tout.

Le gloussement d'une Valkyrie folle résonna dans le couloir, suivi d'un hurlement monstrueux. Je ne saurais dire qui l'emportait, mais j'étais contente d'être loin de Bryn et du cauchemar qui hantait sa section du labyrinthe.

Reprenant mon souffle, je continuai le long du chemin qui se rétrécissait jusqu'à ce que je n'aie plus d'autre choix que de ramper. J'envisageai de faire demi-tour, mais si je pouvais éviter ma sœur et atteindre la sortie de ce labyrinthe, je n'aurais pas à la tuer. J'espérais qu'un piège ou une créature s'en chargerait, car le sororicide était un péché que je ne voulais vraiment pas ajouter à ma liste.

Ma magie de guérison s'activa tandis que mes genoux raclaient le sol impitoyable et que je continuais à ramper sur les rochers déchiquetés. Le labyrinthe tout entier paraissait fait des mêmes plaques noires que les falaises – tranchantes et sans pitié.

Je laissai une traînée de sang dans mon sillage – une piste que ma sœur pourrait suivre si elle décidait de revenir sur ses pas – mais je ne pouvais pas y faire grand-chose.

La sueur coulait dans mon cou quand j'aperçus une lueur au bout du tunnel. Ralentissant, je me faufilai par l'ouverture et pénétrai dans une autre pièce où s'ouvraient de multiples chemins. Je m'époussetai en les considérant. Plissant les yeux, je m'efforçai d'amener ma mémoire à coopérer et levai les doigts pour essayer de visualiser.

— OK, donc je suis allée à gauche, puis il y a eu un tunnel, et maintenant je suis dans une grande pièce. Quand j'étais sur la falaise, j'ai vu, euh, j'ai vu une forme indistincte qui se connectait à d'autres formes indistinctes.

Je soupirai. Ouais, tout ça allait mal finir.

Cette brume bleu doré revint, et cette fois-ci fila dans un couloir à ma droite, comme prise de panique.

Qu'est-ce qu'elle essaie de me dire maintenant ?

Un claquement à proximité fut mon seul avertissement. Je déployai mes ailes et m'écartai juste à temps d'une énorme boule de feu qui traversa la place où je me tenais. J'aspirai de grandes bouffées d'air tandis que l'adrénaline fusait en moi. Une autre série de déclics retentit.

Je n'avais pas le temps d'essayer de me rappeler la direction à prendre ou de décider si la brume magique qui sentait mes compagnons était digne de confiance. Je devais choisir un chemin, et tout de suite.

Priant tous les dieux auxquels je ne croyais pas, je choisis de suivre mon instinct et pris le couloir du milieu à fond de train, au moment où d'autres boules de feu enflammaient toute la pièce. À l'affut de tout signe de nouveaux pièges ou de danger, je haletais quand le couloir déboucha face à la mer.

Je m'arrêtai net.

C'est l'une des formes floues que j'ai vues depuis la falaise, réalisai-je.

Je scrutai l'étendue avant d'envisager le meilleur moyen de traverser. De fins fils électriques brillaient dans l'espace, promettant que toute tentative de vol au-dessus des vagues houleuses se solderait par une découpe en petits morceaux.

Je me retournai et vis la brume bleu doré qui voletait autour de moi, envoyant des baisers et de la chaleur sur mon corps avant de s'éclipser le long de la falaise puis dans l'eau.

Maintenant elle veut que je nage ?

Mon regard tomba sur les eaux sombres, et je frissonnai. Je n'avais jamais essayé jusqu'à présent, n'en ayant jamais eu l'occasion.

J'ébouriffai mes ailes en me demandant si je pourrais supporter d'être sous l'eau, puis levai les yeux vers le ciel. Sayir – je refusais de le considérer comme mon père – était sans doute en train de profiter du spectacle à mes dépens. Rien que cette idée éveillait ma colère, me faisant le détester encore plus.

— Tu trouves ça drôle, connard ? marmonnai-je, serrant les poings, la rage brûlant dans mes veines.

Un cri strident derrière moi me coupa dans mon élan, et je jetai un œil par-dessus une aile pour voir l'une des taches d'encre cauchemardesques qui se traînait avec une dague sortant de son œil.

Cette foutue Valkyrie avait réussi à l'énerver et à l'envoyer à mes trousses !

Mes prières changées en malédictions, je serrai fort mes ailes dans mon dos, mis mes doigts en pointe et plongeai dans l'eau sans la moindre hésitation.

Le froid se jeta sur moi avec ses crocs mordants et me coupa le souffle. L'eau pénétra mes ailes et me fit aussitôt couler. La chair de poule parcourut mes membres et mon estomac se retourna.

Je déployai mes ailes par réflexe, en espérant que ma réaction soit la bonne.

Elle l'était.

La force me poussa vers le haut, et je refis surface assez longtemps pour aspirer une goulée d'air avant de couler à nouveau.

Poussée. Coup de pied. Aspirer. Répéter.

Je continuai comme ça pendant ce qui me parut être une éternité, et la fatigue menaça de me faire lâcher prise, mais je sentais que Sorin et Zian m'attendaient à l'autre bout de mon lien d'accouplement. Je ne pouvais pas les laisser tomber maintenant, alors qu'ils comptaient sur moi pour survivre.

Si tu meurs, nous mourrons, semblaient-ils me dire. *Et on ne va pas mourir aujourd'hui. Alors bouge ton cul !*

Mes mains heurtèrent des rochers râpeux sur l'autre rive et je m'y cramponnai, ma magie de guérison fonctionnant à plein régime pour tenter de compenser le manque d'oxygène et les coupures qui s'ouvraient dans ma chair pendant que j'escaladais la paroi irrégulière.

Je m'accordai un moment de répit après m'être effondrée de l'autre côté, trempée, gelée et épuisée.

— Eh bien, tu as l'air d'un petit rat noyé, ricana une voix féminine, faisant se tendre tous les muscles de mon corps.

Bryn.

— Je ne veux pas me battre contre toi, dis-je en claquant des dents.

J'essayai de me lever mais échouai, surprise par le poids massif sur mon dos.

Elle marcha sur une aile gorgée d'eau et me fit crier en tordant son pied.

— C'est dommage, parce que je ne pense qu'à ça depuis que je suis ici. (Elle se pencha et tapota une lèvre pulpeuse.) Maintenant, comment vais-je te tuer ? Lentement, bien sûr. Peut-être que je devrais d'abord t'arracher les ailes ? (Elle caressa son habit de cuir et fit claquer sa langue, gardant mon aile coincée sous son pied.) Bon, j'ai utilisé la dague que papa m'a donnée sur mon nouvel animal de compagnie.

Elle se redressa, libéra mon aile et siffla. Je jetai un coup d'œil derrière moi pour voir la créature d'encre hurler, puis disparaître dans le tunnel.

— Il sera bientôt là. Le chemin que j'ai pris contourne ce piège océanique. Tu n'as pas l'air aussi maligne que tu le crois.

Euh, peut-être que j'aurais dû écouter le nuage magique bleu doré.

— Franchement, je pensais que tes délicieux compagnons t'avaient appris mieux que ça. (Elle se pencha de nouveau, me narguant avec sa proximité, son excès de confiance toxique.) Quand tu ne seras plus là, ils vont me supplier de baiser avec moi et je vais les satisfaire. Bon sang, je pourrais même ne pas les tuer tout de suite. Les vrais guerriers sont durs à trouver, tu sais.

Je criai, sachant qu'elle me provoquait, mais je m'en fichais. Contrairement à moi, elle était aussi pourrie de l'intérieur que ses ailes noires le suggéraient.

Ses yeux verts sauvages s'illuminèrent de joie quand je me levai d'un bond mal assuré et lui balançai un coup de poing. Elle l'évita sans peine, mon épuisement rendant le coup maladroit et lent. Malgré tout, j'essayai à nouveau pour faire bonne mesure, parce que cette salope m'avait énervée.

Elle esquiva, utilisant mon élan contre moi, et je m'affalai à terre une fois de plus, atterrissant durement sur une autre plaque déchiquetée. Ça me fendit la peau, la douleur racla ma colonne vertébrale et brouilla ma vision de petits points noirs.

Elle fit encore claquer sa langue – une manie que je commençais à détester.

— J'ai tué Vivian, lui rappelai-je. Elle a essayé de me prendre mes compagnons, et regarde comment ça s'est terminé pour elle.

Bryn eut l'audace de rejeter sa tête en arrière et d'éclater de rire.

— Tu es vraiment aussi bête que tu en as l'air, pondeuse. (Elle appuya ce dernier mot d'un ricanement supplémentaire.) Je savais que tu aurais gagné le combat si tes compagnons s'impliquaient. Le sexy aux cheveux noirs – Zian, c'est ça ? – t'a donné une arme. Donc tu as gagné seulement grâce à lui. Mais tu sais quoi ? Tu es toute seule maintenant. Cette fois, il n'y a personne pour te sauver.

Un hurlement retentit dans les couloirs, nous avertissant que la créature d'encre serait bientôt là. Bryn m'empoigna les cheveux et les tira d'un coup sec, me faisant crier quand la douleur explosa dans mon cuir chevelu.

— J'espérais que le défi serait plus difficile à relever, se lamenta-t-elle, mais je suis venue ici pour faire plaisir à Père. Te torturer ne sera qu'un bonus supplémentaire.

Un sentiment de désespoir m'étouffait intérieurement, menaçant ma capacité à me défendre.

Je suis foutue.

Tout mon entraînement avait misé sur ma vitesse, largement influencée par l'emploi de mes ailes. Là, elles étaient trempées, ce qui me rendait lente et gauche. Sans mon agilité, Bryn avait raison : je ne serais pas du tout un défi pour elle.

Les larmes me piquaient les yeux, et mon cœur se serrait à l'idée de Zian et Sorin ressentant ma mort. Je ne pouvais pas imaginer les faire souffrir de cette façon, et un sanglot se coinça dans ma gorge.

Je sentais leur présence en moi, me demandant de me concentrer, de ne pas laisser ses pitreries m'abattre. Ils avaient encore foi en moi, mais j'ignorais comment et pourquoi. Ne pouvaient-ils pas voir mon... ?

Attendez...

Je penchai la tête, mon regard accrocha une fine ligne noire qui pointillait le mur, avec un bourdonnement révélateur qui enflait au loin. Bryn ne l'avait pas capté, trop concentrée sur son *nouvel animal* pour le remarquer.

Voilà, pensai-je. *Voilà ma chance.*

Mais je n'avais droit qu'à un seul coup.

Il vaut mieux ne pas le rater.

Attendant le dernier moment, je balançai un autre coup de poing pathétique à Bryn, qui rit en l'esquivant...

En plein dans la trajectoire de la machine qui arrivait.

Celle-ci changea de cap pour labourer une traînée rouge dans l'abdomen de la Valkyrie. Son rire s'interrompit et ses grands yeux verts me fixèrent, choqués.

Puis son tronc s'effondra tandis que ses genoux tombaient à terre en vrac – une mort abrupte.

Une vague de nausée m'envahit et je sentis le poids d'un péché impardonnable peser sur mon âme. J'avais l'impression que si j'étais née Nora, ce serait le moment où mes ailes vireraient au noir. Sauf que je n'avais jamais eu le choix. J'avais toujours été comme ça, mon destin scellé avant ma naissance.

Je me levai en titubant et me frottai la tête, étourdie, mais les cris stridents du monstre m'indiquèrent que je n'avais pas le temps de récupérer.

Je considérai les nombreuses voies et une autre vague de désespoir m'écrasa. Peu importait que j'aie survécu à Bryn, car il n'y avait aucun moyen de sortir vivant de ce maudit endroit.

Un tiraillement dans mon lien d'accouplement m'aiguillonna jusqu'à ce que j'aie l'impression que ma poitrine allait enfler et exploser.

Sorin.

Zian.

Ils m'observaient toujours depuis les falaises. Je pouvais sentir leur fierté et leur détermination, ils me pressaient d'aller de l'avant.

N'abandonne pas.

Bats-toi.

Cours.

Cette brume scintillante réapparut, un mélange de bleu et d'or qui chatouilla mon nez d'un doux relent de caramel salé. Elle se mit à bouillonner, voletant comme pour me dire de cesser de m'entêter, et fila dans le chemin à l'extrême gauche.

— Merci, murmurai-je, les larmes aux yeux.

Je croyais enfin que mes compagnons essayaient de m'aider. Je pris un moment pour lever les yeux vers les nuages et la falaise d'où ils me regardaient, m'aidant d'une manière que personne n'avait vue venir.

C'était ce qui manquerait toujours aux Valkyries. Pourquoi je serais toujours plus forte qu'elles ne pourraient jamais espérer l'être. Quoi qu'en dise Bryn, je ne serais jamais seule.

Je courus à travers le labyrinthe, suivant mon cœur pour retourner auprès de Sorin et Zian, et je leur promis que je ne les quitterais plus jamais des yeux.

24

RAVEN

Je suivis la trace rayonnante de l'amour de mes compagnons vers la liberté, mais je tombai sur Sayir à la place.

Pas vraiment ce que j'espérais, mais au moins ce n'était pas le monstre d'encre.

Sayir battit de ses ailes blanches à pointes noires et m'applaudit lentement.

— Bravo, ma fille. Bravo.

Je sortis du labyrinthe, dont le mur coulissa derrière moi. Trois anges Nora et trois gardes sans ailes s'approchèrent en préparant les chaînes, deux d'entre eux activant un portail. J'y jetai un œil, évaluant où je pourrais être envoyée, avant de reporter mon attention sur l'ange souriant.

— Ce ne sera pas nécessaire, dit-il aux gardes. Elle ne va nulle part.

Quoique, faillis-je ajouter à haute voix. Car pour rien au monde je n'avais l'intention de rester ici. Surtout maintenant que je connaissais la vérité.

— Honnêtement, je m'attendais à ce que la Valkyrie

gagne, avoua-t-il. Mais tu n'as jamais cessé de me surprendre, ma chère.

Il replia ses ailes dans son dos, satisfait du résultat, et se retourna pour emprunter un chemin qui surplombait le labyrinthe.

Ma chère, me répétai-je, bouillant intérieurement. *Je ne suis rien pour toi, connard.*

Mais il n'aurait pas été sage de l'exprimer à haute voix.

Donc je le suivis, feignant la curiosité. Que les gardes aient favorisé Bryn avait un sens maintenant. Tous savaient qu'elle était la fille du Réformateur. Elle avait accepté ce destin avec le sourire. Si moi aussi je jouais cette carte, j'obtiendrais peut-être des faveurs, comme des armes et plus de temps dans la cour. Je pourrais alors retourner ces faveurs contre ces enfoirés et m'échapper.

Parfois, ça payait de jouer le jeu.

En haut de la colline, je m'arrêtai à côté de Sayir et scrutai le labyrinthe incroyablement vaste, qui aurait très bien pu être ma tombe aujourd'hui. J'essayai d'éviter le corps de Bryn, mais Sayir me le montra quand même.

— La voilà, l'une des Valkyries les plus vicieuses de tous les temps, et tu l'as tuée avec rien d'autre que ta présence d'esprit. Tout à fait brillant, ma fille. Je n'aurais jamais dû te sous-estimer.

Il sourit en soupirant, contemplant le labyrinthe avec un sentiment de fierté.

J'endurai son long silence, ne sachant pas trop s'il attendait de moi une réponse. Ce type était clairement un psychopathe et un connard arrogant. Les connards aiment s'entendre parler. Ce n'était qu'une question de temps avant qu'il ne me déballe quelque chose d'utile.

— J'ai construit cette prison pour une bonne raison, Raven. Une raison qui requiert ton aide.

Comme si j'allais aider cet enfoiré. Je ne répondis pas, mais je serrai les poings et me mis à trembler du désir de m'enfuir loin de cet ange maniaque.

Il sourit, comme s'il était content de ma colère.

— Ne t'inquiète pas, ma chérie. La seule chose que l'on attend de toi pour l'instant est de survivre. (Il gloussa.) Oh, et de continuer à divertir tes compagnons.

Et voilà.

La preuve irréfutable que le Réformateur voulait que je m'accouple. Il voulait voir quel genre d'oisillons je pourrais engendrer à son profit.

Jamais de la vie, bordel.

J'en parlerais à Sorin et Zian. Ils avaient mentionné que lorsqu'un ange entrait en chaleur, je le saurais, et que ça ne devrait pas se produire avant des années, mais j'étais une Noir. Peut-être que je fonctionnais différemment, et si nous étions encore dans ce trou paumé quand ce moment viendrait, il faudrait s'y préparer.

— J'avais vraiment tout faux, poursuivit-il, inconscient de ma fureur grandissante. La mère de Brynhild était une Valkyrie, et je croyais que ça la rendrait plus forte. Physiquement, c'était le cas. Elle était assez impressionnante, mais pas comme toi. Elle n'avait pas l'esprit, le cœur, et ce désir incessant de survie qui te rend si spéciale. (Il fredonna, les bras croisés sur sa poitrine.) Oui, je vais certainement poursuivre la reproduction avec d'autres comme ta mère Nora. Le résultat me paraît plus viable.

— Donc c'est de ça qu'il s'agit ? D'accouplement ? supposai-je.

Il me lança un regard, un sourcil relevé.

— Non. Il s'agit de survie, Raven. Tu dois sûrement comprendre ce concept à présent.

— Mais pourquoi ? Pourquoi tous ces tests ? Pourquoi

m'élever avec des ailes noires ? Pourquoi me faire subir cet enfer ?

— Pour te renforcer, mon enfant. Pour que tu survives à ce qui va arriver. Et pour que tu fasses profiter les autres de ta conduite.

Il avait l'air prophétique, chacune de ses déclarations révélant son âge. Ce mâle n'avait aucune moralité. Il voyait sa propre progéniture comme des cobayes, pas comme des anges. Il avait créé un labyrinthe pour tester les Noir, pour s'assurer que seuls demeurent les plus forts.

Mais je ne comprenais pas pourquoi.

— Qu'est-ce que tout ça vous rapporte ? demandai-je, écartant largement les bras pour inclure son labyrinthe dans la folie de la question. Quel intérêt de survivre quand la récompense est l'enfer ?

— Peut-être que l'enfer n'est qu'un sacrifice temporaire. Peut-être que la récompense prévue est un autre royaume, répondit-il de façon énigmatique, effleurant mon nez du doigt d'un geste tendre qui démentait notre conversation. J'ai vécu mille ans au purgatoire, Raven. Je suis fatigué. Ensemble, nous allons inspirer le changement.

Mon cœur manqua un battement.

— Quel genre de changement ?

— Le genre nécessaire. (Il se retourna vers la colline pour entamer la descente.) Bryn rêvait d'un duel idéal, que je lui ai fourni. Mais ton rêve est la liberté. Je peux te la donner, Raven. Mais j'ai besoin de ta coopération en échange. J'ai besoin de ton leadership.

Ce qu'il disait n'avait aucun sens.

— Quel leadership ?

— Tu verras, ma chérie, sourit-il. Et bientôt. (Il s'arrêta juste avant le portail et joignit les mains.) La clé de tout vient d'arriver, Raven. Je pense que tu vas l'aimer. Mais elle aura besoin de ton aide pour s'épanouir ici. Peux-tu le faire pour moi ? Peux-tu guider ?

Je le fixai, bouche bée.

— Je n'ai aucune idée de quoi ou qui vous parlez.

— Ah, mais ça viendra. Et je crois que tu feras exactement ce que je te demande, malgré ton aversion pour moi. (Il retroussa ses lèvres.) Tu as le cœur d'une Nora mais l'âme d'une Noir. Écoute cette dernière. Elle te servira bien.

Les gardes me poussèrent à travers le portail avant que je puisse répondre.

J'atterris directement dans mes quartiers.

Le soulagement allégea mes épaules, le nid sentant mes compagnons, ma maison.

Jusqu'à ce que je réalise que ce n'était pas Sorin et Zian qui m'attendaient à l'intérieur, mais un ange mortel aux cheveux couleur de nuit. La lueur malicieuse dans ses yeux trahissait une intelligence aiguë, qu'indiquait aussi l'aplatissement de ses lèvres.

— Oh, euh, tu dois être Novak, chuchotai-je.

Il ne répondit pas.

À la place, il enroula ses mains autour de ma gorge et me souleva contre le mur.

Putain.

25

ZIAN

CINQ MINUTES PLUS TÔT...

MES PLUMES ÉTAIENT TENDUES dans l'air nocturne, mes yeux fixés sur le labyrinthe au loin tandis que la panique de Raven fulgurait à travers notre lien. Ça me tuait de ne pas pouvoir la rejoindre pour l'apaiser. Elle était trop loin, son essence empêtrée dans ce piège mortel au milieu de ce foutu océan.

— Elle a gagné, annonça Sorin, perplexe. J'ai senti sa victoire.

— Je sais.

Après nous avoir ignorés plusieurs fois, pensai-je, quelque peu irrité. Elle n'avait pas dû comprendre ce que nous faisions car ça ne lui ressemblait pas de se méfier de nous.

— Alors qu'est-ce qui la terrifie ? s'étonna Sorin.

Je secouai la tête, n'ayant pas la réponse. Car je n'avais aucune idée de ce qui se passait. Ma seule compensation était de pouvoir sentir la plénitude de son esprit. Elle avait beau être effrayée, elle n'était pas blessée. Et une partie d'elle surfait sur une vague de fureur.

Savoir cela était essentiel en ce moment.

Car sinon, j'aurais bien tenté ma chance avec le champ de force énergétique. Et Sorin aurait été à mes côtés.

Les gardes nous avaient laissés seuls dès qu'elle était sortie du labyrinthe. On pensait qu'ils allaient nous la ramener, mais ils avaient eu l'air d'avoir autre chose en tête.

Où es-tu, Raven ? Pourquoi tu as peur ?

On a continué de faire les cent pas Sorin et moi, jusqu'à ce qu'un nouvel accès de peur traverse notre connexion, cette fois-ci beaucoup plus proche.

J'échangeai un regard avec Sorin, puis nous sprintâmes vers notre cellule, la signature énergétique de Raven étant une balise pour nos sens.

J'atteignis la porte en premier pour la trouver plaquée contre le mur avec les mains de Novak autour de sa gorge, tandis qu'il la flairait, les yeux plissés.

Sorin gronda en signe d'avertissement, ce qui poussa mon cousin à tourner lentement son regard vers la porte et nous. Il ne relâcha pas Raven, mais je remarquai que sa prise s'était desserrée. Sa tête s'inclina d'une manière étrange que je reconnus, son esprit analysant la situation à toute vitesse.

Puis, à sa façon particulière, Novak haussa les épaules et libéra Raven. Ses ailes s'ébouriffèrent un peu, puis il s'effondra dans notre nid de fortune et ferma les yeux.

Et voilà.

Pas de bonjour.

Aucune indication qu'on lui avait manqué.

Il se contentait d'évaluer notre choix et décider de l'accepter sans un seul foutu mot.

Sorin attrapa Raven et la tira à lui en une étreinte étouffante, tandis que je passais mes doigts sur sa gorge pour m'assurer que Novak ne l'avait pas blessée. Elle frissonna, ses plumes se resserrèrent dans son dos. Je les caressai, lui procurai du réconfort tandis que Sorin lui en offrait avec sa bouche, l'embrassant comme s'il craignait de ne plus jamais pouvoir le faire.

Ayant l'impression d'avoir un public, je baissai les yeux sur Novak qui observait l'étreinte avec une légère curiosité.

— Sérieux, tu vas rester allongé là sans dire un seul mot sur le mitard ? l'intimai-je. Ou demander ce qu'on a fait ?

— C'est évident, ce que vous avez fait en mon absence, répondit-il d'une voix basse, comme s'il ne l'avait pas utilisée depuis des lustres. (Le connaissant, ce devait être le cas.) Félicitations.

Et voilà.

Son grand discours.

J'avais envie de le serrer dans mes bras et de l'étrangler en même temps.

Je me concentrai plutôt sur Raven, l'embrassant de la même façon que Sorin qui promenait ses mains sur elle pour vérifier qu'il n'y avait pas de lésions résiduelles. Mais je savais grâce à notre lien qu'elle allait bien. Sa terreur s'était estompée maintenant que nous étions ensemble, et elle diffusait une impression de calme qui permit à mon rythme cardiaque de ralentir pour la première fois depuis ce qui me paraissait des années.

— Tu t'es bien débrouillée, la félicita Sorin, posant les mains sur son visage pour éloigner sa bouche de la mienne. Tu t'es très bien débrouillée, petite colombe, répéta-t-il en l'embrassant de nouveau. À part ce premier virage à gauche à travers le feu, en tout cas.

Le subtil soupçon de réprimande dans son ton correspondait à mes pensées. Elle avait ouvertement ignoré notre suggestion et choisi le pire itinéraire.

— Le feu ? répéta-t-elle, fronçant les sourcils. Il n'y avait pas de feu.

Sorin et moi échangeâmes un regard, puis je répondis lentement :

— Il y avait bien des flammes sur le chemin de gauche. On a senti leur chaleur à travers le lien. On n'a pas compris pourquoi tu avais choisi cette voie-là.

— Il n'y avait pas de feu.

Elle semblait sûre d'elle, mais nous avions vu les flammes l'entourer d'en haut.

— Comme lors du duel ? demanda Sorin. Comme quand on a pu voir à travers le périmètre enflammé et pas elle ?

— Ça sent mauvais, marmonnai-je. Ça implique qu'ils jouent avec notre vision ou la sienne.

Je soupçonnais que c'était plutôt avec la sienne, car on avait vu tous les deux son combat contre Vivian pendant ce duel, alors que les nôtres lui avaient été masqués.

— Oui, sûrement, convint-il, fronçant les sourcils.

Raven secoua la tête.

— On verra ça plus tard. Je… j'ai quelque chose à vous dire.

Novak ferma les yeux comme s'il s'ennuyait déjà. Je l'ignorai au profit de Raven.

— On sait ce qui s'est passé dans le labyrinthe, Rave. On en a ressenti chaque seconde. Y compris quand tu as ignoré notre conseil.

Elle secoua la tête.

— Ce n'est pas ça. Mais merci…

— Si tu nous remercies de t'avoir aidée à survivre, je vais te baiser contre ce mur sous le regard de Novak, menaça Sorin, sa colère palpable. Tu es *notre compagne*, Raven. Ce n'est pas une faveur ou une aide pour nous assurer que tu survives. Tu es liée à nous. Tu meurs, nous mourons.

Je savais qu'il parlait au sens figuré, pas au sens propre.

Car oui, une partie de nous serait tourmentée pour l'éternité sans elle, et on aurait sans doute envie de mourir. Mais on ne périrait pas vraiment. Pas physiquement. Ce serait nos âmes qui souffriraient.

— Qu'est-ce que tu veux nous dire, petit oiseau ? lui demandai-je en la prenant des bras de Sorin pour glisser ma main dans sa nuque et la serrer contre moi. Que s'est-il passé après être sortie du labyrinthe ?

— J'ai rencontré le Réformateur, murmura-t-elle en frissonnant.

Ce qui parut intriguer Novak, car il s'assit et ramena ses genoux contre sa poitrine, l'air concentré.

L'aile de Sorin effleura la mienne tandis que nous formions un cocon protecteur autour de notre Raven.

— Qu'est-ce qu'il a dit ? m'enquis-je.

— Je... (Elle déglutit.) Il m'a dit avant... avant le labyrinthe... Il m'a appelée *sa fille*.

Les minutes suivantes, durant lesquelles Raven narra leurs conversations – il y en avait eu *deux* –, furent un des moments les plus tendus de ma vie.

Lorsqu'elle eut fini, on aurait pu entendre une mouche voler ; on était tous stupéfaits par les informations qu'elle venait de nous donner.

— Ouais, donc, le Réformateur est mon père, marmonna-t-elle, rompant le silence. Et cette salope cinglée est ma sœur. Ou l'était, en tout cas. Elle est morte maintenant. Je... je l'ai tuée.

Raven ne semblait pas attristée par ce fait, juste alarmée par cette révélation. Ce que je comprenais, car la nouvelle me choquait également.

— Est-ce qu'il a dit qui était ta mère ?

Elle secoua la tête.

— Il a juste mentionné qu'elle était une Nora. La mère

de Bryn était une Valkyrie. Il a été content du résultat en ce qui me concerne, donc il va en engendrer d'autres. (Elle frissonna, serra ses bras contre elle.) Et je pense qu'il pourrait vouloir...

Elle déglutit et se tut.

— Vouloir quoi ? demandai-je d'une voix douce, conscient de ses émotions qui se bousculaient.

Ça devait être difficile pour elle. Mais mon brave et doux oiseau croisa mon regard, un soupçon de feu tapi dans ses iris sombres.

— Notre progéniture.

— Ça n'arrivera jamais, répondit aussitôt Sorin.

— D'accord.

Je tuerais ce bâtard avant qu'il touche à nos oisillons. Mais ça voulait dire qu'il nous faudrait être prudents quand Raven serait en chaleur. Heureusement, ça ne devrait pas se produire avant plusieurs années, voire une décennie à partir de maintenant. Et je n'avais pas prévu qu'on soit encore là à ce moment.

— Une clé, intervint Novak sur le matelas, l'esprit clairement ailleurs. Ça me paraît correct.

Il se recoucha, son intérêt comblé.

Nous le fixâmes tous les trois, attendant la suite.

Mais comme d'habitude, il garda le silence.

— Tu peux développer, cousin ? lui demandai-je.

— Non.

Bien sûr que non.

— Et si tu le faisais quand même ? (Mon ton se fit un poil plus exigeant.) La souris nous a parlé de tes amis démons qui se sont échappés.

Novak ricana et un couinement retentit en signe de protestation.

Raven fit volte-face.

— Souricette ! (Elle n'avait pas vu le rongeur depuis l'incident du gymnase et avait craint qu'il lui soit arrivé quelque chose.) Où es-tu ?

La petite souris sortit de sous les couvertures et grimpa sur l'épaule de Novak. Je fis un pas en avant pour avertir mon cousin de ne pas lui faire de mal, sinon il risquerait d'affronter un Sorin très énervé. Or la bestiole pulsa d'énergie et se transforma en quelque chose ressemblant plus à un dragon qu'à une souris, ce qui fit bondir Raven en arrière.

— Souricette ? souffla-t-elle alors que la chose terminait sa transformation dans une petite bouffée de feu.

Novak leva une main pour balayer la suie résiduelle sur sa poitrine, les yeux toujours clos.

— C'est quoi ce bordel ? s'enquit Sorin.

— Je ne peux plus entendre Souricette, constata Raven en fronçant les sourcils.

Novak soupira, son irritation était évidente.

— Parce qu'il est à moi. Et il préfère qu'on l'appelle Clyde.

Je grimaçai.

— Tu l'as transformé en mini-métamorphe.

Le grognement qu'il émit ne confirma ni n'infirma mon commentaire. Je secouai la tête, perplexe.

— Eh bien, je n'aurais jamais cru que tu serais du genre à t'occuper d'un animal de compagnie, cousin.

Un autre haussement d'épaules. Novak aurait pu faire la sieste, vu le peu d'émotions qu'il affichait. Peut-être en avait-il besoin après son séjour au mitard.

— Dis-nous ce que tu sais de la clé, trancha Sorin, en tapant le pied de Novak. On n'est pas tous de grands stratèges. Aussi, bon retour parmi nous. Tu nous as manqué. Merci d'être si enthousiaste à propos de ton retour. Et si tu touches encore Raven, je t'arrache les couilles.

Un coin des lèvres de Novak se releva, seul signe de son amusement.

— Sayir prépare quelque chose. J'ai besoin de dormir. Ensuite, vous me direz tout ce que vous avez appris, et nous élaborerons un plan.

Waouh, pour Novak c'était l'équivalent d'un discours-fleuve.

Il allait probablement se taire pendant des jours à présent, juste pour se recharger.

Ou peut-être que tous ses mois en isolement avaient provoqué cette logorrhée.

— C'est tout ? (Sorin fronça les sourcils.) Tu veux faire une sieste, puis on parlera de se barrer d'ici ?

Novak resta silencieux, sa réponse affirmative étant suspendue entre nous.

— Comment les démons ont-ils fait ? songeai-je à voix haute. Cet endroit est un foutu labyrinthe.

— Un autre royaume, un autre jeu, répondit Novak de manière sibylline.

Ce qui signifiait qu'ils étaient une espèce différente vivant dans un tout autre monde de possibilités.

— Mais une partie de ce qu'ils ont fait peut sûrement nous aider, non ?

Novak ricana.

— La fille de Sayir sera plus précieuse.

Raven se hérissa.

— Ne m'appelle pas comme ça. Je n'ai rien à voir avec ce monstre.

Novak haussa les épaules comme pour dire « ben voyons ». Et retourna à sa sieste.

Quel taré.

Au moins, il avait parlé et répondu à quelques questions. Rien que ça, c'était un miracle.

— Donc on va trouver un moyen de sortir d'ici, conclus-je, ruminant tout ce qu'il avait dit en plus de la conversation entre Raven et Sayir.

Sa fille. Je dirais que ça nous donnait un avantage, mais vu ce qu'il avait fait à son autre fille, Bryn, on pouvait supposer qu'il sacrifierait Raven sans plus de scrupules. Ce qui signifiait qu'il nous fallait une stratégie en conséquence.

— Et puis on va trouver comment tuer ce connard, ajouta Raven, sa voix charriant un soupçon de véhémence qui avait manqué jusqu'ici.

Maintenant que le choc de la nouvelle s'était dissipé, son désir de vengeance revenait au premier plan de ses pensées.

— Ma vie tout entière a été une expérience. Il me fait vivre un enfer juste pour voir comment je me débrouille. Il m'a même opposée à ma propre sœur pour déterminer qui sortirait vainqueur.

Ouais, sa colère montait chaque seconde. Et c'était beau à voir.

— Il ne s'en sortira pas comme ça. Il ne peut pas. Je refuse de le laisser vivre. Il va mourir.

— Excellent, intervint Novak d'une voix rayonnante d'approbation.

Elle l'ignora.

— Il a fait de tout ce pénitencier une expérience géante, et je veux savoir pourquoi, car ça n'a rien à voir avec une quelconque rédemption.

Eh bien, ça au moins c'était vrai.

— Ça a à voir avec la mort.

Ce qui ne correspondait pas à la méthode Nora, où l'on se repentait de ses péchés pour regagner ses ailes blanches.

Combattre d'autres Noir à mort ne faisait qu'assombrir nos âmes, pas les éclairer.

— Je pense qu'il y a plus que ça, répliqua Raven avec véhémence. Ses yeux ont brillé d'approbation quand j'ai réussi à traverser le labyrinthe, comme s'il était heureux de voir son cobaye réussir son test diabolique. Et ça n'avait rien à voir avec le renforcement de mon âme, mais plutôt avec ma capacité à me battre pour ma vie. Il a aussi prétendu que cet endroit était une question de survie, impliquant que nous devions être préparés pour l'avenir. Que je dois aider sa soi-disant clé à nous guider. Mais à nous guider vers quoi ?

— Des guerriers, chuchota Sorin, ses ailes bruissant de mécontentement. Il nous entraîne à devenir des guerriers.

Il avait raison.

C'était pourquoi le labyrinthe nous rappelait nos jeunes années d'entraînement. Parce qu'il était *modelé* d'après elles.

— Mais pourquoi ? réfléchis-je à voix haute. Quel besoin aurait-il d'une armée ?

— Une révolution. (Les narines de Raven se dilatèrent.) Il va attaquer les Nora. (Elle croisa mon regard, le sien était sauvage.) C'est la seule raison qui ait un sens.

— Sauf qu'il est lui-même un Nora. Pourquoi s'en prendrait-il à sa propre espèce ?

— L'est-il vraiment ? insista-t-elle. Car ses yeux sont totalement noirs, comme les miens, et je te jure que son aura est tout aussi sombre. Et comment un homme chargé de la réforme peut-il traiter les Noir de cette façon ? Ça n'a aucun sens.

— Je répète ça depuis des décennies, opina Sorin, le front plissé. Le système tout entier déconne. Elle a raison. Son âme doit être bien noire pour avoir créé cet endroit.

Raven acquiesça.

— Il est plus méchant que toutes les créatures réunies ici.

Tout ça tenait debout, mais je ne comprenais pas comment il comptait aller jusqu'au bout.

— Si nos hypothèses sont vraies, alors il faut qu'on se casse d'ici au plus vite, marmonna Sorin. Parce que je refuse d'être un pion dans une révolution, même si je veux me venger du Nora qui nous a laissés pourrir ici.

Le grognement provenant du sol se traduisit par un « je suis d'accord » de Novak. Il était déjà arrivé à cette conclusion lui-même, ayant étudié tous les angles bien avant nous. Seulement, il ne nous avait pas donné les réponses, nous obligeant à déduire la même théorie à partir des détails fournis.

— Enfoiré, marmonnai-je.

Il avait de la chance que nous ayons un lien familial, sinon je l'aurais étranglé.

Ses lèvres tressaillirent de nouveau. Il semblait prêt à dire quelque chose quand un tumulte dans le couloir le fit se redresser, les yeux ouverts, en alerte.

— Lâchez-moi ! s'écria une femme. Je vous jure que je n'ai rien fait de mal. Je ne suis pas censée être ici.

— Tes ailes disent le contraire, princesse, grogna un mâle. Rentre dans cette cage ou je te jette dedans.

— Ce ne sera pas nécessaire, répliqua une voix que je reconnus.

Novak et moi échangeâmes un regard, et Sorin suggéra :

— Auric ?

On s'est engouffrés tous les trois dans le couloir juste à temps pour voir l'ange aux ailes blanches escorter dans une cellule une Noir aux cheveux d'un rose fuchsia éclatant, le poing refermé sur son coude. Elle frémissait d'agitation, et son sang royal imprégnait le couloir d'un riche parfum de jasmin et de rose.

Auric se tourna vers le garde Nora, ses yeux bleu vif se posèrent sur nous avec un soupçon de surprise qui se transforma rapidement en dédain.

— Je la prends en charge, annonça-t-il d'un ton grave. Touche-la encore une fois et je te tue moi-même.

— Oui, monsieur, répondit le garde Nora entre ses dents avant de regagner le hall.

— Cette femelle est le portrait craché de la compagne de Sefid, chuchota Sorin alors qu'Auric s'éclipsait dans la cellule en claquant la porte derrière lui.

Ouais, et elle empestait la royauté.

— Putain, qu'est-ce qui se passe ? demandai-je, regardant une Raven effrayée avant de me concentrer sur mon cousin.

— Je pense que la clé dont Raven a parlé vient d'arriver, déclara Novak. Sous la forme d'une princesse royale aux ailes noires. (Il fixa la porte un long moment.) Eh bien, ça va devenir amusant. On dirait qu'on va rester un peu plus longtemps, tout compte fait.

ÉPILOGUE

RAVEN

La clé de tout ce dont le Réformateur avait parlé était la magnifique princesse des Nora.

Elle aura besoin de ton aide pour s'épanouir ici.

Peux-tu faire ça pour moi ?

Peux-tu aider à la guider ?

Ses paroles me hantaient. Si cette nana était vraiment la clé de ses plans, alors j'avais plus envie de la tuer que de l'aider à survivre.

Cela faisait une semaine qu'elle était enfermée dans sa cellule, à faire semblant d'être faible et effrayée. Le fait que Sayir lui ait assigné un guerrier royal indiquait qu'elle devait être très dangereuse. Je n'allais pas baisser ma garde.

— J'ai ouï dire que Layla a convaincu Auric de la laisser sortir aujourd'hui, déclara Zian avec un certain amusement. (Il donna un coup de coude à Novak, qui observait les détenus avec son perpétuel air d'ennui.) Qu'en dis-tu, Novak ? Tu as envie de rencontrer la princesse ?

L'ange de la mort bâilla.

— Pauvre Auric, dit Sorin en riant. Il paraît qu'elle lui a donné du fil à retordre. On aurait pu le croire capable de gérer une si petite chose.

Je levai les yeux au ciel.

— Tu as tendance à sous-estimer les femmes, lui fis-je remarquer. La dernière salope que Sayir a envoyée ici a tenté de me tuer. J'ai appris la leçon la première fois.

— On a l'air jalouse, avança Sorin en croisant les bras.

Je plissai mes lèvres de dégoût.

— Jalouse, moi ? Oh, arrête.

— Je croyais qu'on t'avait dit que tu étais irremplaçable ?

Zian promena une caresse sensuelle entre mes plumes, le long de ma colonne vertébrale. Il savait que j'adorais ça.

— Je ne suis pas jalouse d'elle, repris-je. Mais ça m'énerve que Say...

Je me raclai la gorge en lorgnant les détenus autour de nous. Ils restaient à distance raisonnable de notre triade, et j'avais gagné un minimum de respect depuis que j'avais survécu au labyrinthe, mais je baissai quand même la voix.

— Ça m'énerve que le Réformateur s'imagine qu'il peut faire ce qu'il veut. Il a amené sa propre nièce dans cet enfer, et elle a passé la semaine dernière à prétendre qu'elle n'avait rien à faire ici.

— Tu penses que c'est juste du cinéma ? demanda Sorin en haussant un sourcil. C'est la Princesse des Nora. Je ne vois pas ce qu'elle pourrait gagner à Chuter intentionnellement pour se faire enfermer.

— Peut-être, admis-je à contrecœur. Mais elle a quand même fait quelque chose d'assez grave pour Chuter, donc si tu veux la sous-estimer, très bien. Mais moi je ne vais pas me laisser berner par une jolie frimousse.

Les garçons restèrent silencieux pendant qu'ils réfléchissaient à mes propos. Le Réformateur avait toujours une longueur d'avance sur nous, et il semblait que les choses allaient empirer.

Un murmure parcourut la cour lorsque le sujet de notre conversation sortit sur les rochers. Elle portait d'élégantes sandales qui serpentaient sur ses longues jambes, attirant le regard sur son corps si parfait que c'en était presque douloureux.

Un détenu fut assez stupide pour s'approcher d'elle, reluquant son large décolleté.

— Tu es enfin sortie jouer, princesse.

— Regardez, murmurai-je à mes compagnons. Vous allez voir. Elle va montrer son vrai visage.

Je m'attendais à ce que la princesse joue les Valkyries sur la couenne du détenu, et que son garde royal intervienne pour l'arrêter. Le détenu adressa un sourire sarcastique à Auric, son omniprésent garde personnel.

— Et si tu balançais ce joujou clinquant et te procurais de vrais protecteurs ? Je pourrais te montrer –

Le Noir tendit le bras vers elle mais ne put finir sa phrase car Auric fit surgir une lame et lui trancha la main.

Le Noir hurla de douleur et tomba à genoux en saisissant le poignet amputé qui trempait les pierres de son sang.

— Quelqu'un d'autre veut perdre une main, ou pire ? cria Auric, ses yeux bleus dansant dangereusement tandis que Layla pâlissait.

Les détenus reculèrent, laissant plus d'espace au couple.

— Ouais, je vois ce que tu veux dire, balança Zian avec sarcasme, ce qui lui valut un regard noir de ma part. La princesse est absolument terrifiante.

Elle frissonnait, submergée par la peur. Son odeur imprégnait la cour, royale dans son essence et odieusement agréable avec des tonalités piquantes de rose et de jasmin. Elle contourna l'ange en sang en détournant le regard, qu'elle porta vers la mer avec un air nostalgique en serrant ses bras autour d'elle. Auric la rejoignit, la main sur son arme, sa posture d'alerte mettant quiconque au défi de s'approcher.

La brise m'apporta ses paroles :

— Je ne suis pas à ma place ici, murmura-t-elle en s'enveloppant de ses ailes en un geste protecteur.

En face de moi, Novak se frottait le nez, son ennui remplacé par une sombre tension tandis qu'il observait la princesse. Ses poings s'ouvraient et se fermaient, ses ailes vibraient.

J'adressai à Zian un haussement de sourcil, curieux de savoir ce qui avait irrité l'ange sauvage.

Il se tourna vers son cousin et lui donna une bourrade. Tous deux se dévisagèrent pendant un long moment de compréhension, puis Novak se concentra de nouveau sur la femme aux cheveux fuchsia.

Oh... J'avais déjà vu ce regard sur les visages de Zian et Sorin.

Peu de temps après notre rencontre.

Novak et la princesse étaient des compagnons compatibles.

Elle battit des ailes puis jeta un coup d'œil en arrière, répondant au regard de Novak avec une lueur de peur mêlée d'intérêt.

Auric parut enfin les remarquer et posa lentement une main sur son dos, geste plutôt déplacé pour un garde. Ce contact intime provoqua chez Novak un grognement qui ne me parut pas tout à fait intentionnel.

Super. La clé des plans de Sayir reposait entre les mains d'une belle royale, qui était compatible non seulement avec le Noir le plus mortel qui ait jamais existé, mais aussi avec un garde royal Nora.

— Ce serait tellement plus facile si je pouvais simplement la tuer, murmurai-je avec tristesse.

Novak détourna finalement son regard pour le fixer sur moi, ses yeux bleus glacés brasillant d'une rage mortelle.

— Je ne te le conseille pas.

Des mots soulignés d'une promesse létale.

D'accord. Clairement un compagnon compatible.

Irritée, j'ébouriffai mes ailes et croisai les bras, fusillant franchement du regard la princesse qui s'était retournée vers la mer. Elle contemplait maintenant le labyrinthe au loin. Bien que les abattages aient été suspendus, Sayir jetait toujours régulièrement dans le labyrinthe une poignée de détenus qui étaient sortis du rang, histoire de nous rappeler notre place à tous.

La princesse lâcha un soupir délicat lorsque l'un des Noir succomba au piège à pointes. Cette prison était un enfer impitoyable, et la mort n'était jamais loin.

Bienvenue au pénitencier Noir, princesse.

La série *Les anges déchus* continue avec *La princesse bannie*,
avec Layla,
Auric et Novak. Le silence peut être sexy…

La princesse bannie
Les anges déchus – livre 2

**Piégée dans un monde de péché et d'anges alpha sexy.
Cataloguée à jamais par mes ailes noires.**

Mon père, le roi des Nora, m'a envoyée au pénitencier Noir
pour expier des crimes que je n'ai pas commis.

Alors, qu'est-ce qu'il me reste à faire ? M'évader,
évidemment.

Mais j'ai besoin d'alliés pour y arriver et personne ne veut
avoir affaire à la fille du roi Sefid. Ma revendication du trône
n'a fait que rendre ma fuite plus difficile, et pire encore, je
suis coincée avec deux anges sexy sur mon chemin.

Auric est censé être mon gardien, ses ailes blanches le

désignant comme mon supérieur dans ce terrain de jeu mortel. Or je suis sa princesse et je refuse de m'incliner devant un guerrier comme lui.

Et Novak, le célèbre Roi de la Prison, est déterminé à m'apprendre ma place. Qu'il semble estimer être en dessous de lui. Dans son lit.

Cette prison ressemble plus à un camp d'entraînement pour soldats qu'à un pénitencier pour les Déchus. Je soupçonne que quelque chose d'abominable s'y trame, mais bien sûr, personne ne me croit. Je suis la princesse coupable aux ailes noires. Eh bien, je vais leur prouver qu'ils ont tort. J'espère juste qu'il n'est pas trop tard.

Je m'appelle Princesse Layla
Je suis innocente.
Et je n'accepte pas ce destin.

REMERCIEMENTS

Ce monde a été inspiré par notre amour commun pour les couvertures de romans. Nous remercions donc tout particulièrement Alexis Frost de nous avoir inspiré *Les Anges déchus* avec sa magnifique série consacrée aux anges. Nous avons hâte d'écrire l'histoire de Layla !

Les Anges déchus : le commencement n'existerait pas non plus si C.R. Jane et Mila Young n'avaient pas eu l'excellente idée d'écrire sur une prison paranormale située sur une île au milieu de nulle part. Merci à vous deux d'avoir créé ce projet et de nous avoir menées à l'excellence ! Nous avons adoré chaque minute, et nous serons heureuses de vous débarrasser de ce gardien de prison amer pour un moment. Dix ans, ça devrait être bien.

Merci, Bethany, d'avoir trouvé du temps dans ton agenda pour relire ce roman. Nous avions promis de rester autour de 60 000 mots, et nous l'avons fait ! On était aussi dans les temps. Je commence à me demander si nous ne sommes pas tombées dans un autre univers, peut-être par l'un des portails de la prison, car ce n'est pas du tout notre réalité, n'est-ce pas ? ;-)

Merci, Katie, d'avoir fait une lecture alpha pour nous. Nous aimons tes commentaires et nous t'apprécions ! Merci d'avoir repéré toutes les erreurs de relecture, les manques de continuité et le penchant de Lexi à employer « exaspérer » quand elle veut dire « exacerber ».

Merci, bébé Thornie, de laisser maman écrire pendant

ta sieste. Papa Thornie finira par comprendre que se comporter en papa donnera à maman plus de temps pour écrire.

Merci, époux Foss, de laisser Lexi écrire pendant les vacances.

Et merci à vous, lecteurs, d'avoir choisi *Les Anges déchus : le commencement*. Nous espérons que vous avez apprécié Raven, Zian et Sorin. Vous les retrouverez absolument dans le deuxième tome, *Les Anges déchus : première offense*.

Bien à vous,
Jennifer & Lexi

L'auteure à succès d'*USA Today* Lexi C. Foss est une écrivaine perdue dans le monde de l'informatique. Elle vit à North Carolina, avec son mari et leurs enfants à fourrure. Quand elle n'écrit pas, elle est occupée à cocher des cases sur sa liste de voyages à faire. On peut retrouver beaucoup des endroits qu'elle a visités dans ses écrits, notamment le monde mythique d'Hydria, inspiré d'Hydra, dans les îles grecques. Elle est excentrique, boit beaucoup trop de café et adore nager. Tchao !

https://www.lexicfoss.com/Français

Pour être au courant des dernières nouvelles et connaître les dates de publication, abonnez-vous à ma newsletter:
https://www.lexicfoss.com/la-newsletter-de-lexi

J.R. Thorn

Romance paranormale du genre Harem inversé — Pas de choix à faire.

J.R. Thorn est une auteure de romance paranormale de genre harem inversé, qui adore le café, le temps orageux et les discussions animées avec sa muse intérieure. On peut souvent la trouver en train d'écrire ses histoires torrides dans son antre, loin des regards indiscrets de son jeune enfant, de son mari et de ses deux chats bruyants.

Pour être informé des nouvelles parutions, n'oubliez pas de suivre J.R. Thorn sur Amazon.fr.

www.ingramcontent.com/pod-product-compliance
Lightning Source LLC
Chambersburg PA
CBHW050358260626
47156CB00003B/777